ALTE SCHULE

Tobias Wolff

ALTE SCHULE

Roman

Aus dem Amerikanischen
von Frank Heibert

Berlin Verlag

Für meine Lehrer

Warum hast du mich angelogen?
Ich dachte immer, ich hätte die Wahrheit gesagt.
Warum hast du mich angelogen?
Weil die Wahrheit lügt wie keine zweite,
und ich liebe sie.

Mark Strand, »Elegie für meinen Vater«

Ich kann Catherine Wolff und Gary Fisketjon nicht genug danken für ihre unschätzbare Hilfe bei den vielen Malen, die sie dieses Buch gelesen haben; außerdem besonderen Dank an Amanda Urban für ihre Hilfe und für ihre langjährige Ermutigung und Unterstützung.

KLASSENFOTO

Robert Frost besuchte uns im November 1960, nur eine Woche nach den Präsidentschaftswahlen. Es sagt etwas über unsere Schule aus, dass die Aussicht auf sein Kommen mehr Interesse auslöste als der Kampf zwischen Nixon und Kennedy, der für die meisten von uns gar kein Kampf war. Nixon war ein Spießer und ein Motzer. Wäre er einer von uns gewesen, wir hätten ihm die Schuhe am Boden festgeklebt. Kennedy dagegen – das war ein Kämpfer, ein Ironiker, knapp und unaufgeregt. Seine Kleidung saß. Seine Frau war scharf. Und er las und schrieb Bücher, von denen eines, *Warum England schlief*, in meinem fortgeschrittenen Geschichtskurs zur Pflichtlektüre gehörte. Wir erkannten in Kennedy einen von uns; wir konnten in ihm den Jungen sehen, der hier sehr beliebt gewesen wäre: spitzbübisch und belesen, mit jener fast förmlichen Lässigkeit, die seine Klassenzugehörigkeit zugleich deutlich machte und herunterspielte.

Aber wir hätten nicht zugegeben, dass die Herkunft bei unserer Sympathie für Kennedy irgendeine Rolle spielte. Unsere Schule war nicht snobistisch, das glaubte sie jedenfalls, und wir setzten das um, so gut wir konnten. Jeder half bei der Hausarbeit mit. Schüler mit Stipendium konnten sich als solche zu erkennen geben oder es lassen, ganz nach Belieben; die Schule machte es nicht bekannt. Es verstand sich von selbst, dass einige der Jungen gewisse Vorteile aus ihrem angesehenen Namen oder ihrem großen Reichtum zogen; aber wenn sie so privilegiert waren, nicht um ihren Platz kämpfen zu müssen, trösteten wir anderen uns mit dem Gedanken, dass es kein sicherer Platz war. Man konnte von dort nicht mehr aufsteigen, nur versuchen, ihn nicht zu verlieren, durfte also nicht allzu viel von den Debütantenbällen erzählen, auf denen man gewesen war, oder von dem Jaguar, den man sich allein durch das Erreichen des sechzehnten Lebensjahrs verdient hatte. Wir hingegen unterwarfen uns gänzlich einem System des Respekts, in dem nur das anerkannt wurde, was man sich eigenständig erarbeitet hatte.

Das war der herrschende Geist, so tief verinnerlicht, dass er niemals ausgesprochen wurde; man atmete ihn ein mit dem Geruch nach Bohnerwachs und Wolle und Jungen, die in überheizten Räumen dicht aufeinander hockten. Niemals ausgesprochen, also auch niemals in Frage gestellt. Und die andere Seite dieses Geistes war, dass die Schule jedem von uns seine tatsächlich eigenständige Leistung als Beweis für seinen Wert anrechnete, vor allem anderen. Da gab es vielfältige Möglichkeiten. Unsere Schule schätzte, wie jede Schule, ihre Sportler, und die brachten gute Leistungen, vor allem die Ringer, die sich die Ostküste rauf und runter fröhlich mit grimmigen, grunzenden Jungen auf der Matte wälzten. Die Schule mochte ihre Ringer und Footballspieler, aber auch ihre gnadenlosen Debattierer und brillanten Wissenschaftler, ihre Sänger und Schachmeister, ihre Cheerleader und

Schauspieler und Musiker und Intellektuellen sowie, last but not least, ihre Schreiberlinge.

Die einzige Form von Snobismus, die die Schule zugegeben hätte, war ihr Stolz darauf, ein Hort der Literatur zu sein – ganz abgesehen von den hoch gerühmten Schriftstellern, die dreimal im Jahr eingeladen wurden. Der Direktor hatte zusammen mit Robert Frost in Amherst studiert und seinerzeit eine Gedichtsammlung veröffentlicht, *Sonette gegen den Sturm*, an die er heute höchst ungern erinnert wurde. Das Buch war zwar in der Bibliothekskartei aufgeführt, aber mittlerweile verschwunden, und es hieß, der Direktor selbst habe es entfernt. Vielleicht aus gutem Grund; aber wie viele Schuldirektoren hatten jemals auch nur ein Gedicht veröffentlicht, ob gut oder schlecht, geschweige denn einen ganzen Band? Dekan Makepeace war im Ersten Weltkrieg mit Hemingway befreundet gewesen, und es hieß, er sei das Vorbild für Jakes Angelkumpel Bill in *Fiesta*. Die anderen Englischlehrer traten auf, als wären auch sie gute Bekannte von Hemingway – und von Shakespeare, Hawthorne und Donne noch dazu. Sie waren für uns wie eine Art Ritterorden. Selbst Jungen ohne literarische Ambitionen ahmten ihre lässige Art, sich zu kleiden, und ihre rituellen Redegefechte nach. Und bei den monatlichen Teegesellschaften des Direktors beeindruckte mich, wie die anderen Lehrer sich um sie scharten, als wärmten sie sich an einem Feuer.

Wie schafften sie es, dass man ihnen einen solchen Respekt entgegenbrachte – Englischlehrern? Was wussten sie schon von der Welt, im Vergleich zu den Männern, die

Physik oder Biologie lehrten? In meinen Augen, und da war ich nicht der Einzige, wussten sie genau die Dinge, auf die es ankam. Anders als unsere Mathe- und Biolehrer, die bescheiden bei ihren Leisten blieben, waren sie oft universell gebildet. Sie waren Sezierer von Texten, aber sie hätten nie ein Gedicht oder einen Roman dermaßen zerstückelt herumliegen lassen wie die anderen so manchen zerfleischten, nach Formaldehyd stinkenden Frosch. Vielmehr hätten sie ihr Untersuchungsobjekt wieder ordentlich zusammengenäht: mit Geschichte und Psychologie, mit Philosophie, Religion und manchmal auch Naturwissenschaft. Ohne dem vermuteten Bedürfnis des Lesers nach Identifikation mit dem Helden Vorschub zu leisten, gaben sie einem das Gefühl, dass alles, was dem Autor wichtig gewesen war, auch für einen selbst Folgen hatte.

Angenommen, du hast gerade Faulkners *Brandstifter* gelesen. Wie der Sohn in der Geschichte hast du schon einmal die Charakterschwächen deines Vaters gespürt. Es ist dir unangenehm, über sie nachzudenken; wenn man dich allein ließe, würdest du wahrscheinlich das Buch zuklappen und dich etwas anderem zuwenden. Doch stattdessen wirst du an die Hand genommen von einem großen grübelnden Mann mit einem vornehmen Hinken, der dir und einem ganzen Saal voller Jungen die Frage stellt, was es eigentlich heißt, ein Sohn zu sein. Die Loyalität, die deine Pflicht ist, deine Tugend und dein Problem. Das Gute an der Loyalität und ihre Schwierigkeiten und Fallstricke, und wie aus Loyalität auch Verrat werden kann – Verrat am Ich und an der Welt außerhalb der Familie.

Du hast dieses Gespräch noch nie geführt, mit niemandem. Und noch während es abläuft, begreifst du: Genauso wenig, wie die Schwierigkeiten deines Vaters mit der Welt – seine Mühe, Gefühle auszudrücken, seine Selbstzweifel, seine nicht immer vollkommene Aufrichtigkeit – ihn dazu bringen werden, diese Welt in Brand zu stecken, genauso wenig hat deine Loyalität das Zeug zur Tragödie. Du wirst dich nicht tapfer und unter Schmerzen von deinem Vater abwenden, so wie es der Junge in der Geschichte tut, sondern ihn ohne Bedauern verlassen. Und während du diese Trennung akzeptierst, scheint sie sich zuzutragen; das traurige, fleischige Gesicht deines Vaters verschwimmt, und du schüttelst es ab und schaust hoch, wo dein Lehrer sich an sein Pult lehnt, eine Hand in der Jackentasche, mit der anderen sein schmerzendes Knie reibend, während er entnervt dem klugen Langweiler hinter dir zuhört, der irgendetwas über Vogelmetaphern erzählt.

Es gab an meiner Schule die Tradition, dass jeder eingeladene Schriftsteller einem Jungen eine Privataudienz gewährte. Wir bewarben uns um diese Ehre, indem wir einen eigenen Text einreichten, ein Gedicht, falls der Autor Dichter, etwas Erzählendes, wenn er Romancier war. Der Autor wählte den Sieger etwa eine Woche vor seiner Ankunft aus. Das Gedicht oder die Geschichte des Siegers wurde in der Schulzeitung veröffentlicht, später dann auch ein Foto von ihm und dem Autor, wie sie gemeinsam durch den Garten des Direktors spazierten.

Es hatte sich eingebürgert, dass nur Jungen aus dem Abschlussjahrgang sich bewerben durften. Mit anderen Worten, ich hatte die letzten drei Jahre damit verbracht, machtlos zuzuschauen, wie ein Junge nach dem anderen aus der Masse der Bewerber herausgepickt und eingeladen wurde, in der inspirierten und inspirierenden Gegenwart der Literatur höchstselbst zwischen den preisgekrönten Rosen des Direktors umherzuschlendern, über tiefschürfende Themen zu sprechen und Ratschläge zu empfangen, um danach sagen zu können: Was, dir hat *Von Liebe beherrscht* gefallen? Du machst wohl Witze. Weil, meine Güte, du solltest mal hören, was Mary McCarthy zum Thema Cozzens zu sagen hat ...

Es war schwer zu ertragen, vor allem, wenn den Siegertext jemand geschrieben hatte, den man nicht leiden konnte, oder noch schlimmer, ein Junge, von dem keiner gewusst hatte, dass er Mitbewerber war – obwohl das in den Jahren, die ich wartend in den Kulissen verbracht hatte, nur einmal geschehen war; da hatte ein augenscheinlicher Philister namens Hurst die Audienz mit Edmund Wilson errungen, für eine Reihe satirischer Oden auf Latein. Alle anderen Sieger kamen aus demselben Stall: Jungen, die in Englisch Asse waren, ihre Texte an das Litmag der Schule schickten und mit den anderen Büchernarren zusammensteckten.

Die Schriftsteller kannten uns nicht, deshalb konnte ihnen niemand vorwerfen, sie bevorzugten irgendwen, aber das hielt uns nicht davon ab, ihre Entscheidungen zu kritisieren. Wie konnte Robert Penn Warren bloß Kit Mortons platte Geschichte von der sterbenden Oma dem

Stream-of-Consciousness-Monolog von Lance Leavitt vorziehen? Lance schüttete aus der Sicht eines zum Tode Verurteilten, der seine letzte Zigarette raucht, in gewagt derber Sprache seine Verachtung über die Rechtsprechung einer Welt aus, die einen Einzelnen für einen mickrigen Mord bestraft, während sie beim Mord an Millionen wegschaut. Es erschien ungerecht, dass Lance, der den Geboten von Stil und bürgerlicher Moral die Stirn bot, außen vor blieb, während Robert Penn Warren mit einem Sentimentalisten wie Kit durch den Garten schlenderte (dessen Geschichte mich übrigens durch ihre ordinäre Entblößung von Gefühlen zu verstohlenen Tränen gerührt hatte).

Diese Begegnungen waren für uns Trophäen, ich übertreibe da keineswegs. Uns lag viel daran. Und mir lag genauso viel daran wie allen anderen, denn ich las nicht nur, was Schriftsteller schrieben, sondern auch, was über sie geschrieben wurde. Ich wusste, dass Maupassant, dessen Erzählungen ich liebte, als junger Mann von Flaubert und Turgenjew fasziniert gewesen war; Faulkner von Sherwood Anderson; Hemingway von Fitzgerald und Pound und Gertrude Stein. All diese Schriftsteller wurden von anderen Schriftstellern willkommen geheißen. Daraus folgte wohl, dass man so ein Willkommen brauchte, doch bevor einem das passieren konnte, musste man irgendwie, *irgendwie*, dem Schriftsteller begegnen, der einen willkommen heißen konnte. Meine Vorstellung davon, wie das funktionieren könnte, hatte nichts Gewöhnliches oder auch nur Praktisches an sich. Ich dachte nie daran, mir Verbindungen zu schaffen. Ich hatte mystische

Aspirationen. Ich wollte, dass mir eine Hand aufgelegt wurde, die lebendige Geschichten und Gedichte geschrieben hatte, eine Hand, die die Hand anderer Schriftsteller berührt hatte. Ich wollte gesalbt werden.

Frosts Besuch wurde Anfang Oktober angekündigt. Zuerst machte mich die Nachricht ganz schwindelig, doch am Abend wurde ich vor lauter Angst zu scheitern missmutig. Ich konnte nicht schlafen. Schließlich stand ich auf und setzte mich an meinen Schreibtisch, vor mir zwei Notizbücher voller Gedichte, die ich als Erholung von der Prosa geschrieben hatte. Während mein Zimmergenosse im Traum vor sich hin murmelte, beugte ich mich über die Seiten und las ein Gedicht nach dem anderen, alle ungefähr in diesem Stil:

lied (Nr. 8)

für der hoffnungslosen hoffnungslose nacht
sing ich mein lied und, hoffnungslos, sing es zu ende,
nur kein mitleid für mich, ich bin ohne hoffnung und
kein mitleid für die, da sie ohne hoffnung sind und

Da endete das Gedicht. Darunter hatte ich geschrieben: *fragment*. Ich hatte *fragment* unter fast jedes Gedicht im Notizbuch geschrieben, und diese Bezeichnung traf in jedem Fall zu. Alle waren in einem Fieber der Leidenschaft oder der Philosophie entstanden, das mich verließ, bevor ich ihm Bedeutung verleihen konnte. Die wenigen Gedichte, die ich zu Ende geschrieben hatte, wirkten in dem harten Lichtkreis der Schwanenhalslampe fast noch enttäuschender. Das Schöne an einem Fragment ist, dass es immer noch die Hoffnung auf eine brillante Vervollständigung erlaubt. Ich überlegte, mehrere davon zu einer Sequenz zusammenzufügen, à la *Das Wüste Land*, aber dass sie dadurch wirklich etwas aussagen würden, kam mir unwahrscheinlich vor.

Ich würde etwas Neues schreiben müssen. Der Abgabetermin war in drei Wochen. In dieser Zeit konnte ich doch ein Gedicht schreiben! Nur, was für eine Art von Gedicht? Es musste ja nicht nur gut sein, es sollte sich auch von dem meiner Konkurrenten abheben. Immerhin wusste ich – mal abgesehen von unbekannten Größen wie Hurst –, wer meine Konkurrenten waren.

Es gab drei.

George Kellogg war der Herausgeber unserer Literaturzeitschrift *Troubadour*. Die Zeitschrift war sehr alt und erschien immer noch in ihrem ursprünglichen Format, auf steifem schwerem Papier in einer wie gemeißelten Type, die jedes Gedicht und jede Erzählung nach einem bewährten Klassiker aussehen ließ. Ich wäre selbst gern Herausgeber geworden, und mir hatte nur eine Stimme aus dem scheidenden Beraterkomitee gefehlt, was mir den tristen Trost-Titel eines »Publikationsleiters« einbrachte. Das war eine Enttäuschung, aber kein wirklicher Schlag. George hatte die Position verdient; er warb unermüdlich Manuskripte von den anderen Jungen ein und scheute keine Mitternachtsschicht, um das laufende Heft rechtzeitig druckreif zu machen. Ich tat nichts dergleichen.

Troubadour war das einzige Forum, das ich für meine Texte hatte; mir wäre nicht eingefallen, Rivalen zu rekrutieren.

Schon die Tatsache, dass George den Herausgeberposten verdient hatte, ließ diesen weniger begehrenswert erscheinen. Ich war gar nicht scharf auf Einsernoten in Sachen Dienst am Gemeinwohl. Nicht, dass George nicht schreiben konnte. Er war versiert, fähig, vor allem seine Gedichte waren gut. Er wählte stets traditionelle Formen, darunter besonders gern die Villanelle, und sein Thema war die Einsamkeit: ein alter Mann, der sich am Morgen nach der Kirmes vorsichtig über den Rummelplatz kämpft; ein Kind, das auf einem Busbahnhof vergebens darauf wartet, abgeholt zu werden; ein dunkler Kinosaal, nachdem alle Zuschauer gegangen sind, bis auf eine alte Frau, die langsam ihre Sachen zusammensucht und jetzt schon den langen Fußmarsch nach Hause, in ihr leeres Zimmer fürchtet.

Sie legt den Schal um und vom Pelz den schüttren Rest,
sie lässt sich Zeit, solang die Zeit sie ihr noch lässt.

Wenn man Georges Gedichte las, merkte man, dass er sich auskannte. Das Versmaß stimmte, er benutzte Alliterationen und Personifikationen. Metonymie. Seine Gedichte hatten immer ein *Thema* und waren voller Mitgefühl für die kleinen Leute. Sie langweilten mich zu Tode, aber George beherrschte sein Handwerk und ließ ab und zu spüren, dass er noch Reserven hatte.

Ich glaubte eigentlich nicht, dass er siegen würde. Mit

seiner Uhrenkette, seiner fusseligen Tweedmütze und seiner langsamen, abgewogenen Redeweise erinnerte er eher an einen Professor als an einen Schriftsteller. Dabei wirkte er weniger spießig als freundlich, und das war Georges Problem; er war zu lieb, zu nett. Ich habe von ihm nie ein scharfes Wort gehört, über niemanden, und er litt sichtlich, wenn wir anderen über unsere Schulkameraden herzogen, vor allem über solche, die sich Hoffnungen darauf machten, im *Troubadour* veröffentlicht zu werden. Bei unseren Redaktionssitzungen verteidigte er fast jeden eingereichten Text, obwohl er genau wusste, dass wir nur einen Bruchteil davon drucken konnten. Es war zum Verrücktwerden. Man konnte gar nicht sagen, ob er einen Text wirklich mochte oder es nur nicht ertrug, jemandem eine Absage zu erteilen. Das reizte uns zu noch vernichtenderen Urteilen.

Georges Großmut tat seinem Schreiben nicht gut. Bei aller Gewandtheit, allem Mitgefühl fehlte ihm der Biss. Ich hatte ein paar Zeitschriftenfotos von Ernest Hemingway über meinen Schreibtisch gepinnt. Auf einem davon entblößte er seine Hauer vor der Kamera, was keinen Zweifel darüber ließ, dass er zubeißen und zerreißen konnte, und das stand in direktem Zusammenhang mit seiner Stärke als Schriftsteller.

Trotzdem wusste ich, dass man George nicht abschreiben durfte. Wenn er es nur ein einziges Mal zulassen würde, dass ein starkes Gefühl seine Wohlerzogenheit ausschaltete, könnte er einen Treffer landen. Er könnte siegen.

Dasselbe galt für Bill White, meinen Zimmergenossen.

Bill hatte seinen ersten Roman schon zum größten Teil fertig geschrieben, und wir hatten im *Troubadour* das erste Kapitel abgedruckt. Zwei Männer und eine Frau sitzen bei einem Schneesturm in einer Jagdhütte fest. Der Erzähler erklärt nicht, wer sie sind, wie sie dort hingekommen oder warum sie zusammen sind. Aber beim Lesen setzt sich allmählich das Mosaik zusammen: Einer der Männer ist ein berühmter Schauspieler, die Frau ist seine Ehefrau, und der zweite Mann ist Chirurg. Die Männer sind alte Freunde, aber es stellt sich heraus, dass die Frau des Schauspielers eine Affäre mit dem Chirurgen hat, der, wie man erfährt, dem Schauspieler einmal das Leben gerettet hat, durch einen improvisierten Luftröhrenschnitt auf einer Safari.

Hut ab, mein Lieber, sagte Montague. Vertracktes Stück Arbeit unter den Umständen. Ein Sturm, dass uns das verdammte Zelt wegflog, und die Treiber im Vollrausch. Das vergesse ich dir nicht.

Ach was, keine Ursache, sagte Dr. Coates. Das hätte jeder kleine Assistenzarzt gekonnt – wahrscheinlich besser.

Das vergesse ich dir nicht, wiederholte Montague. Ich stehe für immer in deiner Schuld, fügte er kalt hinzu.

Tun wir doch alle, sagte Ashley und goss sich noch einen Scotch ein. Sie starrte ins Schneegestöber. Was würden wir machen ohne die Dienste unseres guten Doktors?

Du Miststück, sagte Montague. Du absolut göttliches Miststück.

Bill hatte mir zwar den Rest seines Romans nicht zu lesen gegeben – er wollte ihn vor dem letzten Durchgang noch etwas liegen lassen –, aber ich war mir ziemlich sicher, dass die detailliert beschriebenen Gewehre der Jäger nicht lange in ihren Koffern bleiben würden.

Bills Figuren gehörten nicht nur den richtigen Kreisen, sondern auch der richtigen Glaubensgemeinschaft an. Genau wie Bill, vermutete ich. Er hatte leuchtend grüne Augen und blasse Haut, die bei Hitze oder Kälte schnell rot anlief. Sein Benehmen war stets höflich und amüsiert, und aus irgendeinem Grund amüsierte ich ihn ganz besonders, was mir gefiel und auch nicht gefiel. Er spielte an der Uni Squash. Ich war nie auf die Idee gekommen, dass er Jude sein könnte, bis im Frühling des vorigen Jahres sein Vater ihn besuchen kam. Mr White war Witwer und lebte in Peru, wo er eine Textilfirma besaß. Er lud mich mit Bill zum Abendessen in den Dorfgasthof ein, und als ich die beiden zusammen sah, kriegte ich fast einen Schreck: Beide waren groß und blond und grünäugig, Mr White in jeder Hinsicht eine ältere Ausgabe seines Sohnes, abgesehen von dem Brooklyn-Akzent und einer beinahe eifrigen Herzlichkeit. Er sprach mehrmals von ihrer Familie, und bald wurde klar, dass sie Juden waren. Damals wohnte ich schon seit zwei Jahren mit Bill in einem Zimmer, und er hatte nie die geringste Andeutung gemacht. Obwohl ich selber auch mit so einigem hinter dem Berg hielt, hätte ich das von Bill nie gedacht. Ich hielt ihn für aufrichtig, so distanziert er sich auch gab. Wer war er wirklich? So viel Zeit zusammen, und dann stellte sich heraus, dass ich ihn kein bisschen besser kannte als er mich.

Mr White sorgte an diesem Abend dafür, dass wir gut zu essen bekamen. Er war freundlich und angenehm, aber ich hatte vollauf damit zu tun, die Neuigkeiten zu verarbeiten, und bestimmt habe ich ihn mit mehr als höflicher Neugier gemustert. Falls Bill das auffiel, ließ er sich nichts anmerken, und auch später schien ihm mein Wissen, dass er nicht der war, der er zu sein vorgab, nichts auszumachen. Deshalb fragte ich mich, ob er überhaupt beabsichtigt hatte, nichtjüdisch zu wirken – und ob meine Überraschung nicht vielmehr auf meine eigene Engstirnigkeit und meine Ängste zurückging.

Natürlich glaubte ich das eigentlich nicht. Ich glaubte, dass Bill absichtlich alle täuschte, und hielt seine Gelassenheit angesichts der Enthüllung nicht für ein Zeichen seiner Unschuld, sondern für einen weiteren Trick, mit dem er seine Unruhe übertünchte und mich, absichtlich oder nicht, dazu zwang, meine eigene Reaktion zu ergründen. Warum auch nicht? Ich jedenfalls hätte es so gemacht. Wir redeten natürlich nie darüber. Eine Zeit lang machte ich mir Sorgen, dass Bill jetzt vielleicht etwas gegen mich, den Mitwisser, hätte, aber es sah nicht danach aus. Vielleicht war er erleichtert, dass einer es wusste. Und das konnte ich verstehen, sehr gut sogar.

Als es so weit war, sich Zimmergenossen für das Abschlussjahr zu suchen, mussten wir nicht einmal darüber sprechen. Natürlich würden wir weiter zusammenwohnen. Keiner verstand sich besser, auch wenn daraus keine echte Freundschaft wurde.

Bill war ein Konkurrent. Seine Figuren kamen etwas gespreizt daher, aber er hatte Selbstbewusstsein, seine Geschichten waren handlungsreich und gingen ins Detail. Die meisten Texte, die wir im *Troubadour* brachten, blieben leider zu allgemein. Je allgemeiner, umso gültiger – das schien das herrschende Prinzip zu sein. Bills Talent lag in der Genauigkeit. Wie der Schnee an einem klirrkalten, klaren Tag unter den Füßen knarzte, oder wie die niedrig stehende weiße Sonne durch ein Gewirr schwarzer Äste hindurchblickte. Das Klebrige eines frisch geölten Gewehrschaftes, das schrappende Geräusch, wenn eine gelangweilte Frau sich vor dem Kamin das lange Haar bürstet. Alles, was er schrieb, war präzise und wahr, nur seine Figuren nicht. Das schadete den längeren Texten, aber in Bills kürzesten, aufgeladensten Erzählungen und in seinen gelegentlichen Gedichten hatte sein Schreiben eine Schärfe und eine Haltung, die einen mitreißen konnte. Er machte mir Sorgen.

Genau wie Jeff Purcell, bekannt als der Kleine Jeff, weil es noch einen weiteren Jeff Purcell in unserer Klasse gab, seinen Cousin – den Großen Jeff. Eigentlich war der Kleine Jeff nicht klein und der Große Jeff nicht groß, nur größer als der Kleine Jeff, der ihn nicht ausstehen konnte, zum Teil sicher auch, weil er ihm diesen grässlichen Spitznamen zu verdanken hatte. Ich war mit dem Kleinen Jeff befreundet und nannte ihn, wie alle seine Freunde, Purcell.

Purcell hielt meistens die Arme über der Brust verschränkt wie ein Bürgerkriegsgeneral auf einer alten Daguerreotypie. Diese kriegerische Pose passte zu ihm. Unter seinen knisterkurzen Haarstoppeln kultivierte er ein wütendes Talent für Beleidigungen und Verächtlichkeit. Er war der Herodes unserer Redaktionssitzungen, stets auf der Lauer, jeden Unschuldigen abzuschlachten, der sich anmaßte, uns ein Manuskript anzubieten. Er hatte hohe Maßstäbe, in moralischer, politischer und ästhetischer Hinsicht. Purcell setzte sich sogar über die ungeschriebene Regel hinweg, dass man die Arbeit seiner Mitredakteure zu bewundern hatte. Bei einer unserer Sitzungen verkündete er, eine Geschichte von mir mit dem Titel »Brief eines Selbstmörders« lese sich, als wäre sie geschrieben worden, *nachdem* sich der Erzähler das Hirn aus dem Kopf gepustet hatte.

Purcell stammte aus einer reichen, angesehenen Familie, was man seinen Erzählungen und Gedichten nicht anmerkte; oder vielleicht gerade doch. Sein Thema war die Ungerechtigkeit zwischen oben und unten. Er hatte eine Ballade über einen Bergmann geschrieben, der tief in die Erde geschickt wird und bei einem Grubenunglück umkommt, während der Bergwerksbesitzer seine Jagdhunde mit Filet Mignon füttert und mit ihnen in Babysprache redet. Purcells letzter Text für den *Troubadour* war eine Erzählung aus lauter Gratulationsbriefen gewesen, die ein General an mehrere trauernde Frauen schreibt, nachdem er ihre Männer und Söhne in der Schlacht verheizt hat.

Freuen Sie sich über Ihren gefallenen Helden, denn sein Herz wurde für unsere ruhmreiche Sache durchbohrt, und Sie und Ihre Kleinen können sicher sein, dass sein fehlender Kopf, wo immer er jetzt sein mag, voller Stolz ist auf das Opfer, das er für sein Vaterland brachte, voller leuchtender Erinnerungen an die Heimat, für die er so bereitwillig in den Tod ging.

Bei dieser Geschichte hatte er sich, da war ich mir sicher, von einer ganz bestimmten Passage aus *In einem andern Land* inspirieren lassen, aber als wir den Text besprachen, biss ich mir auf die Lippe und ließ ihn durchgehen. Er war nicht schlecht. Eine Karikatur natürlich, wie alles, was Purcell schrieb, grell und überzogen, keine Frage, aber von ätzender Lebendigkeit. Im Übrigen schuldete ich selbst Hemingway viel, sehr viel sogar. Und Bill auch. Wir redeten schon wie Hemingway-Figuren, wenn auch parodistisch, als wollten wir leugnen, dass wir seine Schüler waren: Das ist dein Bett, und es ist ein gutes Bett, und du musst es machen, und du musst es ordentlich machen. Oder: Heute ist der Tag des Hackbratens. Der Hackbraten ist prima. Er ist prima, aber wenn er nicht mehr da ist, wird es tragisch sein, keinen Hackbraten mehr zu haben, und der Hackbraten-Mann wird nicht zurückkehren.

Wir alle schuldeten irgendeinem Autor etwas, Hemingway oder Cummings oder Kerouac – oder allen zusammen und noch einigen dazu. Das hätten wir nicht zugegeben, aber bewusst war es uns sicher, denn Imitation war der einzige Vorwurf, den wir bei unserem grausamen Spott über die eingereichten Texte aussparten. Das hätte nichts gebracht. Hätte sich erst einmal ein Bewusstsein für die Einflüsse herauskristallisiert, wäre die kollektive und für uns notwendige Fantasie, dass die Texte ganz unser Eigen waren, zerstört worden. Selbst Purcell hielt da den Mund.

Er war eine Bedrohung. Er attackierte alle und jeden, brutal sogar, aber man konnte auch spüren, wie unwohl er sich auf dem weichen Kissen seiner Herkunft fühlte, welche Angst er hatte, auch er könnte irgendwann zu einem der blöden Blutsauger werden, über die er schrieb. Wenn er seine Zielscheiben menschlicher machen, seine Stimme dämpfen, ein Messer benutzen würde statt eines Knüppels ... Aber das brauchte er gar nicht unbedingt. Neben lauter Leichen konnte eine seiner Karikaturen schon siegen, nur weil sie lebendig war.

Das also waren die Jungen, die zwischen mir und Robert Frost standen. Natürlich gab es andere in meiner Klasse, die sich als Schriftsteller bezeichneten, aber ich hatte ihre Englischaufsätze und ihre beim *Troubadour* eingereichten Texte gelesen und nichts Beunruhigendes entdeckt, außer ihrer Sehnsucht. So viel Sehnsucht! Warum sehnten sich so viele von uns danach, Schriftsteller zu sein? Eine unbegründete Sehnsucht, wie es schien. Aber es gab Gründe.

Die Atmosphäre an unserer Schule knisterte vor sexueller Aufladung. Gelegentlich gab es Tanzabende zusammen mit Miss Cobb's Academy und einigen anderen Mädchenschulen, aber diese Veranstaltungen erhöhten nur die Spannung; wir sahen zwar jeden Tag die Ehefrauen der Lehrer, aber nur Roberta Ramsey war geeignet, unsere Träume zu beleben. Die Abwesenheit eines echten Mädchens, um das man hätte wetteifern können, führte dazu, dass jeder andere Pokal weibliche Züge annahm. Für Auszeichnungen in Sport, Stipendien, Musik und Literatur rannten wir mit gesenkten Köpfen aufeinander los wie junge Widder, und als Schriftsteller Punkte gemacht zu haben zeugte ebenso gut vom eigenen Kaliber wie eine glänzende Saison auf dem Footballfeld.

Dieser Aspekt meiner Ambitionen war mir damals nicht bewusst. Aber es gab einen anderen, den ich undeutlich wahrnahm, beinahe gegen meinen Willen: das Problem der Klassenzugehörigkeit.

Unsere Schule war stolz darauf, Charakter und Handeln über alles andere zu stellen. Sie glaubte fest daran, dass dieses System dem draußen gültigen überlegen war und dass es uns gegen schlechte Gewohnheiten wie unangemessenen Stolz und Respekt immun machen würde. Es war ein guter Traum, und wir versuchten ihn umzusetzen, obwohl wir wussten, dass wir nur Schauspieler in einem Stück waren, während es außerhalb des Theaters eine Welt gab, mit der wir zu rechnen hatten, sobald der Vorhang fiel und die Türen aufgestoßen wurden.

Klasse war eine Tatsache. Nicht die Kleidung, die ein Junge trug, sondern wie er sie trug. Wie er seine Sommer verbrachte. Die Sportarten, die er beherrschte. Dass er kühl reagierte, wenn jemand Geld erwähnte oder seinen Ehrgeiz allzu ungeschminkt zur Schau stellte. Bestimmten Jungen konnte man eine tiefe Gelassenheit anmerken, eine angeborene freundliche Gewissheit, dass sie sich ihren Platz in der Welt nicht würden erkämpfen müssen, weil er schon für sie reserviert war; eine tiefe Gelassenheit oder, wie bei Purcell und einigen anderen, eine finstere Antipathie gegen diese Polsterung, die sie umschloss und vor den scharfen Kanten des Lebens schützte. Aber selbst wenn sie dagegen ankämpften – es stellte auch eine Definition und einen Schutz dar, und bis zu einem gewissen Grad war ihnen das nicht bewusst. Purcell selbst besaß eine Sammlung von Erstausgaben, die man sich im Grunde nur als Bergwerksbesitzer leisten konnte.

Diese Dinge begriff ich instinktiv. Ich formulierte sie nie, nicht einmal im geschützten Raum meiner Gedanken, eben weil die Selbstdefinition der Schule unausgesprochen blieb und daher nicht zu erörtern war. Schon in den ersten Tagen an der Schule begriff ich, dass dieser Traum eine Chance war, die ich dankbar wahrnahm, aber zugleich verhielt ich mich so, als hätte ich berechtigte Zweifel daran. Wie bei der folgenden Gelegenheit.

Im Sommer, bevor ich an die Schule kam, hatte ich als Tellerwäscher in der Küche eines YMCA-Ferienlagers außerhalb von Seattle gearbeitet. Ich war der Jüngste, und die anderen Jungen schikanierten mich ziemlich, bis Hartmut, der Koch, das bemerkte und sie zurechtwies. Er machte es versteckt, verteidigte mich nie offen, sondern nahm sich die härtesten Triezer vor, indem er ihnen die Ekelarbeiten auftrug, etwa die Reinigung des Fettfangs oder des Frittierkorbs. Irgendwann muss wohl ein unterschwelliges Gespür für Ursache und Wirkung gegriffen haben, denn sie ließen mich zunehmend in Ruhe, und dann kamen wir alle gut miteinander aus. Nach dem Abendessen, wenn die Küche zu seiner Zufriedenheit glänzte, ließ uns Hartmut auf seinem alten tragbaren Plattenspieler Tom-Lehrer-LPs hören. Er verstand die Witze zwar nicht, aber unser Gelächter machte ihm Spaß. Ah! Ihr Jungen! Ihr verrückten, verrückten Jungen!

Hartmut stammte aus Österreich. Er lebte schon seit

vielen Jahren in Amerika, aber sein Englisch war exzentrisch und oft absurd. Er trug eine richtige Kochmütze und eine weiße Uniform, die er jeden Tag wechselte. Er kochte für die Kinder, eingeschworene Hot-Dog-Fans, als wären sie der Hochadel – Soufflés, Gebäck von luftiger Leichtigkeit, Quiches, mehrschichtige Torten. Er war sehr stolz und gestattete sich keine Reaktion, wenn die kleinen Banausen über ihren verlorenen Eiern saßen und Würgegeräusche von sich gaben.

Hartmut, rosig, dick und stark, führte seine Küche wie ein Schiff, alles hatte seinen Platz, jeder Befehl musste sofort ausgeführt werden. Obgleich er augenscheinlich keine Familie hatte, liebte er Kinder mit gutherziger Offenheit. Musik liebte er auch. Wenn aus dem Plattenspieler keine Walzer oder heiteren Opernmelodien dröhnten, dann pfiff und sang er. Einige seiner Lieder waren richtig schmissig und blieben mir im Kopf. Und das brachte mich in Schwierigkeiten.

Ich war erst seit fünf oder sechs Wochen an der Schule. Ich hatte im Unterricht zu kämpfen, aber jeden Morgen überkam mich eine große Freude, wenn mich das Geläut der Glocken im Glockenturm aufweckte, ich an mein Fenster trat und dachte: Mein Gott! Ich bin wirklich hier! Einmal, als ich nach dem Frühstück die Treppen zum Schlafsaal hochging, pfiff ich vor lauter Begeisterung irgendeins von Hartmuts Liedern. Gershon, einer der Schulhandwerker, war mir ein paar Stufen voraus, einen Wäschesack auf den schmalen Schultern. Er hatte einen schwerfälligen Gang, selbst auf ebenem Gelände; hier auf der Treppe kam er kaum voran. Ich hatte Angst, mit ihm zusammenzustoßen, wenn ich versuchte, ihn zu überholen, also blieb ich einige Schritte hinter ihm, die ganze Zeit weiterpfeifend. Gershon verströmte einen muffigen Geruch, den ich schon früher wahrgenommen hatte, aber nie so stark wie jetzt, bei so geringem Abstand.

Er wurde noch langsamer. Zuvorkommend passte ich mein Tempo an und pfiff weiter, mein Lied hallte fröhlich in dem steinernen Treppenhaus wider. Dann blieb Gershon stehen und drehte mir sein langes graues Gesicht zu. Der Wäschesack hing schlaff über seinen Schultern wie ein Lamm auf einer Bibelillustration. Ich hörte seinen Atem, der schnell und flach ging. Er sagte etwas, in einer fremden Sprache, wie ich meinte – ich wusste, dass er irgendwie Ausländer war. Seine allzu weißen Zähne klapperten, während er sprach; ich betrachtete sie mit hilfloser Faszination. Dann hielt er inne. Er schien auf eine Antwort zu warten.

Name!, sagte er. Sag dein Name!

Ich sagte ihm, wie ich hieß.

Dann geh! Weg! Weg!

Ich schob mich an ihm vorbei und ging auf mein Zimmer, und bis der Unterricht anfing, hatte ich das Ganze schon als Missverständnis abgehakt: Der alte Griesgram musste wohl gedacht haben, ich wollte ihn antreiben. Als mich in der zweiten Stunde ein Aufsichtsschüler aus dem Lateinunterricht rief und ins Büro des Dekans schickte, dachte ich, mir stünde eine Predigt wegen meiner schaurig schlechten Noten bevor. Ich war über ein Stipendium an die Schule gekommen und fürchtete schon seit einiger Zeit eine solche Vorladung.

Ich war Dekan Makepeace noch nicht begegnet, aber ich wusste, wer er war: Ernest Hemingways Freund. Er schloss die Tür hinter mir und musterte mich ohne ein Wort des Grußes, dann deutete er auf den heißen Stuhl. Er ließ sich hinter dem Schreibtisch nieder und blätterte in einer Akte. Meiner, nahm ich an.

Er roch stark nach Tabak. Wie die meisten Lehrer. Normalerweise war das ein angenehmer, väterlicher Geruch, aber in meinem besorgten Zustand wurde mir fast schlecht davon. Bislang hatte ich Dekan Makepeace nur aus der Entfernung gesehen, an seinem Tisch im Speisesaal oder wenn er über den Campus tappte, oft begleitet von einer Eskorte älterer Jungen. Durch seine Größe, seine Nase und seinen langen schwarzen Gehstock hatte er hoheitsvoll, aber gütig gewirkt. Jetzt, aus der Nähe, war keins von beiden zu spüren. Dichte weiße Haarbüschel sprossen aus seinen Ohren und Nasenlöchern. Zigarettenrauch hatte seinen weißen Schnurrbart gelb gefärbt, und seine Anzugjacke war mit Asche verschmiert. Ich hatte den Eindruck, dass er gar nicht in der Akte las, sondern nur darin herumblätterte, während er überlegte, wie er mich auseinander nehmen sollte. Vielleicht wollte er mir auch Zeit geben, das ganze Gewicht meiner Faulheit und Undankbarkeit zu spüren, die gesamte Enttäuschung all jener, die ihre Hoffnungen in mich gesetzt hatten.

Die hohe Rückenlehne meines Stuhls hielt mich kerzengerade. Regale voll dunkler, identisch gebundener Bücher erstreckten sich auf beiden Seiten vom Boden bis zur hohen Decke. Sosehr ich Bücher liebte, diese hier hatten etwas Unfreundliches an sich; als ich später im selben Jahr auf Merediths Gedicht »Luzifer im Sternenlicht« stieß und die Zeile von der »Armee des unveränderbaren Gesetzes« las, dachte ich nicht an die Sterne, sondern an jene hoch aufragenden Bände. Das bleiverglaste Fenster hinter dem Schreibtisch stand offen und ließ eine Brise herein. Ich hörte, wie in einem der Klassenzimmer um unseren Innenhof Gelächter aufbrandete. Es brach abrupt ab.

Dekan Makepeace legte die Akte auf den Tisch. Ich verlange eine Erklärung, sagte er.

Nun, Sir, ich war ziemlich im Rückstand, als ich herkam.

Was?

Das soll keine Entschuldigung sein. Ich weiß, dass ich mehr tun muss.

Wechsel nicht das Thema. Hast du irgendeine Vorstellung davon, was dieser Mann durchgemacht hat?

Sir?

Du hast gehört, was ich gesagt habe. Ich kann einfach nicht begreifen, wie man einen Mann in Gershons Lage so behandeln kann. Bitte erklär mir das.

Dekan Makepeace sagte all das durchaus ruhig, aber ich wurde unter seinem Blick immer kleiner. Er war nicht wütend. Wut, das wusste ich, ging vorüber und war oft Theater, jedenfalls zum Teil. Wut kannte ich gut und konnte sie leicht ertragen. Was ich sah, war Abneigung, und die kann man nicht so leicht abschütteln, die bleibt.

Ich wollte Gershon nicht antreiben, sagte ich. Es tut mir Leid, falls es so gewirkt haben sollte.

Ach, *das* war der Grund? Er war dir nicht schnell genug, also dachtest du, dem spielst du einen kleinen Marsch. Na, dann spiel mir doch auch mal auf.

Sir?

Ich möchte, dass du mir vorsingst, was du Gershon vorgesungen hast.

Also, ich habe ein Lied gepfiffen. Ich kenne den Text nicht.

Dann pfeifst du eben.

Mein Mund war so trocken, dass ich keine Note herausbrachte. Ich machte ein paar missglückte Versuche, dann gab ich auf.

Komm schon. Raus damit.

Ich kann nicht.

Ging doch heute Morgen ganz prima, oder? Na gut – dann summst du das verdammte Ding eben.

Ich tat es. Gesummt klang es anders, aber ich merkte, dass Dekan Makepeace das Lied erkannte und dass mir das nicht gerade half.

Ich brach ab und fragte ratlos: Sir, was für ein Lied ist das?

Stell dich nicht dumm, Junge.

Tu ich nicht! Ich stelle mich nicht dumm. Was habe ich falsch gemacht? Diese Frage brachte mich vor lauter Selbstmitleid fast zum Weinen.

Du sagst, du weißt nicht, was für ein Lied das ist?

Ich schüttelte heftig den Kopf.

Wo hast du es denn gelernt?

Bei einem Mann, für den ich gearbeitet habe. Hartmut. Ich habe es bei ihm aufgeschnappt. Die Melodie.

Du kennst doch bestimmt andere Lieder.

Jawohl, Sir.

Viele andere Lieder. Und von allen Liedern, die du kennst, musst du zufällig das hier Gershon vorpfeifen. Ausgerechnet *Gershon*!

Ich habe ihm nichts vorgepfiffen. Ich habe nur gepfiffen. Und Gershon war gerade in der Nähe.

Gab es irgendeinen Anlass für diesen musikalischen Ausbruch?

Nichts Besonderes. Ich war glücklich, sonst nichts.

Dekan Makepeace lehnte sich in seinem Stuhl zurück. Glücklich. Worüber warst du glücklich?

Dass ich hier bin.

Er strich sich den Schnurrbart. Das behältst du vielleicht besser für dich, sagte er. Jetzt mal ehrlich, Junge, was hast du über Gershon gehört?

Nichts. Ich sehe ihn ab und zu, sonst nichts.

Du weißt also gar nichts über ihn?

Nein, Sir.

Hast du je von dem »Horst-Wessel-Lied« gehört?

Sie meinen dieses Weihnachtslied?

Nein, nein. Das »Horst-Wessel-Lied« ist ein Marschlied der Nazis, und ein besonders hässliches noch dazu. Das hast du gesungen. Gepfiffen.

Da wurde mir alles klar. Als ein Kind der überlegenen, angewiderten, siegreichen Nation verfügte ich über das übliche Reservoir an Bildern zu den Wörtern Nazi und Jude, und ich ordnete ihm Gershons Gesicht zu, noch bevor Dekan Makepeace anfing, mir zu erzählen, was Gershon und seine Familie durchlitten hatten. Außer ihm hatte nur eine Tochter, die jetzt in einer psychiatrischen Anstalt in Frankreich war, überlebt. Während er sprach, spürte ich, wie sich meine Augen mit Tränen füllten, zum Teil aus Mitleid, aber auch, weil die Traurigkeit der Geschichte mir einen Deckmantel bot, unter dem ich meine eigene Misere beklagen konnte; zu Unrecht angeklagt und von einem großen Mann der Schule gedemütigt zu werden, schon nach wenigen Wochen in meinem ersten Halbjahr – einem Mann, der, so hoffte ich, eines Tages mein Lehrer, vielleicht sogar ein Freund werden würde.

Es war zu viel. Ich fing an zu weinen – zu schluchzen. Meine fehlende Selbstbeherrschung war mir unglaublich peinlich, und ich wand mich auf meinem Stuhl, von Makepeace weggekrümmt. Ich versuchte aufzuhören, aber es gelang mir nicht. Ich spürte eine Hand auf meinem Rücken. Dekan Makepeace ließ sie einen Moment lang dort liegen, dann drückte er kurz meine Schulter und verließ das Zimmer.

Als er zurückkam, hatte ich mich ausgeweint. Er bot mir ein Glas Wasser an und wartete neben meinem Stuhl. Das Wasser war kalt. Ich trank es fast in einem Zug, dann leerte ich das Glas ganz und gab es Dekan Makepeace zurück. Obwohl er nichts sagte, begriff ich, dass unser Gespräch beendet war. Ich stand auf und sagte, es täte mir Leid mit Gershon, ich hätte ja keine Ahnung gehabt ...

Ich weiß. Das weiß ich.

Aber *woher* wusste er das? Wie konnte er, angesichts eines so unvorstellbaren Zufalls? Bestimmt war da noch ein Zweifel hängen geblieben. Es gab eine Möglichkeit, den Zweifel auszuräumen, aber ich wusste schon, dass ich sie nie einsetzen würde.

Dekan Makepeace begleitete mich zur Tür. Er schüttelte mir die Hand und sagte: Sei so gut und bring das mit Gershon in Ordnung, dann können wir die Sache auf sich beruhen lassen. Je früher, desto besser. Sagen wir, heute Abend. Nach dem Abendessen.

Und sieh zu, dass deine Noten besser werden.

Gershon wohnte im Keller unter dem Holmes-Gebäude, dem Wohnheim des Abschlussjahrgangs, und zwar gleich hinter dem Kesselraum. Sogar dort unten konnte ich die Jungen hören, wie sie oben polterten und prahlten, im sicheren Wissen, Schüler dieser Schule zu sein. Gershon öffnete die Tür, ließ mich aber nur über die Schwelle, nicht weiter, und wartete, während ich anfing, mich zu erklären.

Das Zimmer gleich dahinter roch nach Zwiebeln. Gershon hatte gerade irgendetwas genäht, und der Tisch war mit Stofffetzen übersät. Keine Bücher zu sehen. Keine Bilder. An der Decke verliefen isolierte Rohre.

Während ich sprach, hielt er sein Gesicht abgewandt, den Mund gespitzt; er hatte sein Gebiss nicht drin. Er wollte weder mit mir sprechen noch mir irgendwie anders zeigen, dass er zuhörte. Es war unübersehbar, dass er meinen Besuch als eine bittere Steigerung der Kränkung betrachtete, die ich ihm bereits zugefügt hatte, und dass er mich nur hereingelassen hatte, weil er meinte, er hätte keine andere Wahl. Ich versuchte, möglichst einfach und langsam zu sprechen. Ich war mir nicht sicher, ob er mich verstand, hatte aber das Gefühl, er verstand mich und glaubte kein Wort.

Die Geschichte klang ja selbst in meinen Ohren unglaubwürdig, und ihre grotesken, unwahrscheinlichen Zufälle – dieses Lied, ausgerechnet; Gershon, ausgerechnet – nahmen meiner Stimme alle Überzeugung, und am Ende ergab das, was ich erzählte, überhaupt keinen Sinn mehr. Ich fing damit an, dass ich das Lied von Hartmut gelernt hatte, dann verhedderte ich mich dabei, ihm Hartmut als netten Kerl zu beschreiben, er habe bestimmt nicht gewusst, wovon das Lied handelte, oder es vielleicht vergessen und nur die Melodie im Kopf behalten ... Gershon starrte in eine Ecke, saugte die Wangen nach innen, ertrug mich, wartete darauf, dass ich endlich aufhörte zu lügen und ihn in Frieden ließ. Und ich bedrängte ihn immer weiter. Ich wollte, dass er mir glaubte, meinetwegen natürlich, aber auch seinetwegen, er sollte wissen, dass es hier keine Nazis gab.

Wieder fiel mir ein, dass ich ja meine Unschuld beweisen konnte: indem ich ihm sagte, dass mein Vater Jude war. Das stimmte, auch wenn er selbst das nie erwähnt hatte, nicht einmal mir gegenüber, seinem einzigen Kind. Meine Mutter hatte es mir erst vor einem Jahr gesagt, nicht lange bevor sie starb, und ich hatte keine Ahnung, welche Bedeutung das für mich eigentlich haben sollte. Ich war katholisch erzogen worden; bis jetzt hatten mich Nonnen unterrichtet, ab und zu ein Priester, und mein gesamter Bekanntenkreis war ausschließlich christlich gewesen. Ich wusste nichts über die Juden, abgesehen von den Ereignissen ihrer jüngsten Geschichte. Wenn ich erführe, dass mein Vater von Südstaaten-Baptisten abstammte, würde mich das zu einem Südstaaten-Baptisten machen? Nein. Ich wäre immer noch derselbe Junge wie am Tag vor dieser Nachricht. So war es auch mit seinen jüdischen Vorfahren. Es war eine Tatsache, aber keine bestimmende Tatsache, und ich musste sie weder bestätigen noch leugnen.

Aber an diesem Tag hatte sich die Frage schon zweimal indirekt gestellt, und beide Male hatte ich mich dafür entschieden, zu leugnen. Es hätte mich nicht unbedingt reingewaschen, Dekan Makepeace oder Gershon von meinem Vater zu erzählen; Juden können die bösesten Judenhasser sein, wie jedermann weiß, nur *ich* wusste es nicht. Ich dachte, ich hätte einen Trumpf in der Hand, und dass ich mich weigerte, ihn auszuspielen, lief letztlich auf ein Täuschungsmanöver hinaus.

Die Szene mit Gershon hätte sich zu einer bestimmten Art von Geschichte ausspinnen lassen. Der neue Junge will bei dem verschrobenen Arbeiter, den er unabsichtlich gekränkt hat, die Sache ausräumen und gesteht ihm schließlich seine eigene jüdische Herkunft, worauf der Mann weich wird und eine Freundschaft zwischen den beiden entsteht. Mit der Zeit wird der Mann, der seine Söhne verloren hat, regelrecht zum Vater für den Jungen und vermittelt ihm die Traditionen, die dessen eigener, unaufrichtiger Vater ihm verweigert hat. Welche Ironie: Der ehrgeizige, aufstrebende Junge muss in einen Kellerraum hinabsteigen, um das zu lernen, was oben in der Snobfabrik nicht gelehrt wird.

Schöne Illusion. Ich wollte da nur noch raus, und ich gestand überhaupt nichts. Lieber sollte Gershon das Schlimmste von mir denken, als dass ich irgendeine Verbindung zu ihm zugegeben oder einen Bezug zwischen mir und dem Schicksal hergestellt hätte, das ihn in diesem Keller hatte stranden lassen. Warum sollte ich mich in seine vom Unglück verfolgte Sippe hineinreden? Dies alles überschwemmte, erstickte mich förmlich. Ich stammelte eine abschließende Entschuldigung und ging, ja rannte, sobald die Tür hinter mir ins Schloss gefallen war, zurück nach oben.

Am Morgen, bei Dekan Makepeace, war es anders gewesen, ruhiger und klarer. Dort hatte ich ganz einfach beschlossen, es sei besser, mich nicht mit der jüdischen Karte zu verteidigen. Dabei gab es keine offensichtliche Notwendigkeit, ein Geheimnis daraus zu machen. In meiner kurzen Zeit an der Schule hatte ich weder Schikanen noch offene Verachtung beobachtet, auch später nicht. Und doch kam es mir so vor, als hätten die jüdischen Jungen, selbst die beliebten, selbst die Sportler, ein fast unmerkliches Spannungsfeld um sich, eine Aura der Absonderung. Und irgendwie muss sich in mir das Gefühl durchgesetzt haben, dass diese Absonderung nicht mit den Jungen selbst, einer Eigenschaft, einem Wunsch von ihnen zusammenhing, sondern von der Schule ausging – als sei irgendein Schutzgeist, gleichgültig gegenüber ihrem Charakter, aus den Feldern und Wegen und verwitterten Gemäuern aufgestiegen, um ihnen diese Aura der Absonderung einzuhauchen.

Dies war nicht mehr als ein leichter Schauder des Argwohns, und obwohl ich mich entsprechend verhielt, ließ ich keinen Gedanken daran zu. Aber er ließ mich eigentlich nie los. Er überschattete meinen Glauben an die Schule. Sosehr ich an ihre egalitäre Vision glauben wollte, ich wagte es nie, sie auf die Probe zu stellen.

Andere Jungen müssen dieselben Unterströmungen gespürt haben. Vielleicht wollten deshalb so viele von ihnen Schriftsteller werden. Vielleicht meinten sie wie ich, dass man als Schriftsteller den Problemen von Rasse und Klasse entgehen konnte. Schriftsteller bildeten eine eigene Gesellschaft außerhalb der üblichen Hierarchie. Das verlieh ihnen eine Macht, die kein Privileg bieten konnte – die Macht, Bilder von dem System zu zeichnen, außerhalb dessen sie standen, und es auf diese Weise zu beurteilen.

Ich hatte noch nie jemanden sagen hören, dass ein Schriftsteller Macht habe. Wahrhaftigkeit, ja. Geist, Verständnis, auch Mut – aber nicht Macht. Wir hatten im Unterricht Pasternak und seine Verfolgung durchgenommen, die lange Geschichte russischer Schriftsteller, die ins Gefängnis kamen und umgebracht wurden, weil sie nicht schrieben, wie es die Partei wollte. Kaiser Augustus hatte Ovid, den unser Lateinlehrer verehrte, ins Exil geschickt. Und als der progressive Mr Ramsey – ein Geschenk Englands – uns zeigen wollte, was für Kleingeister wir waren, erinnerte er uns daran, wie ungastlich unser Land *Lolita* gegenüber gewesen war, das er für den großartigsten Roman des Jahrhunderts seit *Ulysses* hielt – noch so ein Opfer grobschlächtiger amerikanischer Zensoren!

Doch all diese Geschichten führten bei mir nur dazu,

dass ich statt der Macht des Kaisers viel stärker seine Angst vor Ovid spürte. Und warum sollte der Kaiser Ovid fürchten, wenn nicht aus dem Wissen heraus, dass weder seine Göttlichkeit noch all seine Legionen ihn vor einem guten Vers beschützen konnten?

IN FLAMMEN

Am Tag bevor unsere Frost-Gedichte abgegeben werden mussten, hatten wir einen Brand in der Schule. Feuer war der große Albtraum. Anfang des Jahrhunderts war ein Wohnhaus der Schule mit dreizehn Jungen darin abgebrannt, und der Schock über diese Todesfälle war zu meiner Zeit immer noch zu spüren. Sie wurden die *Jungs von Blaine* genannt, nach dem Haus, in dem sie gewohnt hatten. Ihr Gruppenfoto, aufgenommen für das Jahrbuch, das sie nicht mehr zu Gesicht bekamen, hing in der Blaine-Gedenkhalle, wo wir Jungen aus dem Abschlussjahrgang uns nach dem Abendessen zum Reden und Singen versammelten. Dieses Bild faszinierte mich. Ich musterte ihre ernsten Gesichter (damals gab es kein Herumalbern für die Kamera) und wie sie sich aneinander lehnten, Rücken an Rücken, ein Junge legte einem anderen den Kopf auf die Schulter. Mein Verlustgefühl betraf nicht nur ihren Tod: wie ungekünstelt zart und wie leicht sie miteinander umgingen.

Der Mentor ihres Hauses war auf ein Gläschen im Dorf gewesen, als es geschah. Im Jahr darauf wechselte er zu einer anderen Jungenschule, dann zur nächsten, so hieß es, und zur nächsten, doch er kam nie mehr zur Ruhe.

Angeblich war der Brand von einer Zigarette ausgelöst

worden. Woher irgendjemand das wissen konnte, fragten wir nicht. Es galt als Evangelium. Und es führte zu einem Gebot: Du sollst nicht rauchen. Lass dich erwischen, und du bist draußen; keine Diskussionen, keine Ausnahmen. Selbst die nachsichtigsten Lehrer kannten in diesem Punkt keine Gnade. Zwei oder drei Raucher flogen pro Jahr von der Schule, kriegten gerade genug Zeit, um zu packen und ihre Eltern anzurufen. Es konnte passieren, dass ein Junge vom Schwimmtraining zurückkam und seinen Zimmergenossen nicht mehr antraf, im leeren Schrank klingelten noch die Bügel, und die andere Matratze war abgezogen und zusammengeklappt. Es gab keine Ankündigungen und keine Predigten. Dass Raucher schnell und wortlos von der Schule entfernt wurden, diente uns als Warnung. Diebstahl und Verstöße gegen den Ehrenkodex wurden genauso drakonisch bestraft, und Rauchen sollte in demselben Licht gesehen werden, nämlich als Verrat an der Gemeinschaft.

Über mangelnde Warnungen konnte sich also niemand beklagen – und doch gab es einen unbelehrbaren Kader von Entschlossenen, die trotzdem rauchten, einschließlich meiner Person. Ich hatte seit der achten Klasse immer wieder mal heimlich geraucht, aber hier war es zur Obsession geworden. So verrückt ich auch nach Zigaretten war, regelrecht süchtig war ich vor allem nach dem verzweifelten Kampf – so als ginge es um alles oder nichts –, dieses Laster gegen die unnachgiebige offizielle Überwachung aufrechtzuerhalten. Ich rauchte in Kühlräumen und abschließbaren Lagerschränken und Heizungstunneln und war immer auf der Suche nach neuen Orten.

Ich trat dem Klassik-Club bei, damit ich auf den Toiletten der Konzertsäle rauchen konnte, die wir besuchten, und machte beim Geländelauf mit, um mir im Wald eine anstecken zu können. Ich hatte immer haufenweise Pfefferminzbonbons dabei, damit mein Atem nicht nach Rauch roch, und benutzte ein Mundstück, um keine fleckigen Finger zu kriegen. Das war mühevolle Arbeit, die mich ganz hektisch machte, aber wenn ich den ersten tiefen Zug nahm, wurde mir schwindlig vor Genuss, und dazu gehörte nicht zuletzt das Gefühl, ein weiteres Mal davongekommen zu sein.

Dann wurde ich beinahe erwischt. Ich hatte im Keller der Kapelle geraucht, zusammen mit einem Jungen, der wenige Minuten nachdem ich gegangen war, vom Kaplan entdeckt wurde. Ich verteilte gerade die Noten im Chorgestühl – das war in dieser Woche meine Aufgabe und mein Vorwand, um dort zu sein –, als die beiden nach oben kamen und durch den Mittelgang schritten, der Kaplan hielt den Jungen traurig, aber entschlossen beim Ellbogen, und der Junge ... Ich konnte ihm nur einen kurzen Blick zuwerfen, dann schaute ich weg, aber ich hatte genug gesehen. Den restlichen Nachmittag lang krampfte sich mein Magen zusammen, sobald sich ein Lehrer näherte. Ich hatte Angst, dass mich der andere Junge verraten hätte, nicht um seine Haut zu retten – keine Chance –, sondern in einem Anfall von Reinen-Tisch-Machen oder Groll über mein Entkommen. Er tat es aber nicht. Er ging allein durch das Tor.

Ich hatte sein Gesicht gesehen. Ich wusste, wie es ihm jetzt ging. Er befand sich im freien Fall und versuchte immer noch zu glauben, er träumte nur vom Fallen. Er kam aus New York. Das bedeutete eine lange Zugfahrt, über Nacht, ganz allein. Ich sah mich selbst in diesem Zug sitzen. Meine Reise würde allerdings nicht in New York enden. Ich müsste den schmuddligen Century-Zug nach Chicago erwischen, dann umsteigen in den Great Northern – und würde Tag um Tag an Fabriken und Feldern und Wüste und Bergen vorbeirollen, ohne irgendetwas davon wahrzunehmen, stattdessen nur mein erstauntes Spiegelbild auf der Scheibe anstarren, während mich das Rattern der Räder immer weiter von der Schule forttrüge. In jener Nacht lag ich schlaflos im Bett und sah meine Schule wie aus einer unmöglichen Entfernung, während ich in einem abgedunkelten Eisenbahnwaggon über die große Ebene raste, zurück zur Melancholie und zum Chaos des Lebens mit meinem Vater. Ich stellte mir den Speisesaal mit seinen schwarzen Deckenbalken vor, in dem die Stimmen widerhallten. Die lodernd roten Fenster der Kapelle an einem Winternachmittag. Den kumpelhaften Lärm des Gesangsvereins beim Proben, das Kratzen der Kufen auf der Eisbahn draußen, einen bestimmten Stuhl in der Bibliothek, den tiefen Frieden dort, die Gesichter meiner Freunde. Ich sah die Schule, als hätte ich sie für immer verlassen, und bei dem Gedanken wurde mir das Herz schwer. Ich stand auf, klaubte meine Selbstmordausstattung aus Zigaretten, Feuerzeug und Mundstück aus ihren Verstecken, ging zu den Toiletten am Ende des Korridors und stopfte alles in einen Abfalleimer. An der Schule habe ich nie wieder geraucht.

Doch die Versuchung war allgegenwärtig, und manchmal konnte ich die alte Gruppe fast hören, wie sie in den Kellern und auf dem Dachboden drauflosqualmte. Deshalb war mein erster Gedanke, als an jenem Sonntagnachmittag die Sirenen die Einfahrt heraufheulten, dass einer der armen Nikotinsüchtigen irgendwo einen Brand verursacht hatte und nun den Preis dafür bezahlen musste. Wer war es wohl?

Ich kam gerade aus der Bibliothek. Vom oberen Treppenabsatz aus sah ich einen dicken Rauchzopf, der sich über der alten Turnhalle emporzwirbelte. Sensationslüsterne Jungen strömten aus den Wohnheimen und Sälen, während ein paar Lehrer versuchten, sie in Gruppen einzuteilen oder wenigstens zu bremsen, doch vergebens. Ich folgte ihnen, mein Notizbuch unterm Arm.

Ich hatte mich an diesem Wochenende die meiste Zeit verkrochen und versucht, mein Gedicht für den Wettbewerb zu Ende zu schreiben. Ich arbeitete an der elegischen Meditation eines Jägers über den Kadaver eines Elchs, den er nach tagelanger Verfolgung durch die Berge erlegt hat. Das war untypisch für meine Gedichte, die sonst eher abstrakt und frei von narrativen Elementen waren. Es passte in das Muster einiger meiner Geschichten, in denen ein junger Bursche namens Sam sich den domestizierenden Forderungen seiner Mutter, einer Dame der Gesellschaft, und seines Vaters, eines Holzbarons, durch die Flucht in den pazifischen Nordwesten entzieht, wo er viel jagt und angelt und lakonische Amouren mit unkonventionellen Frauen pflegt, denen er unterwegs begegnet. Ich hatte diese Serie recht unbefangen begonnen, unbewusst als Tribut an die Nick-Adams-Geschichten, aber mit der Zeit war die Leichtigkeit verloren gegangen. Ich wollte, dass mich meine Schulkameraden, die von meinem früheren Leben in Seattle nichts wussten, für Sam hielten.

Dieses Gedicht jedoch verursachte mir Kopfschmerzen. Zunächst einmal: Wie sollte der Jäger, der dem Elch so weit in den Wald hinein gefolgt war, den Kadaver wieder hinausschaffen? Wie groß war so ein Elch überhaupt? Richtig groß, schätzte ich – deshalb würde der Jäger, nachdem er dem Geist des Elchs für das viele Fleisch gedankt hatte, ziemlich albern aussehen, wenn er nur mit einer jämmerlichen Keule über der Schulter von dannen zöge. Vielleicht hätte ich einen ganz normalen Hirsch daraus machen sollen. Aber *Hirsch* klang nicht so majestätisch wie *Elch*. Es gab noch eine Menge zu überarbeiten, und ich musste das Gedicht am nächsten Morgen abgeben.

Der Tag war kalt geworden. Ein nächtlicher Sturm hatte vor ein paar Tagen die letzten Blätter von den Ästen gefegt, und die kahlen schwarzen Bäume ließen alles noch kälter wirken. Ich schloss mich einem jüngeren Schüler an – er war zwei Klassen unter mir –, der vor kurzem einen Text beim *Troubadour* eingereicht hatte. Wir hatten ihn noch nicht abgelehnt, würden es aber wahrscheinlich tun. Ich wartete darauf, dass er danach fragte, aber als wir uns dem Brand näherten, wurde er ganz aufgeregt und rannte davon, ohne das Thema anzusprechen.

Die Menge hatte sich um die alte Turnhalle am vorderen Ende des Footballfeldes versammelt. Die Feuerwehrmänner standen um ihren Wagen, tranken Kaffee und wechselten sich mit dem Schlauch ab. Es waren keine Flammen mehr zu sehen, aber das Wasser zischte hörbar, wenn es auf das Dach traf. Die Schindeln waren hier und da weggebrannt und entblößten eine Schicht verkohlter Dachplane, die einen fettigen, fauchenden Rauchschwall emporschickte, wenn die Feuerwehrmänner den Schlauch darüber hin und her schwenkten.

Ich fragte den Jungen neben mir, wie das Feuer ausgebrochen sei, und ohne den Blick von der Turnhalle zu wenden, murmelte er etwas von Jeff Purcell.

Purcell. Diese Nachricht erschütterte mich, weil er mein Freund war und weil er mich eingeladen hatte, die freien Tage um Thanksgiving bei seiner Familie in Boston zu verbringen. Und jetzt hatte ich nichts anderes mehr, worauf ich mich freuen konnte, als, wieder mal, ein paar Tage bei meinem langweiligen Großvater und seiner langweiligen Frau in einer Wohnsiedlung außerhalb von Baltimore.

Falscher Alarm! Es war gar nicht mein Purcell, der Kleine Jeff, der am Ausbruch des Feuers Schuld hatte, sondern sein Cousin. Der Große Jeff war Vegetarier, der einzige in unserer Klasse, und seine Tierliebe erstreckte sich sogar auf eine hässliche schwarze Ratte, die er in seinem Zimmer versteckt hielt und nachts in einer Tasche seines Morgenmantels mit sich herumtrug. Wir hätten uns bestimmt über den Großen Jeff lustig gemacht, wäre er nicht so sanftmütig gewesen und hätte er nicht immer auf den guten Willen der anderen vertraut. Wenn man ihn doch mal hänselte, kapierte er es nicht, sondern starrte einen nur an wie ein Welpe, der sich fragte, warum man ihm um alles in der Welt eine Dose an den Schwanz gebunden hatte. Der Große Jeff verehrte seinen Cousin. Er war nicht aus Purcells Zimmer wegzukriegen und ertrug geduldig alle Beschimpfungen, nur damit er in der Ecke sitzen und ihm beim Rasieren zuschauen durfte, bei seinen Liegestützen oder beim Umziehen fürs Abendessen, damit ihm auch keine seiner Meinungen und Verurteilungen entging. Er war nicht dumm, der Große Jeff. In den naturwissenschaftlichen Fächern schnitt er gut ab, und in dem, was ihm wichtig war, kannte er sich auch aus. Er war zum Experten für die Haltung und Schlachtung von Tieren geworden, und wenn wir uns Roastbeef reinschoben, schilderte er uns in allen Einzelheiten, wie es von der Weide auf den Teller kam.

Der Große Jeff hatte noch eine Leidenschaft, und die führte dazu, dass er beinahe die alte Turnhalle niedergebrannt hätte. Er glaubte nämlich daran, dass es unser Schicksal sei, die Erde hinter uns zu lassen und andere Planeten zu besiedeln. Im letzten Jahr hatte er den Raketen-Club ins Leben gerufen, und obwohl er in unserer Klasse keine Mitglieder dafür finden konnte – wir waren viel zu sehr damit beschäftigt, uns die Lippen nach einem großen Happen von *diesem* Planeten zu lecken –, rekrutierte er schließlich ein paar Jüngere aus dem Science-Fiction-Club. An den Sonntagnachmittagen traf sich der Raketen-Club, beaufsichtigt vom Chemielehrer, auf dem Footballfeld und schoss alles ab, was unter der Woche im Labor zusammengemischt worden war. Der Große Jeff hatte mit einer zweistufigen Rakete herumexperimentiert, aber statt nach oben zu fliegen, hatte sein Flugkörper ein paar Schleifen gedreht und war dann auf das Dach der Turnhalle gekracht, wo die explosive Trägerrakete in einem Haufen aus Kiefernnadeln und Laub detonierte. *Zosch!*

Hätten sie ihn bloß rausgeschmissen, sagte Purcell am selben Abend zu mir.

Ich lachte. Ich dachte, er mache einen Witz.

Wir gingen gerade nach einer Redaktionssitzung zu unserem Wohnheim zurück. Wir verließen den Ziegelsteinpfad und kürzten über den Rasen ab, der steifgefroren war und unter unseren Füßen knisterte.

Ich weiß, es klingt furchtbar, sagte Purcell, aber das denke ich wirklich. Hätten sie ihn bloß rausgeschmissen.

Warum sollten sie? Er hat doch nichts Verbotenes getan.

Hast du ihn heute beim Abendessen gesehen? Fehlte nur noch, dass er sich verbeugt hätte, als wäre er ein Star.

Eigentlich ist er doch auch ein Star.

Der Große Jeff. Der Große Jeff. Als ich noch ein Baby war, lag er tatsächlich mit mir in einem Kinderbett. Wirklich. Es heißt immer, so weit zurück kann man sich nicht erinnern, aber ich schon. Dieses treue Bernhardinergesicht, das mich da anstarrte, glaubst du, das könnte ich vergessen? Im Kindergarten – die Bank vor mir. Immer am Rumfummeln, immer am Suchen, immer die Hand oben. Ich seh's noch vor mir, wie die Sonne durch seine Ohren durchschien. Grundschule, Ferienlager, Urlaub – du hast keine Ahnung, wie das ist. Der Große Jeff und der Kleine Jeff. Egal in welchem College ich lande, er wird da sein und in meinem Zimmer auf mich warten. Wahrscheinlich werden wir noch im selben Sarg begraben. Ich und der Große Jeff. Der Große und der Kleine Jeff, in Ewigkeit, A...m Arsch.

In derselben Nacht begann ich ein neues Gedicht. Der Brand hatte es ausgelöst, das Feuer und die Feuerwehrmänner in ihren offenen Gummimänteln und hohen klaffenden Stiefeln, die verstohlenen Blicke, die sie auf uns und die Lehrer und überhaupt die Schule warfen, wobei sie so taten, als wären es nur flüchtige Blicke. In Wirklichkeit ließen sie sich nichts entgehen. Angeregt durch ihre Neugier, schaute ich mich selbst um. Einen Moment lang sah ich diesen Ort wie zum ersten Mal: wie schön es hier war und wie seltsam. Welche Abgeschiedenheit, und wie ähnlich wir einander in dieser Abgeschiedenheit geworden waren. Schon unsere Kleidung war fast identisch, und die kleinen Varianten, die wir uns gestatteten – Halbschuhe mit Troddeln für den Playboy, schwarzer Rollkragen für den Rebellen –, waren für Außenstehende wahrscheinlich nicht zu erkennen. Wie wir uns anzogen, wie wir die Haare trugen, ja welchen Mund wir zogen, all das markierte uns wie eine Stammestätowierung.

Die Feuerwehrmänner musterten uns von Kopf bis Fuß, und wir sie. Wenn Besuch da war, wurden wir plötzlich hellwach. Es gab einen bestimmten Feuerwehrmann, den ich die ganze Zeit beobachtete. Er hatte müde Augen und hielt sich etwas abseits. Er starrte uns weniger verstohlen an als die anderen. Nachdem sie ihre Arbeit getan hatten und weggefahren waren, dachte ich weiter über ihn nach.

So kam ich zu meinem neuen Gedicht, in dem ich die Geschichte eines Feuerwehrmannes am Morgen nach einer großen Feuersbrunst erzählte. Er war der Held der Nacht und trotzte den Flammenwänden, um ein kleines Mädchen zu retten. Jetzt ist alles vorbei. Er geht nach Hause, es ist Samstagmorgen, und sein Sohn sitzt vor dem Fernseher. Er brät sich ein paar Eier, isst sie aber nicht. Die Krümel auf dem Küchentisch bedrücken ihn, die schmutzigen Cornflakesschalen, der Geruch nach verbranntem Toast und nach dem Fisch von gestern Abend. Der Fernseher ist zu laut. Plötzlich springt er auf und steht im Wohnzimmer und hat gerade irgendetwas gebrüllt, er weiß gar nicht, was, und sein Junge schaut kalt und verächtlich zu ihm hoch.

Ich dachte immer, Schreiben sollte Spaß machen, und normalerweise ging es mir auch so. Aber dieses Gedicht zu schreiben machte mir keinen Spaß. Ich tat es fast grollend, aber auch irgendwie fiebrig. Vielleicht war es gut, vielleicht auch nicht. Vielleicht war es nicht mal ein Gedicht, nur ein Fragment von einer Erzählung, in Versen. Ich konnte es nicht sagen. Es war mir zu nah, fast ein Heimspiel. Nein, es *war mein Heim*: meine Mutter fort; mein Vater, zwar kein Feuerwehrmann, aber ebenso verletzt durch meine Gleichgültigkeit, wie mich seine Bedürftigkeit abstieß; das Durcheinander, der Lärm, die Gerüche, alles war genau wie bei uns zu Hause an einem Samstagmorgen; das Gefühl von Zeit, die Tropfen für Tropfen versickert, und von blockierter Willenskraft, die drangvolle Aquariumsatmosphäre aus Enge und Wiederholung. Ich hörte und sah alles in dieser Wohnung vor mir, bis hin zum Muster auf der Resopal-Tischplatte. Ich sah mich dort, wollte es aber nicht. Vor allem wollte ich nicht, dass jemand anders es tat.

Ich reichte das Elchjäger-Gedicht ein. »Roter Schnee« nannte ich es.

FROST

Am Tag nachdem John F. Kennedy die Präsidentschaftswahlen gewonnen hatte, gewann George Kellogg die Audienz mit Robert Frost. Unsere Zeitschrift druckte sein Gedicht in einem Kasten auf der Titelseite, den dramatischen Monolog eines alten Farmers, der am ersten kalten Herbsttag den Stich der Sterblichkeit verspürt. George hatte mehrere Tonfälle merkwürdig miteinander vermengt. Im einen Moment gerät der Farmer beim Anblick der melkenden Magd in lyrisches Sabbern:

Wie der Gockel stolziert im Gebälk, wie der Kater voll List
Um die Beine ihr streicht und sie anmiaut in Flossies Stall,
und derweil, ihre weichweißen Hände sind zupackend, schießt
in den Melkeimer zwischen den Schenkeln der schäumende
Strahl.

Dann, einige Strophen weiter, ist er ein trockener Fatalist:

Kornspeicher voll, und an Heu auf der Tenne fehlt's nicht,
mannshoch das Brennholz, dank Lehm sind die Türritzen dicht.
Komme, was wolle, ob Bodenfrost, ob kurze Tage,
ich gab mein Bestes – und Schnee ist weich, gar keine Frage.

Das Gedicht trug den schamlosen Titel »Erster Frost«.

Im Telefoninterview zu dem Gedicht, das er allen anderen vorgezogen hatte, sagte Robert Frost unserem Reporter: *Der junge Kellogg hat sich einen Spaß auf Kosten des Alten erlaubt, und dieser Alte hier kann durchaus einigen Spaß vertragen, sofern die Kosten überschaubar bleiben.* Er sagte, der Scherz, dass die Melkmagd weiche Hände habe, gefalle ihm. *Alle Melkmägde, mit denen ich je zu tun hatte, hätten mit Jack Dempsey in den Ring steigen und ihm blutiges Lehrgeld abverlangen können.* Frost meinte, ein paar Winter auf der Farm würden keinem jungen Dichter schaden, *und sei es, um zu lernen, dass Schnee nicht nur eine Metapher ist. Aber wahrscheinlich hab ich da ein-, zweimal danebengegriffen, und dieser Bursche Kellogg hat mich nach allen Regeln der Kunst dabei ertappt.*

Ich war erstaunt, dass Frost aus dem Gedicht irgendetwas anderes als liebedienerische Anbiederung herauslesen konnte. Aber nein, offenbar dachte er, George habe eine Art Burleske geschrieben und benutze die Manier, das Material, ja womöglich den *Namen* des Dichters, um ihn zu provozieren. Frost klang, als hätte ihn die vermeintliche Stichelei getroffen und er wollte zeigen, dass er sie einstecken und sich revanchieren konnte. Allerdings hatte er George das große Kompliment gemacht, sein Gedicht auszuwählen. Wie verletzt musste er da sein?

Ich las das Gedicht mehrere Male und kam langsam zu der Ansicht, es könnte tatsächlich satirisch sein, besser also, als ich zunächst gedacht hatte. Aber George stellte das klar, als ich am Nachmittag auf sein Zimmer ging, um ihm zu gratulieren.

Wie findest du das Gedicht?, fragte er mich.

Es gefällt mir, gut gemacht! George, du wirst Robert Frost kennen lernen!

Dachtest du, ich hätte ... wie hat Mr Frost es ausgedrückt – mir einen Spaß auf seine Kosten erlaubt?

Na ja, ich glaube, man könnte es schon so verstehen.

Ehrlich?

Möglich ist es.

Ojemine. Er sackte zusammen wie eine Puppe und machte keinen Versuch, seine Verzweiflung zu verbergen. Er hatte immer noch seine Krawatte um, eine Strickkrawatte mit geradem Ende. Sie sah gehäkelt aus, wie ein Platzdeckchen. Unsere Biologielehrer trugen solche Krawatten; außer George hätte sich kein einziger Junge in so was sehen lassen, ums Verrecken nicht. Er war zugleich der Älteste und der Jüngste von uns, der Altmodischste und Unschuldigste, und ich begriff, dass seine Unschuld sich auch auf meine Frage nach der süffisanten Absicht erstreckte. Sein Gedicht war leider durch und durch ernst gemeint.

Aber man muss es nicht unbedingt als Parodie lesen, sagte ich. Man kann es auch als Tribut verstehen. Weißt du, die Farm, der volkstümliche Ton, der Schnee. Es ist, als würdest du ihm die Ehre erweisen – sozusagen den Hut lüften.

Genau! George saß mir gegenüber auf dem Bett seines Zimmergenossen. Genau so hatte ich es gemeint, als *Hommage*. Er schaute mich so dankbar an, dass ich nicht anders konnte, ich musste noch mehr Öl ins Feuer gießen.

Und natürlich der Titel, sagte ich.

Gefällt dir der Titel?

Diese vielschichtige Bedeutung. »Erster Frost«, wörtlich: der erste Frost des Jahres. Dann der symbolische Sinn, jetzt kommt der Winter, also der Tod, aber auch die Ruhe, stimmt's? Der Schnee ist weich, *gar keine Frage*, nach all der harten Arbeit, die der Mann sein ganzes Leben lang getan hat – weich und weiß wie die Hände des Mädchens. Er wird, *gar keine Frage*, bekommen, was er will – es sei denn, ich lese das alles nur hinein.

Nein! Nein, das ist alles drin.

Dann, sagte ich, der krönende Abschluss. »Erster Frost«, also der Erste, und dann Frost – mit anderen Worten, Frost ist Spitze, Frost ist der Beste, Frost ist die Nummer eins.

Genau! Genau. Aber es ist ja nicht *nur* eine Hommage.

Natürlich nicht. Diese Sache mit dem Mädchen würdest du niemals in einem seiner Gedichte finden. Schäumender Strahl. Der Eimer zwischen ihren Beinen. Das klingt nicht nach Frost. Es klingt eigentlich auch nicht nach dir, ehrlich gesagt.

Es ist irgendwie eine neue Richtung für mich. Er schlug die Augen nieder, unterdrückte ein Lächeln. Ich muss gestehen, die Frauenfigur ist mir ein bisschen entglitten. Ist dir das schon mal passiert – dass etwas, das du schreibst, plötzlich real wird?

Ab und zu.

Für mich ist sie sehr real geworden. Das hört sich vielleicht komisch an, aber ich kannte sie. Und ich meine nicht nur metaphysisch. Es war geradezu physisch. Ja, als ich an dem Teil des Gedichts arbeitete, in dem es um sie ging, kam ich sogar in einen Zustand, na ja … der Erregung. Ist dir das schon mal passiert?

Nö. Ich stand auf. Hör mal, das solltest du besser für dich behalten, George. Du weißt, wie unreif manche Jungs hier sind.

Einmal pro Woche wurde der fortgeschrittene Englischkurs des Abschlussjahrgangs eingeladen, am Tisch des Direktors zu Abend zu essen. Er war selbst einmal Englischlehrer gewesen und fühlte sich wohl in unserer Gesellschaft, wohl genug jedenfalls, dass man ihm Begünstigung hätte vorwerfen können; er hätte nie den Gastgeber für einen entsprechenden Chemiekurs gespielt. Er erwartete literarische Konversation. Wenn ein paar von uns über ein Buch redeten, das er nicht gelesen hatte, dann schrieb er sich den Titel auf, las es selber und prüfte uns dann auf Herz und Nieren. An seinem Tisch dauerte das Abendessen oft lange, wenn der Direktor etwa einen begeisterten Leser zwang, seine Ansicht zu begründen, die er verblüffend fand, und wir anderen, die Ellbogen in ein Schlachtfeld von Bechern, Servietten und halb gegessenen Brötchen gestützt, uns mit unseren Urteilen und Gegenmeinungen einmischten. Der Direktor zog die Glacéhandschuhe aus und erlaubte das auch uns – eine Freiheit, die wir uns erhielten, indem wir die Handschuhe wieder anzogen, sobald wir zum Gehen aufstanden. Ich liebte die Leidenschaft, die Selbstvergessenheit dieser Abende, obwohl es mehr als einmal vorkam, dass mir das empfindsame Herz schwer wurde angesichts des Speisesaal-Personals, das schon alle anderen Tische abgedeckt und fürs Frühstück wieder eingedeckt hatte und müde darauf wartete, dass wir endlich den Mund hielten, damit sie ihre Arbeit beenden und nach Hause gehen konnten.

Unser Direktor hatte Frost überredet, zu uns zu kommen. Er nannte seinen alten Lehrer stets *Mr Frost*, und einige von uns versuchten das auch ein-, zweimal, bis wir merkten, wie der Direktor zusammenzuckte. Dann begriffen wir, dass für uns *Frost* oder *Robert Frost* in Ordnung war und dass das scheinbar förmlichere *Mr Frost* denen vorbehalten blieb, die sich als Bekannte des Dichters bezeichnen konnten.

Das begriffen wir alle, besser gesagt, alle außer George Kellogg. Als George sich erst einmal in *Mr Frost* verbissen hatte, ließ er nicht wieder los und verpasste keine Gelegenheit, es zu sagen. Er bemerkte das Unbehagen des Direktors nicht, sein hilfloses Stirnrunzeln und Schaudern bei jeder Wiederholung dieses Schnitzers. Keiner von uns wagte, George zurechtzuweisen, und natürlich konnte auch der Direktor das nicht tun, ohne lächerlich zu wirken: *Ich darf Mr Frost sagen, ihr nicht!* Es war eine Nuance der Etikette, die sich ebenso schlecht erklären ließ wie ein Witz, und George war nicht snobistisch genug, sie zu kapieren. Und nun, wie durch eine Ironie des Schicksals, würde er Robert Frost ganz allein begegnen, und danach würde das, was jetzt anmaßend klang, absolut untadelig wirken – ohne dass George es durchschaute!

Purcell holte mich vor dem Speisesaal ein und machte aus seinem Erstaunen, dass Georges Gedicht ausgewählt worden war, keinen Hehl. Er sagte, sein Respekt vor Frosts Intelligenz habe irreparable Schäden erlitten.

Georges Gedicht ist so schlecht nicht, sagte ich, wenn du es unter einem bestimmten Blickwinkel liest.

Als Pastiche, meinst du.

Genau, als Pastiche.

Aber es ist kein Pastiche.

Könnte es aber sein. So hat es Frost jedenfalls gelesen.

Es ist aber keiner, und das weißt du auch.

Ist doch egal, was ich weiß.

Quatsch.

Nein, im Ernst. Sagen wir, du findest es als Flaschenpost. Du gehst am Strand entlang und findest Georges Gedicht in einer Flasche. Du weißt nichts über denjenigen, der es geschrieben hat, du findest nur das Gedicht. Du würdest es vermutlich als Pastiche lesen.

Frost. Ich weiß nicht mal, warum ich mir überhaupt die Mühe gemacht habe, etwas einzureichen, wenn man bedenkt, wie er schreibt. Überleg mal, der benutzt noch *Reime.*

Na und?

Reime sind Scheiße. Ein Reim besagt, dass am Ende alles gut ausgeht. Alles ist Harmonie und Ordnung. Wenn ich ein Gedicht mit Reimen sehe, weiß ich, dass ich angelogen werde. Ja, lach ruhig! Es stimmt – der Reim ist ein absolut bankrottes Stilmittel. Nichts als Wunschdenken. Nostalgie.

Ich lache dich gar nicht aus, sagte ich, und das tat ich auch nicht. Ich lachte über die Vorstellung, wie George Kellogg sich an seinem eigenen Gedicht erregte. Aber Purcell war beleidigt und wandte sich ab. Auch gut. Um zu beweisen, dass ich nicht über ihn lachte, hätte ich ihm womöglich von George erzählt. Er hätte es dann überall weitererzählt, George hätte endlos gelitten, und ich hätte mich selbst verachtet.

Falls, wie Talleyrand gesagt hat, Treue vom Zeitpunkt abhängt, hängt Tugend oft nur von Sekunden ab.

Robert Frost traf während des Abendessens ein. Als er im Speisesaal erschien und langsam mit dem Direktor von der Seitentür quer durch den Raum zum erhöht stehenden Lehrertisch schritt, dessen zwei Stufen er energisch hochstieg, erstarb der übliche Tumult fast völlig. Wir aßen weiter und versuchten, nicht hinzustarren, aber wir konnten nicht anders.

Frost ließ sich auf dem Stuhl zur Rechten des Direktors nieder, von wo aus er den ganzen Saal überblicken konnte. Er beugte den großen weißen Kopf und steckte seine Serviette in aller Ruhe fest. Er schien tief in das Problem der Serviette versunken zu sein. Dann schaute er auf, nickte zu etwas, das der Direktor sagte, und ließ seinen Blick ernst durch den Raum schweifen. Die Tür zur Küche schwang auf: Pfannengeklapper, jemand rief. Dann erhob sich Dekan Makepeace am Kopf der Tafel, wandte sich Frost zu und fing an zu klatschen, jedes Aufeinanderprallen seiner Hände war so scharf wie ein Schuss, aber gemessen, formvollendet, und alle anderen sprangen unter lautem Stühlescharren auf und ließen den Saal vom Applaus und rhythmischen Trampeln der Füße auf dem Eichenparkett erzittern. Frost neigte leicht den Kopf, doch wir lärmten immer weiter, bis er endlich seine Zurückhaltung aufgab. Er lächelte jungenhaft, erhob sich ein

Stück von seinem Stuhl und winkte uns mit seiner Serviette zu, als wäre es die weiße Fahne.

Während der ganzen Mahlzeit war mir seine Anwesenheit sehr bewusst, und ich benahm mich, als gälte das auch umgekehrt. Einige andere Jungen an meinem Tisch erlitten ebenfalls solche Anfälle von Würde. Die Atmosphäre im Saal war theatralisch geworden. Das lag vor allem an Frost selbst. Das Darstellerische an seinem Auftreten – auch das Nesteln mit der Serviette, so ungeschickt es wirkte, hatte etwas Kalkuliertes an sich – lud den Raum auf und machte uns nervös, was gar nicht unangenehm war, eher so, als hätte eine schillernde Frau den Speisesaal betreten.

An jenem Abend las Frost für uns in der Kapelle. Zu meiner Zeit war das etwas Einzigartiges an der Schule; die anderen Besucher traten alle im Auditorium auf. Vielleicht war es ein Zeichen für die besondere Wertschätzung des Direktors, vielleicht hatte Frost auch selbst darum gebeten. Es war ganz sicher das schönste Gebäude der ganzen Schule, berühmt, wie wir oft zu hören bekamen, für seine Bleiglasfenster, die irgendein gewitzter Ehemaliger in Frankreich erbeutet hatte. Selbst nachts, wenn nur schwache Beleuchtung herrschte, glommen die roten Scheiben wie Rubine. Die Bänke knarrten, als wir uns hinsetzten. Wir saßen düster auf unseren Plätzen und starrten geradeaus oder in die Höhe, wo die Bögen des Deckengewölbes im Dunkeln verschwanden. Die eisernen Kerzenleuchter verbreiteten gerade so viel Licht, dass lange, mittelalterliche Schatten geworfen wurden und die bronzenen Gedenkplaketten, die reichen Holzschnitzereien und das schlichte Goldkreuz auf dem Altar wie brüniert wirkten.

Frost saß mit dem Direktor vor dem Altar, die Hände auf den geschnitzten Armlehnen seines Stuhls und den Kopf gesenkt wie bei der Meditation oder im Gebet, aber ich saß ziemlich weit vorn und bemerkte das Glimmen seiner Augen unter den schweren weißen Brauen. Er beobachtete uns, während wir ihn beobachteten. Als sich der Direktor schließlich erhob, um seine Einführung zu geben, erschrak Frost und sah sich um, als wäre er ganz weit weg gewesen und seine Anwesenheit hier ein Rätsel.

Der Direktor erklomm die Stufen zur Kanzel. Er war ein schlaksiger Mann mit einem langen Gesicht und einem großen Grützbeutel über seiner rechten Augenbraue. Es war ein blasenartiges Ding, und wenn man ihm zum ersten Mal begegnete, sah man nichts anderes mehr, aber er lenkte einen bald ab, indem er einen mit seinen wachen, aufmerksamen Augen ansah, und durch seine faszinierend schöne Stimme. Er hatte einen tiefen, kiesigen Bass, den er gut und auch zu seiner eigenen Befriedigung zur Wirkung brachte. Wenn wir uns hinter seinem Rücken über ihn lustig machten, vergaßen wir die Beule und machten seine rumpelnde Sprechweise nach. *Purcell, du bist kein völlig dummer Junge, vielleicht kannst du uns erläutern, was* dick wie Peyote *bedeutet oder* geschlechtsloser Wasserstoff ... *Ich versuche, diese Worte zu begreifen, und es gelingt mir nicht, Purcell, es gelingt mir nicht.*

Ich rechnete damit, dass der Direktor diesen Moment nutzen würde, um zum Schlag gegen den literarischen

Verbrecherclan der Ginsberg-Ferlinghetti auszuholen, welcher einige unter uns angezogen hatte, wenn auch nicht so viele, wie er fürchtete. Er hatte ihre Texte gelesen und behauptete, keinen Unterschied zwischen »Geheul« und »Ein Coney Island des Bewusstseins« zu sehen. Was er in Wahrheit natürlich tat. Ferlinghetti war ihm egal, aber Ginsberg hasste er. Obwohl er ihn auf der ästhetischen Ebene als schlampig und inkohärent heruntermachte, verabscheute er vor allem seine Sicht von Amerika als Schlächter der Seelen. Der Direktor war Demokrat und Meliorist. Er hatte die Zahl der Stipendienempfänger unter den Jungen stetig erhöht, und es kursierte das Gerücht, er bestürme das Kuratorium, endlich das Verbot schwarzer Studenten aufzuheben. Vielleicht spürte er in Ginsberg den Vorboten jener herabfahrenden Furien, die jeglicher Meliorismus nur umso fanatischer machte, die nichts befriedigen konnte als der Tod der unvollkommenen Republik, deren Versprechen er hochhielt und einzuhalten versuchte. Er verbarg seinen Abscheu gegen Ginsberg hinter Spott und zitierte ihn mit solch affektierter Todesverachtung – *Moloch, in dem ich einsam barme! Moloch, in dem ich Engel träume!* –, dass ich viele Jahre brauchte, bis mir klar wurde, »Geheul« ist ein großartiges Gedicht.

Was auch immer seine Gründe waren, er fürchtete Ginsbergs Einfluss auf uns in einem Maße, das fast auf Respekt schließen ließ. Frost würde als perfekte Keule dienen. Ich fing Bill Whites Blick auf – wir beide wussten, was jetzt kam.

Aber nein. Stattdessen erzählte der Direktor die Geschichte, wie er, als Bauernjunge und in Sachen Lyrik ein kompletter Ignorant, zufällig ein Lehrerexemplar von *Nördlich von Boston* in die Hand genommen und ein Gedicht mit dem Titel »Nach dem Apfelpflücken« gelesen hatte. Er war ziemlich mürrischer Laune, als er sich die Sache anschaute. Er hatte nämlich selbst keine geringe Erfahrung mit der Apfelernte und rechnete damit, dass das Gedicht sie als etwas Delikates, Romantisches darstellen würde, also vollkommen falsch. Aber als Erstes beeindruckte ihn, wie körperlich zutreffend das Gedicht war, bis hin zu jenem typischen Schmerz im Fußrist, der nach einem ganzen Tag auf der Leiter nicht ausbleibt – und zwar nicht nur der Schmerz, sondern auch der nachwirkende Druck der Sprosse. Dann, nachdem er sich erst einmal mit den Details angefreundet hatte, zogen ihn die geheimnisvolleren Gedanken in dem Gedicht an. Was hatte es mit dieser Eisschicht auf sich? Wie viel von dem Gedicht war Traum, wie viel Erinnerung? Als er sich das Buch auslieh, ahnte er nicht, wohin ihn diese Tat bringen würde. Täuscht euch nicht, sagte er. Ein wahres Stück Literatur ist eine gefährliche Sache. Es kann euer Leben verändern.

Das war alles. Er kam von der Kanzel herunter. Keine Aufzählung von Frosts Ehrungen und Preisen, keine geistreichen, blank polierten Erinnerungen an die Jahre in Amherst. Ich hatte den Direktor bisher noch nie als jemanden wahrgenommen, der sich als ein Mensch mit einer besonderen Vergangenheit präsentierte, und es kam auch danach nie mehr dazu; in unserer Gegenwart ging es stets um Bücher und Gedanken und das, was er, Jane Austen zitierend, das Kompliment eines verständigen

Widerspruchs nannte. Er war verheiratet; man konnte ihn sich aber nur schwer in den Armen seiner Frau vorstellen, weil seine Beziehung zur Welt augenscheinlich ein Gelübde gegen die Fleischlichkeit enthielt, deren uneingeschränkte Befriedigung meiner Ansicht nach Sinn und Zweck einer Ehe war. Er war uns allen ein Rätsel, das er, wie große Generäle und Schauspielerinnen, als Machtquelle hütete.

Er half Frost die Wendeltreppe hoch und setzte sich dann nicht etwa auf seinen Platz, sondern zu uns in eine Kirchenbank. Damit war Frost allein dort vorn in der Kirche, auf der hohen Kanzel. Er schob seine Bücher und einige lose Blätter in einer bestimmten Ordnung zurecht, dann ordnete er sie noch einmal um, und das Papier raschelte laut unter dem Mikrofon. Dann unterbrach er sich und inspizierte das Mikrofon, als wäre ihm so ein Apparat neu. Misstrauisch pochte er darauf. Das produzierte ein laut hallendes Klopfen, und er schrak etwas zurück. Er nahm ein Buch in die Hand, blätterte darin herum, legte es wieder hin und spähte zu uns hinunter.

Könnt ihr mich hören? Ihr könnt mich hören, auch die Jungen ganz hinten? Na dann. Gut. Das ist gut. Jetzt sollte ich euch wohl ein Gedicht vorlesen. Aber gerade fiel mir etwas ein, das Shelley gesagt hat ... Ihr kennt ja Shelley, den Burschen, der »Ozymandias« geschrieben hat – es steht in euren Schulbüchern. Freund von Byron, Freund von Keats. Seine Frau hat *Frankenstein* geschrieben. Wie auch immer, Shelley pflegte zu sagen, wir Dichter seien die nicht anerkannten Gesetzgeber der Menschheit. So redeten sie damals – immer vollmundig. Die nicht anerkannten Gesetzgeber der Menschheit. Frag mich einer, ob's stimmt. Frag mich einer, was es *bedeutet*. Bedeutet das, wir sind gefährlich, wie euer Direktor gesagt hat? Was denkt euer Mann Kellogg darüber? Ist Mr Kellogg heute Abend hier?

Frost wartete, starrte in den Raum, bis George aufstand, ein paar Sitze rechts von mir. Er sah fahrig und klamm aus. Er sah aus wie ein Sünder auf einem Gemälde vom Jüngsten Gericht, der gleich sein Urteil erfährt.

Und Frost, Frost sah aus wie der Allmächtige, da oben auf der Kanzel. Er stand unter einem der Kronleuchter, dessen Winterlicht sein Haar silbern glänzen ließ und Schatten über sein verwittertes Gesicht warf. Er sah nicht alt aus, sondern ewig.

Er musterte George. Also, sagte er. Mr Kellogg. Da haben Sie ein ordentliches Stück Gesetzgebung geschrieben. Hat Ihnen bestimmt auch einigen Spaß gemacht, dem Alten ein bisschen Feuer unter dem Hintern zu machen. Bravo, bravo. Alten Männern sollte man Feuer unter dem Hintern machen – hält sie wach.

Na schön, Jungs, ich bin hierher gekommen, um euch für Kost und Logis auch was zu bieten, also sollte ich damit jetzt mal anfangen. Hier habt ihr eins. Eins ohne Schnee, Mr Kellogg, aber vielleicht finden wir ja später noch welchen für Sie. Das hier habe ich geschrieben, als ich mich nach zu Hause sehnte, vor vielen Jahren in England. Ich kann mir denken, dass ihr Jungs wisst, was Heimweh ist. Es heißt »Mauern ausbessern«.

Er senkte die Augen, um zu lesen, und George sackte wieder auf die Bank.

Da ist etwas, das mag die Mauern nicht,
das schickt die Kraft des Frostes drunter,
wirft Steine oben in der Sonne ab …

Er tastete sich langsam durch den ersten Vers, als sei ihm der Gedanke gerade eben gekommen, und dann blähte sich seine trockene Stimme wie ein Segel und bekam etwas Gutgelauntes, Natürliches, Junges. Als sein Bauer sagte: »Der Frühling weckt den Schalk in mir«, musste ich lächeln, denn ich hatte den Schalk in ihm schon am Werk gespürt, als er an diesem warmen Tag zum Leben erwachte, Steine zur Mauer trug und seinen Nachbarn bei derselben Arbeit beobachtete, beeindruckt von der Sinnlosigkeit ihres Tuns und unfähig, ihn nicht damit aufzuziehen. Ich hatte das Gedicht gelesen und geglaubt, es verstanden zu haben: Alle Mauern sollten niedergerissen werden. Aber durch Frosts Stimme wurde die Szene auf ganz neue Weise lebendig, und ich stieß auf etwas, das mir entgangen war; denn bei aller ironischen Überlegenheit des Erzählers hatte der Nachbar auch nicht ganz Unrecht. Das Bild, wie er sich im Schatten bewegte, »grad wie ein Steinzeitmensch in Waffen« – schon er war ein guter Grund dafür, eine Mauer zu haben, der lebende Beweis seines Arguments, dass es für gute Nachbarschaft einen guten Zaun braucht. Da ist vielleicht etwas, das mag die Mauern nicht, aber einreißen müsste man sie auf eigene Gefahr.

Frost verbarg die Augen unter den tief hängenden Brauen, das konnte er gut, doch ab und zu sah ich, wie er seinen Blick von dem Blatt zu uns schweifen ließ, ohne ein Wort auszulassen. Er las nicht; er rezitierte. Er kannte diese Gedichte auswendig und tat trotzdem weiterhin so, als läse er, er tat sogar manchmal so, als hätte er sich in der Zeile vertan oder könnte bei dem Licht nicht gut sehen.

Seine Ungeschicklichkeit minderte die Gedichte keineswegs. Sie nahm ihnen das Papierne und gab sie der Stimme zurück, einer spekulativen, manchmal klugen, manchmal versagenden Stimme. Gedruckt, unter seinem berühmten Namen, wirkten sie, als könnten sie nur so und nicht anders sein; von ihm gelesen, hörte man ihnen das Zögern und Stutzen dahinter an, den Klang eines Mannes, der sie hervorgrübelte.

Frost las und las, ein Gedicht nach dem anderen, bis die Jungen aus den unteren Klassen allmählich hüstelten und die Bänke knarren ließen. Da hob er den Kopf und musterte uns. Ihr Jungs seid Meistersitzer, sagte er. Wie unsere tollen neuen Freunde, die Deutschen, sagen: Ihr habt *Sitzfleisch*. Aber nun reicht es für einen Abend, oder? Vielleicht noch ein letztes, was meint ihr – für euren Kellogg. Ja? Na fein. Ich habe genau das richtige Gedicht hier. Ich glaube, Mr Kellogg kennt es auch.

Frost ließ die Augen nicht von uns und rezitierte »Rast am Wald an einem verschneiten Abend«. Dann räumte er seine Bücher und Papiere zusammen, während wir klatschten. Der Direktor stieg die Stufen hoch, redete kurz mit Frost, dann kam er wieder herunter und hob eine Hand, um Schweigen bittend. Mr Frost, sagte er, sei einverstanden, einige Fragen zu beantworten, falls wir welche hätten.

Ich hatte welche. Woher wusste er, dass er ein guter Schriftsteller war, all die Jahre, als niemand sonst es wusste? Was war das für ein Gefühl, wenn man etwas richtig Großartiges schrieb? Warum hatte er Georges Gedicht ausgewählt?

Sir, falls Sie gestatten …

Ich drehte mich um. Mr Ramsey. Er war in seiner Bank aufgestanden. Selbst in diesem dämmrigen Licht zeigten seine Pausbacken ihre jugendliche englische Frische. Mrs Ramsey zupfte sich etwas vom Ärmel. Er hatte sie vor vier Jahren geheiratet, direkt von irgendeinem Frauencollege im Süden weg, wo er nach seiner Oxfordzeit unterrichtet hatte. Damals war sie Studienanfängerin, und Mr Ramsey wurde entlassen und ging mit ihr in den Norden, erst nach Putney, dann zu uns. Mrs Ramsey arbeitete in der Bibliothek, und es fehlte nie an Jungen, die ihr helfen wollten. Sie trug ihr honigfarbenes Haar in langen, mädchenhaften Zöpfen, sie roch gut, und ihre Stimme war leise und klang angenehm nach Südstaaten. Sie hatte etwas Neckisches an sich und sah uns an, als wüsste sie, was wir dachten.

Als sie vor zwei Jahren ankamen, war sie noch in Mr Ramsey verliebt. Das konnten wir alle sehen. Damals hing sie an seinen Lippen, zitierte seine Aussprüche. In letzter Zeit hatte sich das geändert. Seit Oktober hatte ich einen Platz an ihrem Esstisch, und mir war ihr gelangweilter Blick nicht entgangen, wenn Mr Ramsey irgendetwas ausführte. Manchmal wandte sie sich ab, während er noch redete, und plauderte mit dem Jungen, der neben ihr saß. Mit ihr fiel das Reden leicht.

Ihr Werk, Sir, sagte Mr Ramsey, steht in einer bestimmten Tradition. Nicht in der Tradition Whitmans, dieses amerikanischsten aller Dichter, sondern in einer strengeren, will sagen *formaleren* Tradition, wie in dem letzten Gedicht, das Sie vorgetragen haben, »Rast im Wald«. Ich frage mich –

»Rast am Wald an einem verschneiten Abend«, sagte Frost. Er stützte beide Hände auf die Kanzel und spähte zu Mr Ramsey hinunter.

So ist es, Sir. Dieses bestimmte Gedicht stellt in Ihrem Werk keinen Einzelfall dar, insofern als es in Strophenform geschrieben ist und jambische Verse durch Reime verbindet.

Bravo, Junge, sagte Frost. Ganz offenbar lernt ihr hier eine Menge.

Lautes Gelächter brach aus, eher sarkastisch als fröhlich. Mr Ramsey wartete sein Ende ab, während sich Frost, der Herr der Unruhestifter, mit schlauem Blick in der Kapelle umsah. Der Tumult, den sein Irrtum verursacht hatte, schien ihm gar nicht unlieb zu sein, das sah man, und man fragte sich, ob es überhaupt ein Irrtum gewesen war. Schließlich sagte er: Sie hatten eine Frage?

Ja, Sir. Die Frage lautet, ob eine so rigide Form der Sprachgestaltung angemessen ist, um das moderne Bewusstsein zum Ausdruck zu bringen. Will sagen, sollte sich die Form nicht auch spontaneren Ausdrucksweisen öffnen, selbst um den Preis einer gewissen Unordnung?

Das moderne Bewusstsein, sagte Frost. Was ist das?

Ah! Sehr gute Frage, Sir. Also – *ganz* grob gesagt, würde ich es als die Antwort des Geistes auf die Industrialisierung, die Übersättigungspropaganda von Regierungen und Werbung, zwei Weltkriege, Konzentrationslager, die Abschwächung des Glaubens durch die Wissenschaft und natürlich die ständige Bedrohung durch nukleare Vernichtung bezeichnen. Diese Dinge haben doch sicher eine Wirkung auf uns gehabt. Sie haben doch sicher unser Denken verändert.

Sicher – von wegen. Mr Frost starrte auf Mr Ramsey herunter.

Wäre dies wirklich das Jüngste Gericht gewesen, Mr Ramsey und seinem modernen Bewusstsein wäre ganz schön eingeheizt worden. Er hätte nicht einsamer aussehen können, wie er da stand.

Erzählen Sie mir nichts von Wissenschaft, sagte Frost. Ich bin selbst eine Art Wissenschaftler. Wetten, das haben Sie nicht gewusst. Botanik. Ihr Jungs wisst, was Tropismus ist, das sorgt dafür, dass eine Pflanze zum Licht hinwächst. Alles drängt zum Licht. Ihr braucht eine Fliege nicht zu jagen, um sie loszuwerden – man verdunkelt einfach das Zimmer, lässt den Vorhang und das Fenster einen Spalt offen, und schon fliegt sie nach draußen. Das kann die Wissenschaft nicht – was war Ihr Wort? *Abschwächung?* –, das kann die Wissenschaft nicht abschwächen. Das Einzige, was die Wissenschaft tun kann, ist, das falsche Licht zu löschen, damit das wahre Licht uns ans Ziel führt.

Mr Ramsey setzte an, etwas zu sagen, aber Frost war noch nicht fertig.

Also erzählen Sie mir nichts von der Wissenschaft, und erzählen Sie mir nichts vom Krieg. Ich habe meinen besten Freund in dem, was hier der Große Krieg genannt wird, verloren. So, wie Achilles seinen Freund im Krieg verlor, und Homer ist seiner Klage durchaus gerecht geworden, indem er sie in daktylischen Hexametern aufschrieb. Kriege hat es immer gegeben, und sie sind immer so grauenhaft gewesen, wie wir sie nur machen konnten. Sicher ist es schön und angenehm, wenn wir uns für die geschundensten Menschen der Geschichte halten – aber das haben seit Anbeginn alle gedacht, immer. Eine großartige Entschuldigung für jede Art von Trägheit. Aber was meinen Freund betrifft. Ich habe ein Gedicht für ihn geschrieben. Ich schreibe immer noch Gedichte für ihn. Würden Sie Ihren eigenen Freund ehren, indem Sie einfach irgendwelche Worte zu Papier bringen, so wie sie Ihnen einfallen – ohne darüber nachzudenken, wie sie klingen, was ihr Klang bedeutet, wie ihre Bedeutung klingt? Würde das dem Verlust wahrhaft Rechnung tragen?

Frost hatte Mr Ramsey die ganze Zeit fixiert, während er sprach. Jetzt brach er ab und ließ seinen Blick durch den Raum schweifen.

Ich denke an Achilles' Klage, sagte er. Diese berühmte, furchtbare Klage. Ich möchte euch was sagen, Jungs. Von einer solchen Klage kann man nur in gebundener Form erzählen. Vielleicht existiert sie nur in gebundener Form. Die Form ist alles. Ohne sie bekommt man nur einen kleinen Aufschrei über ein Wehwehchen – aufrichtig, gewiss, was immer das wert ist, aber ohne Tiefe oder Tragweite. Ohne Echo. Ihr beklagt euch vielleicht, aber ihr klagt nicht, und wer sich beklagen will, sollte eine Petition schreiben, keine Poesie. Beantwortet das Ihre Frage?

Ich bin mir nicht sicher – aber vielen Dank, dass Sie es versucht haben.

Wer gesehen hätte, wie sich Mr Ramsey mit einem Lächeln wieder hinsetzte, wäre nicht auf den Gedanken gekommen, dass er gerade von Robert Frost vor den Augen der ganzen Schule zusammengestaucht worden war. Im letzten Jahr war er mein Englischlehrer gewesen, und obwohl ich ihn nicht mochte, fand ich ihn durchaus interessant, wie seine Frage an Frost übrigens auch. Viele seiner Schüler hielten ihn für einen Möchtegern – wegen seiner hochgestochenen Sprechweise und seiner Leidenschaft für schwierige europäische Schriftsteller. Denen hatte dieser kleine Auftritt bestimmt Spaß gemacht.

Der Direktor führte uns in einen letzten Sturm des Applauses, dann verließen wir in Reih und Glied die Kapelle, hinaus in einen harten, eisigen Wind. Ich fragte George, ob er zu Blaine Hall wolle, denn ich hatte gehört, Frost würde sich dort vielleicht auf ein Glas Apfelglühwein mit dem Englisch-Club treffen. Nein, sagte George – er wolle auf sein Zimmer.

Wieso? Hast du Angst, er zeigt's dir nochmal? Er hat doch nur ein bisschen gestichelt, George.

Er schüttelte den Kopf. Mr Frost denkt wirklich, mein Gedicht macht sich irgendwie über sein Werk lustig.

Er hat es doch ausgewählt. Warum wohl, wenn es ihm was ausgemacht hätte?

Ich weiß nicht, warum Mr Frost mein Gedicht ausgewählt hat, sagte er. Aber er scheint ziemlich ungnädig darüber zu sein.

Und wennschon. Das kannst du doch morgen bei deiner Audienz mit ihm alles klären.

Falls es zu der Audienz kommt.

Was, du glaubst, er lässt dich hängen?

Das hab ich nicht gesagt.

George. Nun mal langsam. Langsam!

Wir blieben auf dem Weg stehen. Die anderen Jungen schlurften nacheinander an uns vorbei. Ein herrenloser Drachen flatterte wild in einem Baum. George wich meinem Blick aus, starrte mit tief heruntergezogenem Tweedhut in den Wind. Ich glaube, ich hab mir was geholt, sagte er.

George, du kannst Robert Frost nicht absagen.

Wenn ich auf der Krankenstation läge, würde es nicht als Absage zählen.

Du Angsthase. Du großes Baby.

George zog den Kopf tiefer in seinen Mantel, die Hände in die Taschen gerammt.

Das kannst du nicht machen, sagte ich. Das ist etwas Besonderes. Davon kannst du später deinen Kindern erzählen. Deinen Enkeln!

Es wird ihm nichts ausmachen. Der freut sich eher.

George. George. Das ist wirklich dumm. Wo sollst du ihn überhaupt treffen?

Im Salon des Direktors.

Und wann?

Nach dem Frühstück, sagte George, dann drehte er sich um und sah mich an. Warum?

Nur so. Willst du wirklich nicht hingehen?

Weiß nicht.

Was für eine Verschwendung.

Wir gingen weiter bis zur Weggabelung. Komm doch mit. Wir können noch darüber reden.

Er schüttelte den Kopf.

Das wäre doch eine absolute Verschwendung, wenn du nicht hingehen würdest. Hör mal, er ist *hier*, George. Robert Frost. Das ist die Chance deines Lebens. Er ist inzwischen was? Sechsundachtzig? Siebenundachtzig? Jetzt oder nie!

Das ist mir klar.

Also willst du tatsächlich nicht hin? Es wär doch sinnlos, so eine Chance einfach zu verschwenden.

Ich sah, dass er mich langsam verstand. Das hat doch nichts mit dir zu tun, sagte er.

Ich mein ja nur, warum willst du so eine Chance wegwerfen? Er ist bereit, mit einem von uns Zeit zu verbringen. Wenn du dich nicht mit ihm treffen willst, dann lass es jemand anders tun.

Dich zum Beispiel?

Klar. Warum nicht.

Du würdest meinen Platz einnehmen wollen?

Ja.

Aber er hat nicht dein Gedicht ausgewählt. Sondern meins.

Na und? Wenn du ihn nicht treffen willst, warum soll ich dann nicht?

Weil du nicht gewonnen hast. Ich habe gewonnen. Darum nicht. Würdest du eine Ehrung annehmen, die du nicht verdient hast?

Ach so, du hast sie mit deinen Reimen da verdient,

meinst du? Komm – wir reden hier doch nicht vom *Verlorenen Paradies*.

George betrachtete mich mit kalter Neugier. Das machte mich unsicher, aber ich war aufgebracht, und ich konnte mich nicht bremsen. Ob ich ein Treffen mit Robert Frost wahrnehmen würde?, sagte ich. Ein *unverdientes* Treffen, im Gegensatz zu einem *verdienten* Treffen, wie in deinem Fall? Da kannst du deinen Arsch drauf wetten.

George drehte sich um und setzte sich in Bewegung.

Ich folgte ihm. Gehst du nun hin oder nicht?

Er antwortete nicht.

Warte, bis er dich allein erwischt, du großes Baby. Der zerreißt dich in Stücke.

Ich blieb stehen und sah ihm nach: vom Wind gebeugt, mit fliegenden Mantelschößen.

An jenem Abend tauchte Frost nicht in Blaine Hall auf, dafür aber Mrs Ramsey. Dass sie allein erschien, ließ alle aufmerken, wie eine Melodie, die plötzlich eine Oktave in die Höhe geht. Ehefrauen des Lehrkörpers gingen nicht ohne ihre Männer zu solchen Anlässen, und Mr Ramsey hätte als Beirat des Englisch-Clubs eigentlich Gastgeber sein sollen. Mrs Ramsey sagte, bei ihm sei wohl eine Grippe im Anzug, deswegen wolle sie ihn vertreten und Mr Frost die Ehre erweisen, falls er komme. Ich hörte, wie sie das zu ein paar Lehrern und ihren Frauen sagte, während sie einen Teller mit Keksen durch den Raum trug und allen davon anbot. Dann sagte sie es zu Bill White und mir, mit denselben Worten und demselben hilflosen

Achselzucken, und dazu spitzte sie die Lippen voller Mitgefühl für ihren leidenden Gatten.

Bill und ich standen am Kamin. Jeder nahm einen Keks, und als sie uns ihre tapfere kleine Lüge erzählte, nahm ihr Bill den Teller ab und stellte ihn auf das Sims, unter das Foto der Jungs von Blaine. Sie entspannte sich und machte keine Anstalten weiterzugehen. Ich war verblüfft über Bills Selbstsicherheit. Ich war nicht begeistert davon, aber das Resultat war in Ordnung – nämlich dass Mrs Ramsey länger bei uns blieb.

Sie sagte, sie habe Frost schon einmal lesen hören, als sie in Foxcroft studierte, und nachher habe er sich mit allen Studentinnen getroffen und über Gott und die Welt geredet. Er sei sehr lustig gewesen, was sie überrascht habe, obwohl es wahrscheinlich gar nicht so überraschend sei, und furchtbar geflirtet habe er damals auch. Natürlich unter massiver Ermutigung.

Die Hitze vom Feuer ließ sie erröten und machte ihr Parfüm schwerer, betörender. Sie wandte sich Mr Rice zu, einem Englischlehrer und wie sie aus dem Süden, der gerade seine Pfeifenasche in den Kamin klopfte. Glauben Sie, er kommt heute Abend?, fragte sie.

Frost? Glaube kaum. Am Ende wirkte er ganz schön ausgelaugt.

Mist, sagte sie. Eine weitere Gruppe Jungen kam herein, und sie warf einen Blick auf die Tür. Dann drehte sie sich wieder zu Mr Rice. Ramsey sagt, Sie wollen diese Ayn Rand herholen.

Ich – Ayn Rand? Was würde Mrs Rice da sagen?

Sie wissen genau, was ich meine.

Bill und ich tauschten einen Blick.

Kann schon sein, dass darüber geredet worden ist, sagte Mr Rice.

Ach, kommen Sie. Es ist wahr, und Sie wissen das.

Roberta.

Ich weiß, ich weiß, sagte sie. Jungs, ihr habt kein Wort gehört. Aber trotzdem – Ayn Rand!

Jetzt mal ehrlich, Roberta, haben Sie schon mal was von ihr gelesen?

Na klar! Nicht furchtbar viel. Ein bisschen. Ein paar Seiten, in einem Laden. Wahrscheinlich sollte ich sagen, dass ich eigentlich nichts von ihr gelesen habe.

Ich auch nicht, sagte Mr Rice. Und solange das so ist, halte ich mich zurück, diese Unschuldigen hier gegen sie zu vergiften.

Ich habe Ayn Rand gelesen, sagte Bill.

Wir alle schauten ihn an.

Der anspruchsvolle Mr White! Ich bin schockiert, sagte Mrs Ramsey, aber ich sah, wie amüsiert sie über die Lässigkeit war, mit der er sich seiner zweifelhaften Lektüre rühmte.

Sie hat ein paar interessante Gedanken, sagte er.

In diesem Augenblick fingen einige der Jungen an zu singen, andere stimmten ein, und die Lehrer und ihre Frauen betrachteten das Ganze liebevoll. Als ich noch neu hier war, hatte ich immer versucht, nicht zu gaffen, wenn eine Gruppe Jungen derart lossang, im Bus auf der Heimfahrt von einem Spiel etwa oder in einem klangverstärkenden Steinkorridor. Es war wie die Verfilmung irgendeiner Wiener Operette, wo plötzlich alle in der

Hotelhalle in ein Lied ausbrechen, und der Türsteher in seiner Feldmarschalluniform kriegt noch ein Komikersolo. Inzwischen kannte ich die Lieder auch, und immer wenn wir uns aneinander lehnten, im Blickkontakt für den Einsatz, und unsere Stimmen zusammenklingen ließen, schlug mein Herz höher.

Die Sänger versammelten sich um den Kamin. Mr Rice trat beiseite und schloss sich den anderen Lehrern wieder an, aber Mrs Ramsey blieb bei uns und war bald umringt von dem Chor, der sich gebildet hatte. Sie wiegte sich zur Musik, lachte leise über einen geistreichen Vers und schloss die Augen, wenn es romantisch wurde. Es war eher, als empfinge sie die Lieder, statt ihnen zuzuhören, als brächten wir ihr ein Ständchen. Und so war es ja auch. Sie war eine Frau, allein unter uns, mit leuchtenden Augen und strahlender Gesichtsfarbe, eine hübsche Frau, schön durch das Lied ihr zu Ehren. Wir bemerkten unsere Macht, sie zu bezaubern und schön zu machen, und das verlieh unseren Stimmen Kühnheit. Die Poesie dieser Nacht, die aufregende Nähe dieser jungen Frau, die Hitze des nach Nelken duftenden Raumes und das Wissen um die Kälte draußen – all das war irgendwie in den Liedern zu hören, die wir für sie sangen. Es war erregend und nicht ganz angebracht, beunruhigend und irgendwie unerlaubt. Es war geradezu köstlich. Als nach mehreren Stücken einer der Lehrer uns Einhalt gebot – und erst nachträglich anfügte, es sei schon spät –, brachen wir ab, als tauchten wir aus einer Trance auf und wüssten kaum, wo wir waren.

Mrs Ramsey wirkte auch etwas trunken und übermütig.

Sie räumte ein paar schmutzige Gläser ab und schlenderte zum Glühweintopf zurück, und ich sah, wie sie mit der ältlichen Frau des Griechischlehrers ins Gespräch kam. Als ich das nächste Mal hinschaute, war sie fort.

Es bestand kein Zweifel, dass Frost nicht kommen würde. Trotzdem blieb ich bis zum Schluss, bot sogar noch an, beim Aufräumen zu helfen, aber die Lehrersfrauen stopften mir die Taschen mit Keksen voll und schickten mich weg.

Nach dem Frühstück riskierte ich ein paar Minuspunkte und schwänzte meine leichte Hausarbeit im Warmen – die morgendliche Post zu sortieren –, um mich einer Gruppe jüngerer Schüler anzuschließen, deren Aufgabe es war, die Tennis-Sandplätze glatt zu ziehen und zu markieren. Von hier aus konnte man den Garten des Direktors einsehen. Sie musterten mich neugierig, sagten aber nichts, diese melancholischen Grünschnäbel mit blassen Gesichtern, die erst noch in ihre viel zu großen Mäntel hineinwachsen mussten. Nachdem ich kurz so getan hatte, als würde ich ihnen helfen, ließ ich es bald sein und stellte mich an den Zaun, um den Garten zu beobachten. Ungefähr eine halbe Stunde lang hielt ich dort Wache. Niemand kam. Ich dachte mir, dass George wohl doch gekniffen hatte, das große Baby.

Aber ich irrte mich. Nach dem Abendessen gingen wir zusammen zu unserem Schlafsaal zurück – George konnte einfach nicht nachtragend sein –, und er erzählte mir, dass er über eine Stunde allein mit Frost im Salon des Direktors verbracht habe. Sie seien ins Gespräch gekommen und gar nicht nach draußen gegangen. Frost hatte nicht viel über Georges Gedicht gesagt, jedenfalls nicht so direkt, aber ein paar eigene Gedichte rezitiert und George Hinweise gegeben. Er schenkte ihm außerdem ein gewidmetes Exemplar seiner *Gesammelten Gedichte* und lud ihn ein, bei ihm vorbeizukommen, falls er sich je in der Gegend aufhalten sollte.

Oh, sagte ich. Großartig.

Wir gingen weiter. Dann sagte George, Frost habe ihm noch einen Rat gegeben.

Was denn?

Weißt du, wo Kamtschatka liegt?

Nicht so genau. In Alaska? Irgendwo da oben.

Mr Frost sagte zu mir, ich würde meine Zeit an der Schule verschwenden. Er sagte, ich sollte nach Kamtschatka gehen. Oder nach Brasilien.

Kamtschatka? Wieso Kamtschatka? Wieso Brasilien?

Das hat er nicht erklärt. Er wollte gerade, aber dann musste er los.

Jemine. Kamtschatka. *Kamtschatka.*

Später an diesem Abend ging ich in die Bibliothek und schlug nach. Eine Halbinsel im abgelegenen Fernen Osten der Sowjetunion, am Beringmeer. Sehr wenige Einwohner. Die Hälfte des Jahres dunkel. Man lebte von gepökeltem Lachs und von Bärenfleisch, es gab deutlich mehr Bären als Menschen, zum Leidwesen der Unvorsichtigen. Wenn die Taiga nicht gefroren war, wimmelte es von blutrünstigen Insekten. Es gab zahlreiche Vulkane, und aktiv waren sie auch noch. Auf der einzigen Abbildung des Kamtschatka-Eintrags schauten zwei Gestalten in Parkas zu, wie der Gipfel eines Berges von einer Flammenfaust in den Himmel gehoben wurde.

Ich schlug die Enzyklopädie zu und lauschte dem Wind, der an den Sprossenfenstern hinter mir rüttelte. Was hatte es mit Kamtschatka auf sich, dass ein junger Schriftsteller seine Schulbildung aufgeben sollte, um dorthin zu gehen? Das Spektakuläre vielleicht. Das Drama merkwürdiger Leute und ihres merkwürdigen Lebens. Gefahr. All das konnte guten Stoff für Erzählungen und Gedichte abgeben. Aber Frost selbst hatte sein ganzes Leben lang in Neu-England gelebt, und es hatte seiner Kunst nicht geschadet. Ich fragte mich, ob er selbst je dort gewesen war. Wohl kaum. Aber irgendetwas bedeutete es ihm, Kamtschatka, etwas, das mit dem Leben eines Schriftstellers zusammenhing, und was konnte das sein, wenn nicht Entbehrungen? Einsamkeit, Dunkelheit, Entbehrungen. Aber Brasilien hatte er auch erwähnt. Ich stand aus dem Sessel auf, in dem ich versunken war, und ging quer durch den Raum, an einigen Jungen vorbei, die über Büchern eingedöst waren, und tauschte den Band »K« gegen »B« aus.

ÜBERMENSCH

Das Gerücht stimmte – als Nächstes würde uns eine Schriftstellerin besuchen: Ayn Rand. Einige Lehrer waren darüber verstimmt genug, um die Geschichte von ihrem fruchtlosen Protest ins Zwischendeck durchsickern zu lassen. Offenbar hatte der Vorsitzende des Kuratoriums, Hiram Dufresne, auf der Einladung bestanden. Mr Dufresne war außerdem schwerreich und ließ Geld auf die Schule niederregnen – kürzlich erst für das neue Naturwissenschaftsgebäude und die Wardell-Gedenk-Eishockeybahn, benannt nach seinem ehemaligen Mitschüler, der im Krieg gefallen war. Dufresne kam oft zu Besuch und sprach gern vor den Mahlzeiten den Segen, den er großzügig mit »o Herr« und Ausdrücken wie »lobpreisen« und »dank Deiner Gnade« würzte. Danach setzte er sich in Blaine Hall zu uns und stimmte mit seiner verblüffend hohen Stimme in unseren Gesang ein – ein dicker, glücklich wirkender Mann mit einem unübersehbaren Toupet in Orange, einem glänzenden runden Gesicht und kleinen viereckigen Babyzähnen. Einmal hielt er mich auf dem Hof an und fragte mich, wo ich herkomme und wie mir die Schule gefalle, und während ich meine Antworten hervorsprudelte, lächelte er und schloss die Augen wie eine schnurrende Katze.

Der Direktor hatte Ayn Rand nur deshalb eingeladen – so das Gerücht –, weil er einen neuen Anlauf starten wollte, Stipendiengelder zu sammeln, und dafür Mr Dufresnes Unterstützung brauchte. Eine kleine Gruppe der Lehrer erhob Einspruch, und Mr Ramsey benutzte eine unverschämte Metapher, worauf der Direktor in die Luft ging und sie alle nach Hause schickte. Das sorgte für einiges böses Blut gegen ihn und Dekan Makepeace, der seine Partei ergriffen hatte. Dass wir so viel über diese Auseinandersetzung zu hören bekamen, ließ das Ausmaß des Ärgers erahnen.

Ayn Rand sollte Anfang Februar kommen. Als der Besuch offiziell angekündigt wurde, kurz vor der Weihnachtspause, hatte ich schon von den Hintergründen gehört und machte mir darüber Gedanken, welche Seite wohl die Oberhand behalten würde. Womöglich erlitt der Direktor Schiffbruch, oder die snobistischen Lehrer zettelten eine Satrapenrevolte an, ohne Rücksicht auf Verluste. Als einer der Schüler, die auf ein Stipendium angewiesen waren, konnte ich mich in die Situation hineinversetzen, keine Chance zu bekommen, nur weil irgendein Pedant mit seinem ausgefallenen Geschmack angeben wollte; aber gleichzeitig beeindruckte mich auch die Überzeugung der Lehrer, dass Ayn Rand einfach nicht dasselbe Kaliber sei wie Robert Frost, Katherine Anne Porter, Edmund Wilson, Edna St. Vincent Millay oder all die anderen eingeladenen Schriftsteller, deren Fotos in Blaine Hall hingen. Sie glaubten, die Schule würde tatsächlich einen Teil ihrer Seele verlieren, wenn sie Ayn Rand willkommen hieß, und das Geld mache alles nur noch schlimmer – *sich für fremde Götter prostituieren*, wie es Mr Ramsey angeblich ausgedrückt hatte.

Mittlerweile hatte ich genug Geschwätz aufgeschnappt, um annehmen zu können, dass Ayn Rand ebenso schlecht wie erfolgreich war, und erfolgreich war sie allerdings. Mit süffisantem Lächeln nahm ich, als ich in die Weihnachtsferien aufbrach, ein Exemplar von *Der ewige Quell* aus einem Büchergestell am Bahnhof, las auf der Suche nach Lachern ein paar Seiten, vergaß zu lachen und wurde so schnell hineingezogen, dass ich beschloss, das Buch zu kaufen. Als der Schaffner die Abfahrt des Zuges ausrief, stand an der Kasse immer noch ein Mann vor mir. Der Kassierer war alt und langsam, und er sah verdammt schlecht. Ich stand schweißgebadet in der Schlange und wusste, ich hätte eigentlich aufgeben und gehen sollen, aber ich konnte einfach nicht auf den Roman verzichten. Am Ende kriegte ich den Zug noch auf den allerletzten Drücker, die Koffer zogen mir fast die Arme aus den Schultergelenken. Aber ich hatte es – das dicke Buch schaukelte in der Tasche meines Regenmantels, schlug gegen den Oberschenkel.

Ich war über die Feiertage in Baltimore angekündigt, bei meinem Großvater mütterlicherseits und seiner Frau. Der Bummelzug war proppenvoll mit Jungen von der Schule, und auf jeder anderen Reise hätte ich mit ihnen herumgealbert, aber diesmal suchte ich mir einen fast leeren Waggon und machte es mir mit dem Roman gemütlich. Beim nächsten Bahnhof stieg eine Horde Mädchen von Miss Cobb's Academy ein. Ich beobachtete, wie sie auf dem Bahnsteig herumwuselten, bis sie endlich einsteigen konnten, und bemerkte ein Mädchen, das ich auf dem Halloween-Tanzabend ihrer Schule kennen gelernt hatte. Sie hieß Lorraine, nannte sich aber Rain. Beim dritten Blues hielten wir uns eng umschlungen, so eng, dass eine der Aufseherinnen, die an der Tanzfläche entlangpatrouillierten, mir mit ihrem Zeigestab auf die Schulter tippte; das bedeutete, wir mussten uns an die entgegengesetzten Enden des Saals zurückziehen und durften nicht mehr miteinander tanzen. Später sah ich, wie sie mit meinem Klassenkameraden Jack Broome herumknutschte, was mich nicht daran hinderte, ihr ein paar Tage später einen ironisch-scherzhaften Brief zu schreiben. Sie beantwortete ihn nie. Immer wenn ich an diesen Brief dachte, und das kam öfter vor, schien mir jeder Satz nur so vor Dummheit zu strotzen und wurde durch die Totenstille auf der anderen Seite nur umso schlimmer.

Rain kam in meinen Waggon, ein anderes Mädchen im Schlepptau. Zigarettenrauch kräuselte sich aus ihrer Nase empor. Sie blieben in der Eingangstür stehen und ließen den Blick durch den Waggon schweifen. Ihre Freundin sagte etwas, und Rain lachte, dann sah sie mich und brach ab. Sie war perplex. Und ich genauso. Ich musste mich zwingen, nicht die Augen abzuwenden. Erst vor wenigen Wochen hatte ich mich mit einem Ständer an sie gepresst, und sie hatte irgendwie zurückgepresst, und wir hatten dieses Ding zwischen uns gehalten, als wäre es ein Apfel bei irgendeinem Geburtstagsspiel. Dann hatte sie mich verraten und ignoriert. Und nun?

Ich konnte regelrecht sehen, wie sie beschloss, die Sache durchzustehen. Sie sagte etwas zu dem anderen Mädchen und kam den Gang entlang, wobei sie sich an den Rückenlehnen der Sitze festhielt, und ihr langer Kamelhaarmantel schaukelte im Takt mit dem seitlichen Schwanken des Zuges. Sie war ein Rotschopf mit wunderschön geschwungenen Augenbrauen und Schmollmund, auf ihrer blassen Stirn zeichneten sich schwach Aknenarben ab. Wenn sie mit einem redete, lehnte sie sich zurück und kniff die Augen zusammen, als wollte sie einen mustern. Sie blieb neben mir stehen und fragte, wo ich hinführe. Als ich Baltimore sagte, hakte sie nach, ob ich eine Freundin von ihr kennte, die dort wohnte.

Ich wiederholte den Namen nachdenklich und sagte dann: Nein, glaub nicht.

Solltest du aber, sagte Rain. Sie ist absolut witzig. Ich werd ihr sagen, sie soll die Augen aufhalten, ob sie dich irgendwo sieht.

Klasse.

Sie ließ ihre Zigarette fallen und trat sie aus, was ihr Bein zwischen den Falten ihres Rocks hervorschauen ließ. Sie trug eine schwarze Strumpfhose. Dann drehte sie sich nach ihrer Freundin um. Tja, sagte sie. Oh, sag bloß! Sie schnappte sich das Buch von meinem Schoß. Sag bloß nicht, du liest dieses Buch!

Es ließ sich kaum leugnen.

Sie blätterte darin herum, dann hielt sie inne und fing an zu lesen. O Gott, sagte sie und las weiter, lange genug, damit ihre Freundin erste Anzeichen von Ungeduld an den Tag legte. Ich wartete mit idiotischem Lächeln. Ich lasse mich spirituell von Dominique leiten, sagte Rain. Verstehst du?

Na sicher, sagte ich. Vollkommen.

Von Roark auch, sagte sie, aber anders. Mit Roark läuft bei mir etwas völlig anderes. Das kann ich nicht beschreiben, ich brauch es gar nicht erst zu versuchen.

Ich weiß genau, was du meinst, sagte ich und fügte dann hinzu, das ist wahrscheinlich so wie das, was bei mir mit Dominique läuft.

Ihre Freundin rief sie und machte eine Kopfbewegung zum nächsten Waggon. Rain streckte mir das Buch hin, dann zog sie die Hand zurück. Kann ich es ausleihen? Ich habe überhaupt nichts zu lesen dabei.

Nein. Ich fürchte, nein.

Bitte? Dann, leise: Bittebittebitte?

Nein. Tut mir Leid.

Sie betrachtete mich mit ihrem prüfenden Blick. Vielleicht überlegte sie, ob ich mir das Buch notfalls mit Gewalt zurückholen würde. Dann fiel ihr die richtige Antwort ein. *Na schön*, sagte sie und gab es mir wieder.

Rain hatte nicht daran gedacht, das Buch wieder zuzuschlagen. Ich überflog die Seiten, die sie gelesen hatte, und stieß auf dieses Gespräch zwischen Dominique und Roark: *Ich will in Besitz genommen werden, nicht von einem Geliebten, sondern von einem Gegner, der meinen Sieg über ihn zunichte macht, nicht in ehrenhaftem Kampf, sondern dadurch, dass ich seinen Körper auf meinem spüre. Das ist das, was ich von Ihnen will, Roark. So bin ich. Sie wollten alles hören. Sie haben es gehört. Was sagen Sie jetzt?*

Zieh dich aus.

Ich las, ohne zu unterbrechen, bis wir in New York einfuhren, wo ich mir eine leere Bank auf dem Bahnhof suchte und mich wieder auf das Buch stürzte, während meine Schulkameraden wie die Wilden herumtobten. Ein Junge hatte sich im Zug voll laufen lassen und kotzte in einen Ascheimer, und ein paar andere taten so, als wären sie auch betrunken. Was für Schafsköpfe!

Es war dunkel, als ich den Zug nach Baltimore bestieg. Ab und zu unterbrach ich die Lektüre und musterte mein Spiegelbild in der Scheibe. *Sein Gesicht war wie ein Naturgesetz: etwas, das sich nicht in Frage stellen, nicht verändern, nicht erweichen lässt. Es hatte hohe Backenknochen über hageren, hohlen Wangen; kalte, rührungslose graue Augen; einen verächtlich fest geschlossenen Mund, den Mund eines Henkers oder eines Heiligen.*

Meine Wangen waren nicht hohl und meine Augen nicht grau, aber mein Mund verzog sich in den nächsten Wochen ganz sicher voll Verachtung, während ich *Der ewige Quell* las und wieder las und darüber nachdachte, wie schäbig die Welt einen starken, großartigen Mann behandelte, eben weil er stark und großartig war. Einen Mann wie den Architekten Howard Roark, der sich weigert, auch nur einen einzigen Winkel eines Entwurfs zu Gunsten seiner Karriere zu verändern, und der, als sein bestes Werk – ein Mietshaus – heimlich beim Bau umgemodelt wird, hingeht und persönlich das ganze Ding in Schutt und Asche bombt, nur damit kein Mensch in solchen komplett verbauten Löchern leben muss. Sein Genie steht nicht zum Verkauf. Er ist ein freier Mensch unter Parasiten, die ihn hassen und mit Armut und Elend bestrafen. Und er hat Sex mit Dominique.

Dominique wirkt wie ein regelrechter Gletscher, der

über alle Männer auf seinem Weg hinwegwalzt. Mit ihrer Ausstrahlung *kühler Gelassenheit* und ihrem Mund, der *ein Bekenntnis zu erlesenen Sünden* ist, behandelt sie Roark wie den letzten Dreck, gibt ihm freche Antworten, klatscht ihm einmal sogar einen Ast ins Gesicht, aber insgeheim verzehrt sie sich nach ihm, und er weiß es, und eines Nachts geht er in ihr Zimmer und gibt ihr ganz genau, was sie will, obwohl sie sich die ganze Zeit gegen ihn wehrt, denn zum Teil will sie genau das, von Roark gebrochen werden. *Genommen.*

Das war etwas Neues, Interessantes für mich – der Gedanke, dass die Gleichgültigkeit einer Frau, sogar ihr Spott eine Einladung bedeuten konnte, ein paar Runden zu drehen. Ich fühlte mich wie ein Versager. Als würden mich all meine üblichen Galanterien und Aufmerksamkeiten als Schwächling, als Sklaven brandmarken.

Ich entdeckte meine Willenskraft. Die Lektüre von *Der ewige Quell* ließ mich diese eingesperrte Kraft spüren, die wie ein aufgestauter Fluss gegen die Staumauer drückte, um diese zu durchbrechen und jedes Hindernis auf seinem freien Lauf zu zermalmen. Ich begriff, dass zwischen mir und meinen größten Sehnsüchten – zwischen mir und der Größe selbst – nichts stand außer der Versuchung, an meinem Willen zu zweifeln und mich den Ratschlägen zur Mäßigung, Zweckdienlichkeit und konventionellen Moral zu beugen und somit den langen, langsamen Tod der Anständigkeit zu sterben.

Und hier kam die Verachtung hinzu. Ich hatte meinen Großvater und seine Frau früher schon in den Ferien besucht und sie immer freundlich, aber öde gefunden.

Grandjohn war ein pensionierter Oberst der Luftwaffe, dessen Spezialität die Auswertung von Fotos gewesen war. Im Krieg hatte er Bilder von deutschen Zügen untersucht und dabei eine bestimmte Markierung entdeckt, was dann zu bedeutenden Bombenangriffen geführt hatte. Diese Geschichte stammte von meiner Mutter. Grandjohn erzählte keine Geschichten. Nach dem Krieg hatte er in einem Büro des Pentagons gearbeitet, bis man ihn in Rente schickte. Früher hatte ich seine Fadheit als berufsbedingte, gewohnheitsmäßige Heimlichtuerei interpretiert und romantisch aufgeladen – Monotonie als Tarnung.

Diesmal beobachtete ich Grandjohn und seine Frau mit kaltem Blick. Wie konnte er so viele Jahre bei der Luftwaffe verbringen, ohne fliegen zu lernen? Dreißig Jahre in der Nähe von Mustangs und Tomcats und Saber Jets, und ihm schien es zu genügen, bis zur Pensionierungsfeier Pilot seines Schreibtischs zu bleiben.

Patty war seine zweite Frau, eine Freundin meiner Großmutter Grandmargie, die ihn nach Grandmargies Tod geheiratet hatte. Patty war ebenso langweilig. Sie las ihm die Tagesnachrichten vor, während er durch seine Halbmondbrille auf das Kreuzworträtsel stierte. *Die Straße soll an der Stelle verbreitert werden, wo das Auto mit den vielen Kindern verunglückt ist.* Sie hatte die Böden in ihrem Haus mit dicken weißen Teppichen bedeckt, die jedes Geräusch erstickten und jedes Wort in dieser wolligen Stille klingen ließen wie einen plötzlichen Krähenschrei an einem feuchten Tag.

Mit der Zeit empfand ich ihre Freundlichkeit als eine

Form der Aggression. Patty war gnadenlos zuvorkommend. Ich konnte kein Buch anrühren, ohne sofort gelöchert zu werden, ob ich auch genug Licht hatte und der Sessel bequem genug war. Ist dir warm genug? Brauchst du ein Kissen für den Rücken? Oder wie wär's mit einer Cola? In Erwartung meines Besuchs hatten sie ungefähr fünftausend davon eingelagert. Grandjohn erzählte mir ständig, ich hätte die Augen meiner Mutter und was für ein Glück das sei, wie stolz sie bestimmt auf mich gewesen wäre. Manchmal musste ich mich im Bad einschließen und lautlos schreien, hin und her schaukelnd wie ein Gorilla, den Kopf in den Nacken geworfen, die Zähne gebleckt.

So, befand ich, in diesem sadistischen Stumpfsinn, diesem schmerzhaften Zwang, es allen Recht zu machen, so endete man, wenn man sein Leben lang Fleißkärtchen für gutes Betragen gesammelt hatte. Roark hatte in einem Steinbruch gearbeitet, Granitblöcke mit einem Meißel behauen, alles, nur keine zahnlose Architektur. Er weigerte sich, so zu denken, wie es die anderen von ihm verlangten. Hatte Grandjohn je unbotmäßig gedacht? Hatte Patty überhaupt je gedacht? Herrgott! Wie konnten sie sich auch nur eine Stunde lang ertragen, ohne einander an die Gurgel zu gehen?

Ich floh das Haus, wann immer ich konnte, fuhr die zehn Meilen von Wilton Oaks, ihrer Siedlung, nach Baltimore mit dem Bus. Es schüttete die ganze Zeit, bis ins neue Jahr hinein. Ich lief voll wilder Verachtung durch die regenschillernden Straßen, mir war nass und kalt, und ich grinste spöttisch über alle und jeden, bis auf die

Säufer und Penner, die immerhin den Mut gehabt hatten, nicht auf den ganzen Schmu reinzufallen. In meinem Hohn für jedes Zeichen der Uniformität sah ich überall Uniformen – nicht nur bei Soldaten und Polizisten, auch bei High-School-Mädchen und einkaufenden Hausfrauen. Die Geschäftsmänner kamen mir besonders lächerlich vor mit ihren Hüten und Anzügen und London-Fog-Regenmänteln, und jedem baumelte ein albernes Fähnchen der Individualität um den Hals.

Der ewige Quell ließ mich die geringsten Kapitulationen des Willens erkennen. Ich kam an einem Schuhgeschäft vorbei und sah einen jungen Verkäufer, der sich gerade über den Fuß eines Kunden beugte. Ich blieb vor dem Schaufenster stehen und starrte ihn an, in der Hoffnung, er werde meinen Zorn und Ekel spüren. *Du – ist das dein Traum? Vor Fremden zu katzbuckeln, ihre Schwielen und Hühneraugen in Hush Puppies zu stopfen? Und wofür – ein Dach über dem Kopf und drei Mahlzeiten am Tag? Feigling! Narr! Von Geburt an drängt es den Menschen nach oben, und du hast dich fürs Niederknien entschieden!*

Aber er schaute nicht ein einziges Mal zu mir herüber. Stattdessen schnatterte er weiter seinen Kunden voll, einen grauhaarigen alten Knaben im Overall, wiegte die ganze Zeit den bestrumpften Fuß des Mannes in der Hand und untersuchte ihn, als wäre er ein besonders interessanter und wertvoller Gegenstand. Der Verkäufer lachte über irgendetwas, das der alte Knacker sagte, dann setzte er den Fuß behutsam auf dem Anprobierhocker ab. Er stand auf und ging in den hinteren Bereich des Ladens. Der alte Knabe lächelte in sich hinein, hielt seine gefalteten Hände über dem Bauch und starrte an mir vorbei auf die Straße.

Ich kehrte, drei oder vier Tage bevor wir eigentlich wiederkommen sollten, an die Schule zurück. Es waren nur wenige Jungen da, glücklose Stipendiaten, die verpatzte Prüfungen wiederholen mussten, rotäugige Schwimmer, die sich für die Saison in Form brachten; ansonsten war alles menschenleer. Ich hatte die Ferien nicht nur abgekürzt, um von Grandjohn und Patty wegzukommen. Wir mussten unsere Texte für den Ayn-Rand-Wettbewerb bis zur dritten Januarwoche einreichen, und ich wollte mit meiner Geschichte bereits angefangen haben, ehe der Unterricht wieder losging. Aber ich schrieb nichts. Ich machte lange Spaziergänge durch die verschneiten Wälder und Felder, beobachtete mich dabei und bewunderte meine Einsamkeit wie von einer großen Höhe aus. Wie Howard Roark hielt ich stets eine Zigarette zwischen meine Henkerslippen geklemmt – sobald ich in sicherer Entfernung zum Campus war –, und zwischen diesen Anfällen leidenschaftlichen Ausschreitens fraß ich mich mit den Sportskanonen am Trainingstisch voll oder lag auf meinem Bett, bei der dritten Lektüre von *Der ewige Quell*.

Ich schrieb nichts, aber das beunruhigte mich nicht – ich wusste, dass ich meine Geschichte liefern konnte, sobald die Zeit dafür reif war. Vielmehr tankte ich Selbstsicherheit auf, transplantierte Roarks arroganten, stählernen Geist in meinen eigenen. Und beim Lesen des Buches spürte ich, wie es geschah, wie mein Sinn für Originalität und Kraft anschwoll und mein Mund sich wieder abschätzig anspannte.

Endlich hatte ich ein komplettes Bild von der Welt: hier ein paar verachtungsvolle Roarks und ein paar eisige Dominiques, die sich nur von den Roarks schmelzen ließen; und da ein Haufen verängstigter Niemands, die vor ihren eigenen Möglichkeiten davonliefen. Ab und zu bekam ich andere Gedanken des Romans mit, politische, philosophische Gedanken, aber ich verfolgte sie nicht weiter. Es war die ganz persönliche Bedeutung, die mich in Bann geschlagen hatte – das Versprechen von Herrschaft, das sich erfüllen ließ, indem ich genau das tat, was mir passte.

Als der Unterricht wieder begann, hatte ich mit meiner Geschichte immer noch nicht angefangen; und je länger ich nichts zu Papier brachte, desto überzeugter war ich davon, dass meine Geschichte unweigerlich die beste sein würde. Mittlerweile las ich *Der ewige Quell* zum vierten Mal, und mein Selbstbewusstsein erreichte den Siedepunkt, während ich in meinen Hausaufgaben zurückfiel und Minuspunkte einkassierte, weil ich mich vor der Andacht und kleineren Arbeiten drückte. Bill musste mich triezen, damit ich meine Seite des Zimmers halbwegs in Ordnung hielt, und eines Nachmittags nahm er mir das Buch ab und wollte es mir erst wiedergeben, wenn ich das Durcheinander rund um mein Bett weggeräumt hätte. Mann, du bist echt heiß auf das Zeug, was?

Sie ist gut, sagte ich. Verdammt gut.

Sie ist okay.

Okay? Ach komm. Ich weiß noch genau, dass du gesagt hast, sie wäre sehr interessant.

Ich hab gesagt, sie hätte ein paar interessante Ideen. Hast du ihr anderes Buch gelesen – *Wer ist John Galt?*

Noch nicht. Mach ich noch.

Das ist schon ganz gut. Selbe Richtung. Mehr Reden. Längere Reden. Ehrlich gesagt ist es mir irgendwie auf die Nerven gegangen – dieses Übermenschen-Zeug.

Das deutsche Wort stopfte mir den Mund. Unser Geschichtslehrer benutzte es auch – eigentlich zu oft und mit übertriebenem Vergnügen am Akzent –, um die Ideologie der Nazis zu beschreiben. Wegen dieser Assoziation wurde mir, als Bill mit dem Wort herauskam, schlagartig seine jüdische Herkunft bewusst, und zwar umso mehr als er sie für sich behielt. Ich hätte argumentieren können, dass ein Mann mit Eigensinn und Eiern in der Hose nicht gleich ein Nazi sein musste, aber das hatte Bill natürlich auch nicht gesagt. Und noch etwas ließ mich den Mund halten. Er wusste, ich hatte mitbekommen, dass er Jude war, aber dass ich auch einer war, wusste er offenbar nicht. Ich wollte nichts sagen, was einen so wunden Punkt berühren konnte, und ich vermutete, dass es ein wunder Punkt für ihn war, weil es mir nämlich so ging, weil sich mir insgeheim die Nackenhaare aufstellten, wenn ich irgendetwas las oder hörte, das man als antisemitisch auffassen konnte. Ja, mit diesem Teil meiner Herkunft identifizierte ich mich gerade dann am meisten, wenn er verachtet oder verspottet zu werden drohte. Ich stellte mir vor, dass Bill ähnliche Gefühle hegte, die ich nicht provozieren wollte, indem ich eine Haltung verteidigte, die er mit deutschen Mördern gleichsetzte. Unser Gleichgewicht war ohnehin anfällig genug, und durch Ehrgeiz, Neid und Vortäuschung wurde es nur noch komplizierter.

Die krönende Ironie lag darin, dass Bill aussah wie ein Bilderbucharier – so blond, so hellhäutig, so attraktiv. Mehr als attraktiv: In den letzten Monaten war er schön geworden. Wie war das passiert? Was hatte sich verändert? Auch hier warf mein heimliches Wissen einen Schatten, denn seine Schönheit rührte von einer gewissen Melancholie her, die seinen Blick und seinen Mund weicher machte und den ich seiner jüdischen Herkunft zuschrieb. Es kam mir so vor, als hätten die anderen jüdischen Jungen an der Schule eine ähnlich eindringliche Ausstrahlung – ab und zu natürlich nur, und einige mehr als andere, aber sie alle hatten sie. Das war eines der Zeichen, das sie von den anderen abhob.

Die Abgabefrist für unsere Beiträge rückte näher, und ich kam in eine fiebrige Euphorie, als hätte Ayn Rand meine Geschichte bereits ausgewählt. Es lief mir buchstäblich kalt den Rücken herunter, meine Stirn war heiß und feucht. Ich fing an, die Stimmen meiner Figuren zu hören und ihre Gesichter zu sehen. Alles fügte sich zusammen: eine großartige Geschichte, ein Meisterwerk!

Am Tag bevor es fällig war und bevor ich noch ein Wort davon zu Papier gebracht hatte, stand ich im Französischunterricht auf, um eine Passage aus *L'Étranger* vorzulesen, und mein Kopf schwebte aufwärts, bis er in eine Zone der absoluten Stille gelangte, und die Gesichter, die sich mir zuwandten, starrten mich so ausdruckslos an wie Teigflatschen. Dann wurden meine Knie butterweich, und ich streckte meine Hand aus, um mich abzustützen. Ich fiel trotzdem und riss meinen Tisch um. Ich kam da nicht mehr raus. Ich versuchte mich aufzusetzen, kippte wieder zurück und lag da, abwartend.

Sie behielten mich fast zwei Wochen lang auf der Krankenstation. Mein Fieber war, wie sich herausstellte, nicht das Delirium des Genies. Es war eine Grippe, erschwert noch durch eine verschleppte Lungenentzündung. Später, als er sicher war, mich durchzukriegen, erzählte mir der Schularzt, dass an diesem besonderen Bazillus schon Leute gestorben seien und dass ich Glück hätte, ihn überlebt zu haben.

An jenen ersten paar Tagen waren meine Träume dermaßen lebhaft, dass ich kaum den Schlaf vom Wachen unterscheiden konnte. Wirklich sicher konnte ich mir nur der ständigen Anwesenheit von Grandjohn und Patty sein, die gleich nach dem Anruf des Direktors von Baltimore heraufgefahren waren. Sie saßen abwechselnd an meinem Bett, tupften mir das Gesicht ab, halfen der Krankenschwester dabei, mich zu füttern und meine Bettwäsche zu wechseln, stützten mich auf meinen wackligen Gängen zur Toilette, bei denen sich alles drehte. Immer wenn ich aufwachte, war einer von ihnen da. Zuerst machte mich der Anblick von Patty oder Grandjohn in dem Sessel neben dem Bett rührselig vor Dankbarkeit, aber je klarer ich im Kopf wurde, desto mehr langweilten sie mich, und ich machte mir Sorgen, dass ihre Stumpfsinnigkeit die Lehrer und Schüler entnerven könnte, die bei mir hereinschauten, und dass sie ihnen mehr über mich erzählen würden, als mir lieb war.

Dann brachte mir eines Morgens die Krankenschwester eine Schachtel Pralinen mit einem zärtlichen Abschiedsbrief von Patty und einem Exemplar von Allen Drurys *Macht und Recht*, signiert von Grandjohn mit den Worten: *Für den werdenden Schriftsteller*. Das hat der Oberst für dich hier gelassen, sagte die Schwester. Wollte dich nicht wecken. Netter Kerl, der Oberst. Gestandenes Mannsbild.

Ich schaute ihr zu, wie sie mein Frühstück hinstellte, eine muntere, kaugummikauende Blondine mit kräftigen roten Händen. Ihre Schulter streifte die meine, als sie summend das Bett aufrecht stellte, und ich sah sie zum ersten Mal als Frau. Ich wusste, dass mein Großvater immer noch mit Patty schlief. Ich hatte gehört, wie das Kopfteil ihres Bettes gegen die Wand schlug, während ich im Bett las, und das war mir peinlich, vor allem Pattys wegen. Sie schien dafür zu alt zu sein – ich hielt sie für das Opfer bei dieser Transaktion. Aber Grandjohn war immer noch, wie die Krankenschwester gesagt hatte, ein gestandenes Mannsbild, groß und stark und mit ausgeprägten Kinnbacken, und ich bemerkte sein Vergnügen an der Gesellschaft von Frauen. Offenkundig hatte die Krankenschwester ihrerseits mit Vergnügen reagiert. Ich konnte nicht anders, ich stellte mir vor, wie viele Stunden sie hier allein zwischen all den leeren Betten verbracht hatten, die Krankenschwester und der Oberst, und dieser Gedanke – in einer so unpersönlichen, plump pornografischen Weise gefasst – machte mich empfindlich, misstrauisch und neidisch. Das musste sie in meinem Blick aufgefangen haben, denn sie warf mir einen amüsierten Seitenblick zu und schnippte mit der Serviette gegen meine Schulter, bevor sie sie in meinen Schoß fallen ließ.

An jenem Nachmittag erzählte mir ein Schüler, der drei Klassen unter mir war und gerade auf die Krankenstation eingeliefert worden war, dass Purcell die Audienz mit Ayn Rand gewonnen hatte. Wir spielten im Sonnenzimmer Schach, und ich beugte mich tief über das Brett, damit er mein Gesicht nicht sehen konnte.

Ich hatte ja nicht mal etwas eingereicht. Inzwischen konnte ich mich kaum noch an die Geschichte erinnern, deren ich mir so sicher gewesen war. Das meiste davon war mit dem Fieber verschwunden, nur ein paar Handlungsspuren waren noch übrig, wie die Konturen in einem Ausmalbuch. Da ich also nicht gewinnen konnte, musste logischerweise jemand anders gewinnen. Warum also nicht Purcell – der talentierte, ernsthafte Purcell, Purcell, dem alles so viel bedeutete? Im Lauf der nächsten Tage kratzte ich genug Großzügigkeit zusammen, um mir einzureden, dass ich mich für ihn freute, und als ich entlassen wurde, ging ich als Erstes auf sein Zimmer, um ihm die Hand zu schütteln.

Wovon redest du da?, sagte er. Ich hab nicht gewonnen.

Du hast nicht gewonnen? Hab ich aber gehört.

Tja, stimmt aber nicht. Der Große Jeff hat gewonnen.

Der Große Jeff? Der hat gewonnen?

Purcells Zimmergenosse hing verknotet wie eine Brezel auf einem Stuhl und schnitt sich die Zehennägel. Er sah hoch und meinte nur: Haste Töne? Der Große Jeff, ein preisgekrönter Autor!

Purcell sah ihn an, und er lachte und machte mit seinem Nagelklipper weiter. Sie taten immer so, als könnten sie sich nicht ausstehen, und trugen sich dann jedes Jahr wieder als Zimmergenossen ein.

Ich glaub's einfach nicht, sagte ich.

Purcell lag auf seinem Bett. Er senkte das Buch, in dem er gerade las, und starrte an die Decke.

Meine Güte, sagte ich. Der Große Jeff. Hast du was eingereicht?

Ja, muss ich zugeben. Ich habe mich tatsächlich in die Lage begeben, von Ayn Rand beurteilt zu werden.

Ach, Quatsch. Hast du schon mal was von ihr gelesen?

Er antwortete nicht.

Du hast die Geschichte vom Großen Jeff noch nicht gelesen?, sagte der Zimmergenosse zu mir.

Nein. Ich war sozusagen außer Betrieb.

Er sah Purcell an und lächelte. Ein Klassiker, sagte er. Die nächsten Generationen von Schuljungen werden mit der Analyse seiner feinen Zwischentöne vollauf zu tun haben.

Purcell schloss die Augen.

Also hat der Große Jeff gewonnen, sagte ich. Unglaublich! Ich wusste gar nicht, dass der Große Jeff schreiben kann.

Kann er auch nicht, sagte Purcell.

Warum hat sie ihn dann ausgewählt?

Er schüttelte bloß den Kopf, die Augen immer noch geschlossen.

Das kann ich dir sagen, meldete sich der Zimmergenosse wieder. Weil das Blut eines echten Künstlers in den Adern unseres Großen Jeff fließt. Weil er ein solider, überlebensgroßer, preisgekrönter Autor ist, nicht einer von euch provinziellen *Künschtlern*, denen es schon kommt, wenn sie der Groß- und Kleinschreibung abschwören und alle und jeden zu Tode langweilen. Darum.

Er beugte sich über seinen Schreibtisch und nahm ein Exemplar der Schulzeitung. Hier, sagte er. Lest und weint.

Die Geschichte des Großen Jeff hieß »Am Tag, als die Kühe nach Hause kamen«, und er hatte es geschafft, darin sein Vegetariertum und sein Interesse an der Raumfahrt miteinander zu verbinden.

Das ging so. Eine fliegende Untertasse landet auf einem Feld außerhalb von Boston. Die Polizei und verschiedene Milizen versuchen, sie zu zerstören, aber erfolglos. Dann feuert sie einen Strahl ab, der einen glücklicherweise leeren Truck in der Nähe zu Staub zerfallen lässt, und alle weichen zurück, während ein äußerst detailliert beschriebener Roboter aussteigt und verlangt, dass sich eine Delegation der Führer der Welt beim Kommandeur der Untertasse meldet. Morgen – sonst …

So weit ein alter Hut, aber nicht mehr lange. Am nächsten Tag versammeln sich der Präsident, der sowjetische Generalsekretär und die Queen von England auf dem Feld und werden von dem Roboter in die Kommandozentrale geführt. Und wen entdecken sie dort am Steuer, umgeben von einer Mannschaft derselben Spezies? Einen riesigen Stier! Das ist kein gewöhnlicher Stier, sondern *ein gehörn-*

ter Argonaut von imperialem Auftreten, dessen Augen *vor übernatürlicher Intelligenz blitzen* und der ansonsten den irdischen Rindern so ähnlich ist wie *der ungezügelte Wolf, der stolze Herrscher seines arktischen Reiches, dem frisierten, dauergewellten Pudel in seinem strassbesetzten Pullover.*

Dann erfahren die Führer der Welt, was hier abläuft. Vor langer Zeit hatte eines der Schiffe der Außerirdischen einen Maschinenschaden und wurde wegen der nahrhaften Flora zu unserem Planeten geleitet. Ihre eigene Galaxie lag Lichtjahre weg, und inzwischen war die ursprüngliche Besatzung sicher seit x Jahrhunderten tot, aber diese Expedition wollte die Abkömmlinge jener kühnen Truppe abholen und nach Hause bringen. Sie hatten doch Abkömmlinge hinterlassen, nicht wahr?

Wie gefährlich es wäre, diese Frage zu beantworten, entgeht den Menschen nicht. Sie leugnen jegliches Wissen von solchen Kreaturen, bis der Kommandeur des Raumschiffes ein Foto von Kühen auf einem Feld präsentiert – und in diesem Augenblick bricht die Queen von England, *deren zarter weiblicher Geist der Strenge seines Blicks nicht gewachsen ist*, zusammen und plaudert die Wahrheit aus. Die versammelten Weltraumreisenden sind nicht erfreut, von den gegenwärtigen Lebensumständen ihrer Artgenossen zu erfahren, geschweige denn, was der Mensch mit ihnen macht. Genauer gesagt, sie können kaum glauben, was sie da hören, und der Kommandeur beharrt auf einer Erkundungsreise.

Er besucht eine Molkerei in Wisconsin, wo er sieht, wie die Kühe von Maschinen trockengesaugt werden, wie sie mit Sperma von Bullen voll gespritzt werden, die sie nie gesehen haben. Er sieht, wie in Texas Kälber kastriert und gebrandmarkt werden, und kommt auch auf einen Bauernhof in Japan, wo die Tiere mit Hektolitern Bier zwangsgefüttert werden, damit ihr Fleisch süßer wird. Er wird zu einem blutigen Stierkampf in Mexiko, einem Rodeo in Wyoming und einer Schlachthalle in einem Viehhof von Chicago gebracht.

Der Kommandeur des Raumschiffs sieht all das und mehr. Er wird bedrohlich still. Nachdem er sich mit seinen Kameraden im Raumschiff beraten hat, bricht er zu einer großen Rundfahrt über alle Ranches und Farmen auf, wo er die Herden um sich schart und ihnen haarklein erklärt, was sie erwartet, wenn sie seine Einladung, mit zum Heimatplaneten zurückzukehren, nicht annehmen. Die Tiere verstehen gerade noch genug von der alten Sprache, um die Warnung zu begreifen, aber die meisten winken achselzuckend ab. Stattdessen laden sie ihn ein, bei ihnen zu bleiben. Das perfekte Leben: Futter, so viel sie wollen, Schutz vor Raubtieren, medizinische Versorgung – das komplette Programm. Der Kommandeur wird als Unruhestifter geschmäht, und in Montana jagt ihn ein Haufen Ochsen im Galopp von der Ranch. Schließlich entscheidet sich nur eine Hand voll der Tapfersten und Klügsten dafür, mit ihm zu kommen, und selbst diese kleine Schar wird noch verringert, als einige von ihnen beim Anblick der langen Rampe, die in das Raumschiff führt, die Nerven verlieren und davonlaufen.

Bei Sonnenaufgang hebt die fliegende Untertasse mit der Mannschaft und den neu gefundenen Vettern ab. Aber sie fliegen nicht nach Hause – noch nicht. Sie bleiben eine Weile dort oben und setzen ihren Strahl ein. Die tödliche Wirkung ist effizient, gnadenlos und absolut menschenfeindlich. Am Ende ist kein einziges menschliches Wesen mehr am Leben. Die Geschichte endet mit dem Satz eines Mannschaftsmitglieds zu einer Kuh, die um ihren kleinen Melkjungen weint: *Er hat Glück, dass wir ihn nicht gefressen haben.*

In ihrem Interview auf der Titelseite lobte Ayn Rand den Großen Jeff als einen exzellenten angehenden Schriftsteller. *Es ist sehr befriedigend,* sagte sie, *einen so jungen Mann wie Mr Purcell zu erleben, der die kollektivistische Orthodoxie und ihre Tyrannei des intellektuellen Lebens in unserem Lande herauszufordern wagt – eine Tyrannei, die nirgends verbreiteter ist als an den Colleges und Schulen. Mr Purcell triumphiert mit seiner Beschreibung des Opfers, das die Peitsche küsst. Natürlich leugnet die Herde ihre eigene Versklavung und attackiert den heldenhaften Aufdecker der Wahrheit. Man braucht nur die Kritiken von* Wer ist John Galt? *zu lesen, um dieses Prinzip in unserer so genannten freien Presse am Werk zu sehen, die nur denjenigen frei vorkommen kann, welche der totalen Hirnwäsche egalitärer Mystifikationen unterzogen wurden. Und was passiert, wenn ein wahrhaft überlegener Mann wie John Galt seine Macht nicht mehr ausübt? Dann bleibt die ganze Welt stehen!*

Ayn Rand ließ sich die meiste Zeit des Interviews über diesen John Galt aus. Da ich nicht wusste, wer das war, sprang ich ans Ende, wo sie auf den Großen Jeff zurückkam und ihm ein Kompliment machte, wie gekonnt er Farm und Schlachthof als Metaphern für den Wohlfahrtsstaat benutze, *dessen Sirenenklänge uns immer weiter in das*

Ödland der erzwungenen Mittelmäßigkeit hineinlocken – wo es wichtiger ist, etwas für sich tun zu lassen, als selbst etwas zu tun, wo Freiheit eine Fantasie ist, für die man seine Augen vor der Koppel verschließen muss, auf der man lebt, und wo sich die Herde noch glücklich schätzt, von den Fleischresten aus ihrer eigenen Schlachtung gemästet zu werden. Mr Purcell hat eine große und höchst unpopuläre Wahrheit enthüllt. Der Traum der allgemeinen Gleichheit führt nicht ins Paradies, sondern nach Auschwitz!

Ich konnte die Grippe einfach nicht abschütteln. Meine Nase war rot und geschwollen von Anfällen unkontrollierbaren Niesens, die Augen tränten, die Oberlippe war rissig. Ständig nickte ich ein. Zwei Tage vor Ayn Rands Besuch wurde ich von meinem Lateinlehrer wachgestupst und, nicht unfreundlich, wieder auf die Krankenstation zurückgeschickt, so lange, bis es mir gut genug ginge, die Augen im Unterricht offen zu halten.

Ayn Rand hielt ihre Lesung am Nachmittag. Ich hatte überlegt, mich hinauszuschleichen, aber die Krankenschwester werkelte die ganze Zeit in meinem Zimmer herum, und dann schlief ich ein und wachte erst wieder auf, als Bill White vorbeischaute, nachdem es vorbei war. Er wollte mich natürlich aufheitern, aber ich bedauerte nur umso mehr, dass ich alles verpasst hatte.

Er sagte, eine Meute von Ayn Rands Fans sei von Boston gekommen und habe über eine Stunde lang im Schnee gewartet – dabei geraucht wie die Schlote und ihre Kippen überall fallen lassen –, damit sie die ersten Reihen besetzen konnten. Sie hätten ausgesehen wie eine Horde Totengräber, sagte Bill, sogar die Frauen, alle stumm und ohne ein Lächeln mit ihren dunklen Klamotten. Bei der Lesung hätten sie an komischen Stellen applaudiert und insgesamt für Aufsehen gesorgt.

Aber nicht so sehr wie Ayn Rand. Als Erstes stürzte sie sich auf unser Schulmotto – *Gib alles* – und empfahl uns dringend, einen derartigen Quatsch zu ignorieren und eigenständig zu leben. Dann wies sie Hiram Dufresne zurecht, weil er sie in seiner Einführung als konservativ bezeichnet hatte. Sie sagte, sie sei *radikal*, nicht konservativ, und man solle gefälligst über die Bedeutung der Worte nachdenken, die man äußere. Gegen Ende verließen tatsächlich einige Schüler den Saal, als sie Präsident Kennedy wegen seines Spruchs attackierte, man solle überlegen, was man für sein Land tun könne. Ayn Rands Auftritt dauerte zu lang, um Fragen zu stellen, aber als der Direktor vorschlug, das Ganze nach dem Abendessen in Blaine Hall fortzusetzen, stimmte sie nur unter der Bedingung zu, dass ausschließlich ihre *wahren* Leser kämen – diejenigen, die all ihre Bücher gelesen hätten. Sie sei bereit, eine ernsthafte Diskussion zu führen, sagte sie, aber nicht, ignorante Fragen zu beantworten oder sich von Touristen anstarren zu lassen.

Ich schlüpfte im letzten Augenblick herein, damit die Lehrer weniger Zeit hatten, mich zu bemerken und ins Bett zurückzuschicken. Es zeigte sich, dass nicht viele gekommen waren – ein junger Biologielehrer, ein Geschichtslehrer, der Fußballtrainer und Mr Ramsey, der an der Punschschüssel seines Amtes waltete, vermutlich als Buße dafür, dass er dem Direktor gegenüber den Mund etwas zu voll genommen hatte. Mrs Ramsey stand neben ihm und redete mit dem Großen Jeff. Etwa fünfzehn Jungen hockten verstreut auf Klappstühlen, und ungefähr genauso viele dunkel gekleidete Männer und Frauen – zweifellos Bills Totengräber – saßen düster vor dem Kamin. Eine der Frauen, ein mageres Ding mit kurz geschorenen blonden Haaren, steckte sich eine Zigarette an, und als der Fußballtrainer sie bat, nicht zu rauchen, nahm sie noch einen langen Zug und schnippte die Zigarette ins Feuer, ohne ihn eines Blickes zu würdigen. Die Holzscheite knackten und zischten. Ansonsten herrschte gespenstische Stille im Raum.

Dann kam Ayn Rand herein, begleitet vom Direktor und Hiram Dufresne und einem jungen, großen, ernsthaften Burschen mit Elvis-Tolle. Ich war überrascht, wie klein und stämmig sie war – ich hatte eine Dominique erwartet. Ihr dunkles Haar war eng anliegend und zu einem Helm geschnitten. Sie schüttelte ihr Cape ab, reichte es ohne einen Blick dem großen Burschen und steuerte den Morris-Stuhl an, der für sie am Kamin bereitstand.

Mr Dufresne folgte ihr, aber sie drehte sich um und sagte laut und deutlich: Es ist keine weitere Einführung vonnöten, vielen Dank. Ihre Stimme war tief und modulationsreich. Mr Dufresne blieb stehen und blinzelte, dann zog er sich an die Seite des Raumes zurück.

Ayn Rand machte es sich in dem Morris-Stuhl bequem, holte eine Zigarette aus ihrer Handtasche und drehte sie in ein langes schwarzes Mundstück hinein. Einer der Männer in der ersten Reihe beugte sich mit einem Feuerzeug vor. Sie bewegte sich auf die Flamme zu, dann lehnte sie sich zurück und musterte uns, wobei ihr breiter roter Mund zu einem skeptischen Kräuseln erstarrt war. Ihr schwarzes Kostüm hatte einen kurzen Rock, der an ihren Schenkeln hochgerutscht war. Für eine so untersetzt gebaute Frau hatte sie hübsche Beine. An ihrem Revers glitzerte eine Goldnadel. Der Rauch ihrer Zigarette schwebte nach oben, vorbei an dem Bild der Jungs von Blaine.

Also, sagte sie. Wie viele Schriftsteller haben wir unter euch Jungen?

Die Totengräber drehten sich um und sahen uns an. Nicht eine Hand reckte sich.

Na, kommt schon, sagte sie. Ich weiß, dass wir mindestens einen haben, den achtbaren Mr Jeffrey Purcell, auf den ich mich schon freue. Aber es muss doch noch mehr geben. Nein? Ach, ihr kleinmütigen Herzen, ihr wagt es nicht, euch zu zeigen. Schämt euch! Ihr dürft niemals kleinmütig sein, Kleingeister ernten nichts als einen Stiefel im Nacken. Kühn müsst ihr sein! Meine Helden sind verlacht worden, weil sie furcht- und kompromisslos sind. Meine Kritiker sagen, solche Menschen gebe es nicht. Aber, mit Verlaub, ich kann euch sagen, *ich* bin ein solcher Mensch, und mich gibt es, da besteht kein Zweifel!

Sie nahm einen heftigen Zug von ihrer Zigarette und beugte sich zu uns. Ihre goldene Reversnadel reflektierte das Licht, und jetzt sah ich, dass sie ein Dollarzeichen war.

In Russland, sagte sie, als Studentin an der Universität von Petrograd, habe ich bei Kerzenlicht studiert. Es gab kein Brennholz, die Tinte gefror in unseren Füllern. Die Menschenfreunde von Herrn Lenin erschossen so viele von uns, dass wir die Särge *mieten* mussten, in denen wir unsere Lehrer und Freunde zu ihren Gräbern trugen. Aber ich bin noch da. Und warum? Nicht weil ich die Ringe unserer neuen russischen Popen geküsst hätte, das kann ich euch versichern. Nicht weil ich der Angst nachgegeben hätte. Niemals. Wer der Angst nachgibt, ist bereits tot. Ich verweigerte die Angst, ich verweigerte die Niederlage. Wusstet ihr, dass *Der ewige Quell* zwölfmal abgelehnt wurde? Stellt euch das vor! Aber ich nahm die Niederlage nicht hin. Deshalb bin ich hier, aus diesem und keinem anderen Grund. Also bitte erzählt mir nicht, Figuren wie meine gebe es nicht! Nein! Sie schlug mit der Hand auf ihre Armlehne.

Nein! Und bitte erzählt mir nicht, meine Figuren seien unrealistisch, weil sie ihre Ideale leben. Natürlich werden all die, die aus zweiter Hand leben, euch sagen, dass das Ideal unerreichbar ist, dass eine richtige Geschichte nur von den Leuten von nebenan handeln kann, den frustrierten Hohlköpfen – eine Geschichte von Krötenschluckern und Mittelmäßigen – eine Geschichte der Kompromisse und Niederlagen.

In diesem Augenblick entlud sich das Niesen, das ich die ganze Zeit versucht hatte zurückzuhalten, in einer feuchten Explosion. Ayn Rand fixierte mich mit ihren dunklen, tief liegenden Augen, als ich meine aufgesprungene Oberlippe abwischte und meine Nase abschließend leer trompetete. Sie schaute erst wieder weg, als im Kamin ein Scheit geräuschvoll zusammensackte und eine Funkengarbe in die Höhe schickte.

Sie schaute ins Feuer. Ja, sagte sie. Die Leute von nebenan. Wenn ihr nicht bereit seid, euch heruntermachen zu lassen, wie man es mit mir getan hat, dann müsst ihr dieses trübe kleine Leben zu eurem Thema machen. Das Leben des *Volkes*. Das Leben eures *Bruders*. Denkt daran: Wenn sich jemand euer Bruder nennt, steckt dahinter nur ein Wunsch – dass ihr zu seinem *Hüter* werdet, zum Sklaven seiner Unfähigkeit und Trägheit. Also rettet euch vor allem vor euren Brüdern.

Und jetzt, Jungs, habe ich eine Frage an euch. Worin liegt euer Wert? Sie beobachtete uns, während sie eine weitere Zigarette in ihr Mundstück steckte und eine ausgestreckte Hand Feuer gab. Sie ließ die Stille anschwellen. Ich bemerkte, dass ihr leuchtend roter Lippenstift an beiden Mundwinkeln verschmiert war und dass eine Laufmasche in einem ihrer Strümpfe eine lange weiße Narbe über ihr Knie zog.

Nun, sagte sie schließlich, ich will euch sagen, worin euer Wert *nicht* liegt. Er liegt nicht in der Selbstaufopferung, die irgendeine Partei, irgendein Staat oder die Kirche irgendeines absurden Gottes verlangt. Er kommt nicht vom Volk. Im Austausch für eure Vernunft und eure Freiheit geben sie euch vielleicht ein Tugendzertifikat, vielleicht sogar ein bisschen Macht, aber das ist wertlos. Weniger als wertlos – es ist eine Fessel. Wenn eure Macht von anderen herrührt, wenn sie von deren Zustimmung abhängt, dann seid ihr die Sklaven dieser anderen. Opfert euch niemals auf – niemals! Wer immer euch zur Selbstaufopferung drängt, ist schlimmer als ein gewöhnlicher Mörder, der euch zumindest höchstpersönlich die Kehle durchschneidet und euch nicht dazu überredet, es selber zu tun. Ihr müsst euch selber ehren. Sich selber ehren heißt, wahrhaftig zu leben. Und wie ich nur zu gut weiß, heißt wahrhaftig leben nichts anderes, als im Krieg zu leben. Jawohl, im Krieg – mit dem *Volk* und der *Partei* und der Schuld schachernden Jesusindustrie!

Hört, hört, bellte ein Mann in der ersten Reihe.

Ayn Rand nickte kurz anerkennend und setzte ein bitteres Lächeln auf. Meine Helden sind unmöglich, heißt es. Unrealistisch. Und warum sagen sie das? Weil sie euch weismachen wollen, das Heldentum selbst wäre unrealistisch! Sie wollen, dass ihr euch verachtet, bevor ihr entdeckt, wozu ihr im Stande seid. Jungs! Bitte! Ihr seid dazu geboren, Riesen zu sein, keine Opferlämmer für irgendeinen Stammesgott oder eine idiotische Fantasie vom irdischen Paradies oder eine hirnlose Schlampe, die nur an die nächste Rate für den Kühlschrank denkt. Was schildern andere Schriftsteller als Leben? Kleine Männer und kleine Frauen mit kleinen Sorgen, Geisel ihrer schnoddernasigen Gören. Das möchten die gern, dass ihr glaubt, nur das wäre die Wirklichkeit und damit müsstet ihr euch abfinden. Das ist die allerschlimmste Lüge! Ich sage euch, was euch die anderen Schriftsteller als Leben schildern, ist nichts anderes als ein Alibi für Feigheit und Verrat – Verrat an euch selbst, an dem John Galt in jedem von euch.

Ich musste wieder niesen. Seltsamerweise war es in mir aufgestiegen, seit sie die schnoddernasigen Gören erwähnt hatte, und es ließ sich einfach nicht zurückhalten. Ayn Rand zuckte sichtlich zusammen, sah mich aber nicht an.

Miss Rand?

Sie wandte sich zum Direktor um. Er lehnte an der rückwärtigen Wand, die Arme vor der Brust verschränkt.

Miss Rand, Sie haben einen ziemlich trüben Eindruck von Ihren Schriftstellerkollegen.

Sie starrte ihn wie gebannt an, vielleicht wegen der Geschwulst auf seiner Stirn, die rot wie ein Stück Kohle glomm. Schließlich sagte sie: Ja. Bieten die irgendeinen anderen Eindruck?

Nicht nur einen, finde ich. Aber gestatten Sie mir eine Frage. Wenn Sie sagen sollten, welches das größte Einzelwerk eines amerikanischen Autors ist, wie würde Ihre Antwort lauten?

Wer ist John Galt?

Ihr eigener Roman.

Gibt es noch einen mit diesem Titel?

Und das zweitbeste?

Der ewige Quell.

Gibt es tatsächlich keinen anderen amerikanischen Schriftsteller, dessen Werk Sie bewundern?

Die Asche an ihrer Zigarette, die zu einer unhaltbaren Länge angewachsen war, fiel in ihren Schoß. Sie wischte sie weg und starrte dann den grauen Schmierfleck an, den sie auf ihrem schwarzen Rock hinterlassen hatte. Ja, einen, sagte sie. Mich interessieren die Romane von Mr Mickey Spillane. Seine Metaphysik ist vielleicht ein bisschen instinktiv, aber trotzdem ziemlich solide.

Mickey Spillane? Der Krimiautor?

Ich würde vor allem *Ich, der Richter* empfehlen. Mit Mike Hammer hat er einen wahren Helden geschaffen, einen, der sich nicht selbstquälerisch überschlägt vor lauter dekadenten Höflichkeiten. Mike kann das Böse vom Guten unterscheiden und es ohne Zögern oder Bedauern vernichten. Sehr ungewöhnlich. Sehr befriedigend. Ich könnte außerdem *Küss mich, Tod* erwähnen, obwohl uns Mr Spillane da am Ende ein bisschen hängen lässt. Was wird mit Mike und der wunderschönen Velda geschehen? Ich glaube, da schuldet er uns eine Fortsetzung.

Ich dachte: Und was ist mit Ernest Hemingway?, und platzte in genau diesen Worten mit der Frage heraus.

Hemingway mal wieder! Hemingway mit dem Bart! Bitte! Das, was Hemingway ausmacht, ist auch genau das, was mit der so genannten Literatur dieses Landes nicht stimmt. Schwache Voraussetzungen. Schwache, gescheiterte Menschen. Ein absolut unheilvolles Lebensgefühl. Warum soll diese Krankenschwester, wie heißt sie, *Catherine* – warum soll Catherine eigentlich am Ende sterben? Kein Grund. Nur damit der Leutnant etwas Tragisches erlebt und sein Selbstmitleid damit entschuldigen kann. Unlesbare Schnulze! Und ich habe gehört, seine anderen Romane seien noch schlimmer. Ja, es soll sogar einen geben, dessen Held über keinen – wie soll ich es sagen – keine *Männlichkeit* verfügt. Wie passend! Und was sollen wir von diesem elenden Eunuchen lernen, dem der große bärtige Ernest Hemingway einen ganzen Roman gewidmet hat? Die überlegene Tugend der Impotenz? Nein danke!

Bei diesen Worten schaute sie von mir zum Direktor und ignorierte das Gelächter und den Applaus ihres Gefolges.

Aber als Nächster sprach Hiram Dufresne. Ich habe dieses Buch gelesen, sagte er. Vor langer Zeit, aber ich habe es nicht vergessen. Das war eine Kriegsverletzung, von der Sie da sprechen.

Ich kann nicht behaupten, ich wüsste das, sagte sie.

Nun, was ich sagen will, Miss Rand, Sie reden hier von Heldentum, und meiner Meinung nach ist eine Kriegsverletzung eher ein Zeichen für Heldentum als für Schwäche.

Sie zuckte die Achseln. Kommt drauf an. Wenn es zu der Verwundung bei einem Einsatz kam, den der Mann für sein eigenes Glück unternommen hat, dann könnte das heldenhaft sein. Wenn es für das Wohl anderer war, als Selbstaufopferung, dann würde ich es Schwäche nennen.

Ich glaube kaum, dass irgendein Mann gern im Krieg stirbt.

Dann sollte er sich auch dagegen entscheiden. Er hat das souveräne Recht, sein Glück auf seine eigene Weise zu suchen, solange er nicht die Rechte eines anderen Menschen dabei verletzt. Sie haben John Galts Rede gelesen, nehme ich an. Da steht alles drin.

Das *klingt* schön, Miss Rand, aber in Wahrheit verdanken Sie die Gelegenheit, so etwas zu sagen, nur der Tatsache, dass so viele gute Männer im Kampf gestorben sind. Ich kannte einige von ihnen.

Bitte – Sie verwischen die Frage. Die Frage lautet, was war ihr Motiv? Wenn sie im Kampf für ihr eigenes Glück gestorben sind, ist ihnen mein Respekt sicher. Wenn sie sich für mein Glück geopfert haben, sind sie als Schwächlinge gestorben und, das möchte ich hinzufügen, in irrationaler, ja, unmoralischer Weise. Wenn es gut ist, für das so genannte Wohl der Allgemeinheit zu sterben, wenn das Wohl der Allgemeinheit eine solche Tat moralisch gutheißt, dann muss es auch gut sein, andere für das Wohl der Allgemeinheit zu schikanieren und zu berauben und zu opfern. Dann rechtfertigen Sie den Faschismus eines Hitler oder eines Kennedy. Ja, Kennedy! Nun, Sir – Sie sind ein Industrieller, oder nicht?

Mr Dufresne brauchte etwas länger für seine Antwort. Obwohl er sie ansah, wirkte er gedankenverloren. Ja, sagte er, ich habe eine Reihe Unternehmen im In- und Ausland.

Ich nehme stark an, Sie machen Geschäfte zu Ihrem eigenen Profit, nicht als Dienst an der Öffentlichkeit.

Wissen Sie, Miss Rand, ich sehe meine Arbeit durchaus als etwas, wovon andere profitieren. Gerade das treibt mich auch an. Es mag vielleicht kitschig klingen, aber ich möchte das zurückgeben, was mir gegeben worden ist. Und mir ist eine Menge gegeben worden, wie ganz sicher auch Ihnen.

Ganz sicher? Da sind Sie sich einer Unwahrheit sicher. Mir ist mein Leben lang gar nichts gegeben worden. Und ohne Zweifel übertreiben Sie Ihre eigene Schuldigkeit, so wie es Ihnen sorgfältig beigebracht worden ist. Ich habe immer gesagt, das Einzige, was mit dem amerikanischen Industriellen nicht stimmt, ist seine Unschuld. Er hat keine Ahnung, was sein Land ihm schuldet. Im Gegenteil, er nimmt es hin, sich von denselben Parasiten beschämen zu lassen, die ihn gern aussaugen wollen. Der arme Kleine buhlt sogar noch um ihren Segen! Aber hier …

Sie löste ihre übereinander geschlagenen Beine und stand auf. Hier, sagte sie, haben Sie einen richtigen Segen, für Sie alle, im Namen des Individuums, des Kapitalismus und des Geistes von John Galt. Und dann malte sie mit ihrem Zigarettenmundstück etwas in die Luft – ein Dollarzeichen.

Hiram Dufresne setzte zu einer Antwort an, brach aber ab, als ein Mann in der vorderen Reihe zu klatschen anfing. Seine Freunde fielen ein. Die dünne Blonde stand auf, und als der Applaus versiegt war, sagte sie mit zitternder Stimme, Miss Rand, ich möchte Ihnen gern sagen, dass Ihre Bücher mein Leben völlig umgekrempelt haben.

So sollte es sein, meine Liebe, so sollte es sein. Ah, ich sehe, mein Schutzengel zeigt auf seine Armbanduhr. Gibt es noch eine letzte Frage?

Ein Junge namens Jaspers hatte seinen erhobenen Arm wie ein Weichensteller von der Eisenbahn herumgeschwenkt, doch da erhob Mrs Ramsey aus dem hinteren Teil des Raumes ihre weiche Südstaatlerstimme. Wir alle machen Fehler, sagte sie. Falls es nicht zu persönlich ist, Miss Rand, was war der größte Fehler, den Sie je gemacht haben?

Ich weise Ihre Prämisse zurück. Wenn Sie rational handeln, können Sie keinen Fehler machen, und ich habe immer rational gehandelt.

Jaspers fing wieder an zu winken, aber der Große Jeff war schon aufgesprungen. Miss Rand, Ihre Bücher erreichen Tausende von Lesern –

Millionen.

Millionen von Lesern. Stellen Sie sich mal vor, was es bewirken würde, wenn Ihre Leser wüssten, welche Meinung Sie zum Thema Fleisch vertreten.

Sie beugte sich vor. *Was?* Was hast du gerade gesagt?

Ich meine nur, wenn Ihre Leser wüssten, dass Sie kein Fleisch essen – ich wette, dann würden es eine Menge von ihnen auch sein lassen.

Fleisch? Sie stemmte sich aus dem Sessel empor. Du redest von *Fleisch*? Was für eine depravierte Psychologie gibt dir ein, so mit der Autorin von *Wer ist John Galt*? zu reden?

Dies ist unser Schüler Jeffrey Purcell, sagte der Direktor. Da Sie seine Geschichte ausgewählt haben, können Sie es ihm vielleicht verzeihen, dass er dachte, Sie seien einer Meinung mit seiner These.

Fleisch? Sie wedelte mit der Hand vor ihrem Gesicht hin und her. Genug, sagte sie. Ich habe jetzt wirklich genug.

Der große Bursche kam mit ihrem Cape an und legte es um ihre Schultern, während die Bewunderer nach vorn stürmten. Wir anderen standen auf, streckten uns und fingen an, unsere Mäntel anzuziehen. Alle außer einem. Jaspers, der sich immer noch meldete, rief schließlich aus: Miss Rand! Miss Rand! Es wurde still im Raum, und sie sah Jaspers an, und er stellte die Frage, die er so unbedingt hatte stellen wollen. Sie zuckte mit dem Kopf zurück, als wäre sie geohrfeigt worden. Die dunkel gekleideten Männer und Frauen drehten sich alle voller Abscheu zu ihm um – ein Hofstaat aus lauter Raben, die sich bereitmachten, diesem käsigen, heimwehkranken

Jungen mit seinen abgekauten Fingernägeln und seinem Welpenbedürfnis danach, nicht den Anschluss zu verpassen, die Augen auszureißen, diesem Jungen, der Ayn Rand genau die Frage gestellt hatte, die mich schon die ganze Zeit reizte und die ich vermutlich gestellt hätte, wenn sie nicht wegen Hemingway auf mich losgegangen wäre.

Wer ist John Galt?

AUS DEM LEBEN GEGRIFFEN

Wer ist John Galt?

Durch eine Ironie des Schicksals wählte der arme Jaspers für die Frage, die ihn in solche Ungnade fallen ließ, den Titel und ersten Satz von Ayn Rands anderem berühmten Roman, den ich mir ein paar Tage nach ihrem Besuch in unserer Bibliothek auslieh. Ich unternahm ein paar Anläufe, kam aber nie über das Eröffnungskapitel hinaus. Und als ich zu *Der ewige Quell* zurückkehrte, konnte ich auch das nicht lesen, nicht mehr.

Das Problem war, ich konnte Ayn Rands Sätze nicht mehr lesen, ohne ihre Stimme zu hören. Und wenn ich ihre Stimme hörte, sah ich ihr Gesicht; genauer gesagt, das Gesicht, das sie mir zugewandt hatte, als ich niesen musste. Ihr Ekel war machtvoll. Das war kein mädchenhaftes Schaudern, sondern spiritueller Abscheu, und er drängte mir die Rolle des armen Exemplars auf, das da gerade gemustert wurde, mit aufgesprungenen Lippen, feuchtem bleichem Gesicht, tränenden Augen und allem. Sie gab mir das Gefühl, dass Kranksein verachtenswert sei. Es konnte keinen anderen Grund für sie geben, mich dermaßen abzulehnen, nicht zu dem Zeitpunkt, noch bevor ich sie dadurch beleidigte, dass ich den Namen Hemingway aussprach.

Zuerst fragte ich mich, ob ich ihren Gesichtsausdruck falsch verstanden hatte, aber diesen kleinen Zweifel erstickte sie mit dem Blick, den sie unserem Direktor zuwarf. Dass sie angewidert war, zeigte sie so unverstellt wie ein Kind, und es war auch dem kalten, pikierten Ton anzumerken, den sie ihm gegenüber anschlug. Offenbar war ein Grützbeutel ebenso verdammenswert wie eine laufende Nase. Und schon das machte es schwer für mich, selbst den Roman wieder zu lesen, der mich so fasziniert hatte. Mir wurde empfindlich bewusst, dass sowohl Roark als auch Dominique immer prächtig aussahen und keinen Tag krank waren. Bislang hatte ich ihr gutes Aussehen als selbstverständlich hingenommen, wie die Hässlichkeit ihres Erzfeindes Ellsworth Toohey. Dass die Autorin tatsächlich fand, ein leidgeprüftes Gesicht habe Spott verdient, war mir nicht aufgefallen.

Ihre Helden waren gesund und glücklich und hatten keinen Nachwuchs. Ja, es gab überhaupt keine Kinder in *Der ewige Quell*, und in dem bisschen, das ich von *Wer ist John Galt?* gelesen hatte, auch nicht. Ein heldenhaftes Leben ließ offenbar keine Zeit für Kinder oder Haushalt oder auch nur Bekundungen ganz gewöhnlicher Freundlichkeit. Nachdem mich ihr Blick aufgespießt hatte, konnte ich mir nicht vorstellen, dass Ayn Rand acht Minuten, geschweige denn acht Stunden fahren würde, um einem kranken Verwandten beizustehen. Dasselbe galt für Dominique und Roark, die keine Verwandten oder Freunde zu haben schienen – nur Unterlegene. Mehrere Wochen lang hatte ich andere Menschen an ihnen gemessen, und nie hatten sie an diese Lichtgestalten herangereicht. Jetzt konnte ich das Buch nicht mehr lesen, ohne mir zumindest versuchsweise vorzustellen, wie die beiden meine klammen Laken wechselten oder mich auf dem Weg zum Klo stützten. Keine Chance. Sie hätten es keine fünf Minuten in meinem Krankenzimmer ausgehalten. Sie wären gar nicht erst erschienen.

Das Selbstmitleid, das ich bei diesem Verrat empfand, verkleidete sich als heftige Zuneigung zu Grandjohn und Patty, die ja all das für mich getan hatten. Ich merkte, wie ich sie gegen Dominique und Roark verteidigte, als hätten diese, nicht ich, die Nase über meine treuen, gutherzigen Langweiler gerümpft. Und dieser Gedankengang brachte mich zurück zu meinem Elternhaus, für Ayn Rand vermutlich ein perfektes Beispiel für das öde kleine Leben, das sie verdammte. Meine Mutter war ganz sicher zur Geisel ihres einen schnoddernasigen Blags geworden. Viel zu viel von ihrem kurzen Leben war für Sorgen über miese Autos, miese Zähne, miese *Kühlschränke* draufgegangen. Und was meinen Vater betrifft, dessen ohnehin schwankender Charakter der Kummer endgültig verwüstete, da gab es weiß Gott mehr als genug Schwäche.

So weit, so gut. Aber Ayn Rands karikierender Blick auf Menschen wie meine Eltern – *hirnlose Schlampe, frustrierter Schwachkopf* – machte mich krank. Sie hatte keine Ahnung, was zwischen derart bedrängten Menschen ablief, wie unendlich kompliziert und dramatisch das war, welche Anstrengung es kostete, immer weiterzumachen, trotz aller Enttäuschungen, Krankheiten und Fluchtträume. Ich verübelte Ayn Rand, dass sie dies alles verachtete. Und ganz sicher noch mehr, weil ich es selbst verachtete –

denn seit Jahren verbarg ich meine Familie hinter kalkuliertem Schweigen, vagen Andeutungen und Ausweichmanövern und ließ eine ganz andere Familie an ihrer Stelle erahnen. Wegen meiner unaufrichtigen Haltung hatte ich ständig ein dunkles Gefühl von Peinlichkeit, doch da ich bislang noch nie direkt gelogen hatte, konnte ich immer noch die Augen davor verschließen. Verdrängte Scham kommt als Wut an die Oberfläche; ich kehrte meine Wut natürlich gegen den Snobismus von anderen, in diesem Fall Ayn Rand.

Dieser Teil meiner Reaktion war persönlich und unreflektiert. Aber das war noch nicht alles. Mir war aufgegangen, dass ich eigentlich niemanden wie Roark oder Dominique kannte. Zwar beharrte Ayn Rand darauf, dass es solche Leute gebe und dass sie selbst so sei, aber meine eigene Erfahrung mit ihnen war rein literarisch. Jeder, den ich kannte, auch aus den privilegiertesten Familien, wurde von unheroischen Sorgen heimgesucht. Eine brillante Tochter, vom Klavierlehrer geschwängert; ein liebenswürdiger Sohn, der plötzlich mürrisch und heimlichtuerisch wurde, aus der Schule flog, seine Freunde ablegte und ein Auto nach dem anderen zu Klump fuhr, als wäre es Absicht; Nervenzusammenbrüche und Kräche um Geld. Ich war in den Ferien oder übers Wochenende bei diesen Familien gewesen, und selbst bei den glücklichsten unter ihnen hatte ich gelernt, mich in bestimmten Momenten unsichtbar zu machen – wenn oben eine Tür zuknallte, wenn ein Mann finster schwieg, während sich seine Frau das soundsovielte Glas Wein eingoss.

Die Menschen, die ich kannte, die Familien, die ich

kannte, sie wurden alle mehr oder weniger von Sorgen geplagt. Und keiner darunter – nicht einer – war offenbar zu der perfekten Vernunft und unbeugsamen Willensausübung in der Lage, die Ayn Rand als Voraussetzung für Respekt verlangte. Auch ich nicht, das musste ich zugeben. Jeder war beeinträchtigt, keiner konnte mithalten, und langsam dämmerte mir, dass Ayn Rands Verständnis von der menschlichen Realität das Einzige war, was hier scheiterte.

Diese Erkenntnis setzte ein, als sie Hemingway lächerlich machte. Natürlich nicht sofort. Meine erste Reaktion war Schock – darüber, wie unfair sie nicht nur dem Autor, sondern auch der Romanfigur gegenüber war, die ich sehr mochte. Elender Eunuch, hatte sie Jake Barnes genannt, als machte ihn solch eine Verletzung, ja das Verletztsein überhaupt, zu einem bloßen Jammerlappen. Ich kannte Jake ziemlich gut, im letzten Sommer hatte ich *Fiesta* zweimal gelesen. Er hatte so ungefähr das Schlimmste erlebt, was ich mir damals vorstellen konnte, aber er war nicht elend. Er konnte sich daran freuen, wie Paris morgens erwachte. Er konnte sich am Essen und Trinken und Reisen freuen, an der Beobachtung von Männern, die gefährlichen Tieren gegenübertraten, am Angeln, an der Freundschaft. Jake nahm sich Zeit für solche Dinge. Er beobachtete das Leben ringsum mit Interesse. Manchmal spürte man das Pochen einer hoffnungslosen Sehnsucht, aber man konnte nicht behaupten, dass Jake elend sei. Das war falsch, und es war gemein.

Es war an unserer Schule Mode geworden, zwischen bestimmten Autoren Grenzen zu ziehen, als könnte man, wenn man einen gut fand, den anderen keinesfalls mögen. Bislang hatte ich das vermieden. Mir gefiel das meiste, was ich las, und ich sah nicht ein, warum ich mein Vergnügen halbieren sollte. Aber Ayn Rand brachte mich mit einem Schlag dazu, Partei zu ergreifen. Durch sie merkte ich den Unterschied zwischen einem Autor, der Wunden verachtete, und einem, für den sie zu den Grundlagen des Lebens gehörten.

In den Wochen nach ihrem Besuch las ich *In unserer Zeit* noch einmal, und dann all die Geschichten von Hemingway, die in meinem Lehrbuch und meinen Anthologien standen. Der junge Erzähler von *In einem andern Land* ist ins Bein geschossen worden, und er hat als Einziger von einer großen Anzahl Patienten Glück. Manolo in »Der Unbesiegte« geht direkt vom Krankenhausbett in die Stierkampfarena und wird fast sofort wieder aufgeschlitzt. »Der Kämpfer« beginnt mit Nick, der ein blaues Auge versorgt, kurz bevor er einen sturzbetrunkenen Boxer trifft, der ein Ohr verloren hat, das andere ist zu einem Knubbel verkrüppelt, und in »Schnee überm Land« muss er beim Skilaufen auf den Telemark verzichten, weil er eine Verletzung am Bein hat. Der Erzähler von »Schnee auf dem Kilimandscharo« stirbt an Wundbrand. Lauter Wunden und Narben … Ich hatte nie eine Verknüpfung zwischen ihnen hergestellt, aber jetzt, wo ich es tat, erschienen sie mir als die deutlichsten Symptome eines allgemeinen Zustands, zu dem auch die Verzweiflung des Schweden gehörte, die Demütigung von Francis Macomber und Krebs' Unfähigkeit zu Gefühlen.

Am Ende von »Indianerlager« rudert Nicks Vater sie

nach Hause, nachdem er ein Baby durch Kaiserschnitt auf die Welt gebracht hat. Der Morgen ist hart gewesen. Im Verlauf der Geburt haben die Schreie der Frau ihren Mann, den Vater des Babys, der wegen einer Verkrüppelung nach einem Axtunfall die Hütte nicht verlassen konnte, so sehr zur Verzweiflung getrieben, dass er sich die Kehle aufschlitzte. Nick konnte bei der Operation nicht zusehen, aber den Hals des Toten hat er sich genau angeschaut, als sein Vater den Schnitt untersuchte. Nick ist jung – er nennt seinen Vater immer noch Daddy. Jetzt überqueren sie den See auf dem Weg nach Hause, Nick lässt die Hand durchs Wasser gleiten. Und was fühlt er?

Am frühen Morgen auf dem See, als er im Heck des Bootes seinem rudernden Vater gegenübersaß, war er überzeugt davon, daß er niemals sterben würde.

Beim ersten Mal hatte ich das Ende dieser Geschichte mit einer Art Wehmut gelesen. Welches Kind hat nicht einmal eine Hand durchs Wasser gleiten lassen, eingelullt durch das Knarren der Ruder unter stärkeren Händen und das rhythmische Voranziehen des Bootes? Diese Erinnerung, die eher im Körper als im Geist wohnt, brachte auch eine Ahnung von dem alten frohgemuten Vertrauen mit sich, dass die Welt freundlich ist und mir gehört. Ich erinnerte mich daran, dieses Vertrauen empfunden zu haben, und erkannte Nicks Gefühl wieder, aber ich spürte es selber nicht mehr.

Diese stille Passage hatte einen Stachel. Als ich über die Selbstsicherheit des jungen Nick lächelte – die zwangsläufig Schiffbruch erleiden würde, sobald er darauf beharrte –, wurde mir klar, dass ich meine schon verloren hatte und mit ihr den Trick, im Schicksal der anderen nicht nur mein eigenes zu erkennen. In diesem Augenblick wusste ich, was ich wusste: Das, was allen anderen passierte, würde mir auch passieren.

Man kann nicht »Indianerlager« lesen und dann zu *Der ewige Quell* zurückkehren. Alles dort wirkt aufgebläht, aufgesetzt – die geschwollenen Sätze, die hysterische Parteinahme der Autorin, die plump symbolischen, unmodulierten Figuren, die unmöglichen Dinge, die sie denken und sagen und tun. Eigentlich kann man kein Wort davon glauben. »Indianerlager« ruinierte *Der ewige Quell* für mich; der Roman half mir umgekehrt, die Geduld und Sorgfalt und unbestechliche Wahrhaftigkeit in der Geschichte zu erkennen.

Ich hatte Hemingway schon immer mehr als alle anderen Schriftsteller bewundert, aber in Wahrheit hatte mich vor allem sein Leben angezogen – genauer gesagt, die Legende seines Lebens –, außerdem einige Vorstellungen über sein Werk, die aus der Legende herüberschwappten. Ich hatte beim Lesen Bilder der Zähigkeit und Eigenständigkeit, der Freiheit von den Fesseln der Familie, der Klasse, der konventionellen Arbeit gesucht, und die hatte ich auch gefunden. Jetzt las ich einen ganz anderen Autor. Was in diesen Geschichten passierte, war hart, aber die Menschen waren es nicht. Sie spürten die Schläge. Einige von ihnen gaben auf, andere versuchten es noch einmal, aber leicht war das nicht. Als ich zum ersten Mal »Großer doppelherziger Strom« las, gefiel mir die Geschichte wegen der physischen Einzelheiten. Man sah alles, was Nick tat, in präzisen, fast pedantischen Beschreibungen vor sich, die die meisten Schriftsteller weggelassen hätten. Wie er die Heringe seines Zeltes in den Boden treibt, bis die Seilschlingen begraben sind, wie er seine Hosen und Schuhe in der Hand hält, wenn er bei Sonnenaufgang das Zelt verlässt. Wie er fürs Angeln die Vorfächer anfeuchtet. Wie viel Mehl und Wasser er exakt braucht, um seine Pfannkuchen zu backen – jeweils einen Messbecher voll. Es gefiel mir, in all diese spröden Rituale eingeweiht zu werden, aber bisher entgangen war mir, dass sich Nick so sorgfältig – andächtig, könnte man schon sagen – an sie hält, weil er sonst auseinander brechen würde.

Wie hatte mir das entgehen können? Als ich die Geschichte jetzt las, war alles von Nicks aufscheinender Zerbrechlichkeit eingefärbt.

Wir hatten gelernt, den Autor nicht mit seinem Werk zu verwechseln, aber ich konnte mein Bild der Figur Nick nicht von meinem Bild des Autors Hemingway trennen. Und ich hatte so ein Gefühl, dass ich das auch gar nicht sollte, dass eine gewisse Vermengung von Autor und Figur durchaus beabsichtigt war. Aber der Mann, der in diesen Geschichten lebte, war nicht das stählerne Kriegsgenie, dessen Bild meine ersten Eindrücke so vernebelt hatte. Er war größtenteils ein unauffälliger, ja banaler Mensch, der sich irrte, nervös und ängstlich war, ängstlich selbst vor den Wegen seines eigenen Geistes, und der sich manchmal nicht benehmen konnte. Ich fand es unmöglich, wie er Marjorie in »Das Ende von Etwas« fallen ließ. Einem Mädchen, dessen Liebe man ausgenutzt hat, zu sagen, es mache keinen *Spaß* mehr? Dafür verurteilte ich ihn und dachte, um wie viel besser ich das gemacht hätte.

Ich verurteilte ihn, aber ich begriff auch, dass er das zugelassen hatte, und das war ernüchternd. Im Wissen, dass alle Leser genau wie ich *ihn* in Nick sehen würden, hatte er ein Bild von spiritueller Verwirrung und Erschöpfung für uns gezeichnet, das fast peinlich intim war. Die Wahrheit dieser Geschichten gründete auf keinem Theoriegebäude. Man spürte sie im Nacken.

Nicht jeder an unserer Schule liebte Hemingway; er hatte auch Kritiker. Einer unserer Englischlehrer, Mr Rice, der aus Mississippi stammte, wollte ihn unbedingt gegen Faulkner antreten lassen. Manchmal machte er sich ein Vergnügen daraus, beim Abendessen die infame Liebesszene aus *Wem die Stunde schlägt* zu zitieren, und er bügelte seinen satten Südstaatenakzent zu einer pokerfacehaften Tonlosigkeit herunter, wodurch jeder Fehler bei den Gefühlen und Formulierungen schmerzhaft deutlich wurde. Eines Abends versuchte ich, mich mit einer Passage aus *Absalom, Absalom!* zu revanchieren, die ich eigens zu diesem Zweck auswendig gelernt hatte. Ich blies meine Stimme zu einer fetten Molasseblase auf und quittierte seinen Hemingway mit meinem Faulkner: ... *und sie redete mit bitterer düster-bestürzter Stimme, bis schließlich Zuhören unmöglich wurde und der Gehörsinn sich verwirrte und der lang verstorbene Urheber ihrer ohnmächtigen aber ununterdrückbaren Gereiztheit auftauchte, schweigsam gleichgültig und harmlos, wie durch eintönig schrilles Rufen heraufbeschworen aus dem allgegenwärtigen nicht zu verscheuchenden Staub, in dem die Träume wohnen.*

Ich amüsierte mich so königlich, dass mir nicht auffiel, wie die Luft ringsum immer dicker wurde, und als ich die Passage beendete, lachte niemand. Die Jungen waren alle höchst konzentriert mit ihrem Hackbraten beschäftigt. Nur Mr Rice sah mich an, über seinen Brillenrand hinweg, und in dem Moment, als unsere Augen sich trafen, begriff ich, dass mich nur das Glück des Altersunterschieds und der Umstände davor bewahrte, zum Duell nach draußen gebeten zu werden. Schließlich, als wollte er das Risiko nicht eingehen, mit mir zu sprechen, wandte er sich barsch an den Jungen rechts neben ihm und sagte: Wären Sie vielleicht so gut, mir den Ketchup zu reichen, Sir!

Ich wusste, dass Hemingway etwas Hochtrabendes, Prahlerisches an sich hatte; das nachzuäffen machte immer Spaß, selbst denen von uns, die zu ihm aufsahen. Aber ich sah wirklich zu ihm auf, jetzt mehr denn je. So sehr, dass ich anfing, seine Geschichten abzutippen. Ich hatte einen Artikel über eine Schriftstellerkolonie in Marshall, Illinois, gelesen, wo die Aspiranten ihre Vormittage damit zubrachten, Meisterwerke abzuschreiben, damit sie lernten, wie es sich anfühlt, etwas Großartiges zu schreiben. James Jones hatte in Verbindung mit dieser Gruppe gestanden. Wenn die Übung ihm geholfen hatte, *Verdammt in alle Ewigkeit* zu schreiben, warum sollte sie mir nicht helfen? Ich benutzte meine Schreibmaschine, weil Hemingway für seine berühmt war – er posierte mit ihr auf einem Foto über meinem Schreibtisch –, aber ich verlangsamte mein Tippen auf Adlerauge-Suchsystem-Tempo, damit ich spüren konnte, wie die Sätze Form annahmen, wie sich der Fokus oder der Ton verschob, wenn ich die Wagenrücklauftaste für einen neuen Absatz betätigte; eine nachdenkliche Pause, wenn ich die Seite, die ich gerade beendet hatte, noch einmal überflog und langsam ein neues Blatt über die Walze rollte; und dann knallte der abschließende Punkt und erfüllte mich mit der Freude der Vollendung, der Freude von Hemingway selbst; ich drehte das letzte Blatt von »Der Unbesiegte« heraus, legte es auf die anderen und begradigte den Stapel.

Nichts von alldem kam mir lächerlich vor. Die Eltern eines Freundes in meinem Heimatort hatten komplizierte Tänze gelernt, indem sie am Boden ausgerollten Diagrammen mit Fußabdrücken gefolgt waren. Ich hatte ihnen auf einer Weihnachtsparty zugesehen, wie sie äußerst beeindruckend Mambo getanzt hatten, und dabei hatten sie absolut keine Vorlagen mehr gebraucht. Sie mussten nicht mal auf die Füße runtergucken. Sie bewegten sich einfach ganz natürlich, aus einem Instinkt heraus, den sie mit einer gewissen Hingabe trainiert hatten, und das Ergebnis war erfinderisch und frei – Mambo!

Ich hatte »Indianerlager« und »Der Unbesiegte« abgeschrieben und gerade mit »Die Killer« begonnen, als der Direktor eines Abends nach dem Segen stehen blieb und verkündete, Ernest Hemingway habe zugesagt, uns als nächster Schriftsteller zu beehren. Er werde Mitte Mai zu uns kommen, in etwa sechs Wochen. Der Direktor beobachtete uns und genoss den Schock, den er hervorgerufen hatte. Ich warf einen Blick auf Dekan Makepeace; der musste hinter diesem Besuch stecken. Andere Jungen spähten auch zu ihm hinüber. Er saß vornübergebeugt auf seinem Stuhl und musterte die Tischdecke. Dann schrie jemand *Bravo!*, und der Saal drehte durch – Pfiffe, Rufe, trommelnde Füße, auf die Tische hämmernde Fäuste. Es verebbte, brandete dann wieder auf. Keiner der Lehrer versuchte es zu unterdrücken. Das hätten sie auch nicht geschafft. Es hatte mit Hemingway zu tun, klar, aber auch damit, dass jetzt, in der ersten warmen Woche seit Thanksgiving, die Säfte wieder stiegen. Hauptsächlich hatte es aber schon mit Hemingway zu tun, und in diesem Augenblick, im Speisesaal, umgeben von lauter johlenden Jungen, war ich mir ziemlich sicher, dass meine Geschichte gewinnen würde.

DIE GESPALTENE ZUNGE

Dieser Frühling war der berauschendste in all meinen Jahren dort. Ein früher Hitzeausbruch trieb die Blätter und Blüten zu einer Üppigkeit, die geradezu tropisch wirkte, als der Papagei des Chemielehrers entflog und sich in einer Ulme mitten auf dem Hof niederließ. Dort stellte er stolz sein grelles Gefieder zur Schau und verhöhnte uns schrill, bis ihn der Hunger wieder auf die Erde zwang, wo er seine Freiheit für das Erdnussbutter-Sandwich eines Platzwartes verkaufte. Der plötzliche Fortgang von Roberta Ramsey verdüsterte den Campus ein paar Tage lang; sie verschwand einfach, und Mr Ramseys Trübsal war die einzige Erklärung, die wir bekamen. Aber die Säfte stiegen, und für uns verzog sich der Schatten wieder.

Mr Ramsey hatte uns einmal von einer Jungenrevolte an seiner alten Schule, Winchester, erzählt, die im Jahre 1793 stattgefunden hatte und am Ende von einem Dragonerregiment niedergeschlagen werden musste. Mitten im fahlen Winter, wo jeder über seiner eigenen schwachen Glut hockte, während der alljährliche Blizzard gegen die Fenster anheulte, war uns diese Geschichte fern und unwahrscheinlich vorgekommen. Jetzt nicht. Wir waren alle ein bisschen frühlingstrunken, wie die fetten

Bienen, die von Blüte zu Blüte trudelten, und etwas seltsam Aufrührerisches kursierte unter uns.

Das ging über die übliche hitzköpfige Großtuerei kurz vorm Schulabschluss hinaus. Sogar das junge Gemüse mit seinen Käppis fing an, zu spät zum Unterricht zu erscheinen, Slipper ohne Socken zu tragen, die Sir-Anrede zu vergessen und dann einen fast aufreizenden Augenblick lang abzuwarten, wenn die Korrektur eingefordert wurde. Die Lehrer zogen es vor, die meisten dieser Provokationen als banal, ja lächerlich zu betrachten, als wären sie nicht mehr als das Murren ohnmächtiger Bauern außerhalb der Burgmauern. Sie spürten die Jahreszeit auch; sie machte sie weicher. Einen Jungen aus meiner Klasse von der Schule zu verweisen, so kurz vorm Ziel, war das Allerletzte, was sie wollten. Wir mussten sie so weit treiben, und das taten wir – dreimal.

Der erste Verweis wurde nicht durch Meuterei hervorgerufen. Man könnte eher sagen, durch das Gegenteil – ein Übermaß an Ergebenheit. Als unser Gesangsverein nach Boston fuhr, um bei einem Ehemaligen-Essen zu singen, stibitzte ein Junge namens Keyes eine Flasche Champagner und betrank sich auf der Busfahrt nach Hause, bis er sich in Rührseligkeit auflöste. Einige der anderen Chorsänger, darunter ich, schafften ihn unentdeckt auf sein Zimmer, aber dann konnten wir ihn einfach nicht ruhig halten. Er grölte sämtliche Schullieder, war nicht abzuschütteln und erzählte uns, wie toll wir alle wären, und wir sollten unbedingt irgendeinen Verein gründen.

Der Aufsichtslehrer ließ sich Zeit. Als er schließlich auftauchte, klopfte er einfach nur an die Tür und sagte, wir sollten mal schlafen gehen. Er wollte offensichtlich nichts sehen, das ihn dazu zwingen könnte, etwas zu unternehmen. Da riss sich Keyes los, polterte auf den Korridor, warf seine Arme um den Hals des Lehrers und sabberte auch ihn mit dem Geist der Schule voll. Andere Jungen kamen aus ihren Zimmern, um zu sehen, was da los war. Der Lehrer starrte uns aus Keyes' Umarmung heraus an. An seinem traurigen, resignierten Blick konnten wir ablesen, dass Keyes' Stündchen geschlagen hatte.

Dann kam Jack Broome, der Schöne Jack höchstselbst, Jack, der Football-Verteidiger, Klassensprecher aller Klassen. Er flog, weil er eines Nachts zu Miss Cobb's Academy getrampt war, um sich dort mit einem Mädchen zu treffen. Als sie im Bootshaus erwischt wurden, fiel für das Mädchen der Vorhang, und unser Direktor konnte dahinter nicht zurückstehen.

Nicht lange danach begann mein Freund Purcell den täglichen Kirchgang ausfallen zu lassen. Er wollte einfach nicht hingehen, ganz beharrlich, und ich war nur einer von vielen, die versuchten, ihn zur Vernunft zu bringen, bevor die Schule ihn rauswerfen musste. Purcell weigerte sich. Er sagte, Gott sei nur eine Figur aus einem hebräischen Roman, und wenn er jemanden anbeten solle, halte er sich lieber an Huckleberry Finn. Ehrlich, sagte er, ich glaube kein Wort von dem ganzen Zeug.

Musst du ja auch nicht.

Du vielleicht nicht.

Was ist das schon, vielleicht eine Viertelstunde pro Tag? Es braucht nichts zu bedeuten, was es für dich nicht bedeutet. Denk, woran du willst. Was schadet das?

Schon wenn ich durch die Tür gehe, werde ich zum Lügner, sagte Purcell. Das mache ich nicht noch einmal.

Er meinte es ernst. Ich behielt meine Ratschläge für mich, als ich sah, mit welchem Genuss Purcell sie zurückwies und wie ehrbar er sich im Vergleich zu mir dabei vorkam.

Wir durften uns eine gewisse Anzahl Fehlstunden leisten, aber bis Ende April hatte er seine aufgebraucht, und der Minuspunktezähler tickte. Wir anderen schauten mit entsetztem Murmeln zu, wie seine Quote sich der Schwelle des abrupten Exitus näherte, und versicherten einander, dass wir ihn für seine Konsequenz bewunderten. Das galt irgendwie auch für mich, obwohl mein Respekt etwas dadurch getrübt wurde, dass er mich so hochnäsig behandelte, als wäre mein Kirchgang nichts anderes als verlogenes Theater.

In Wahrheit freute ich mich jeden Tag auf den Augenblick, wenn ich den Kalksteinbogen, den er so hasste, durchschreiten konnte. Wir waren laute Jungen, ständig am Brüllen und Johlen, aber wir wussten, dass wir besser den Mund hielten, wenn wir die Kapelle betraten. Das Schweigen dort war, man spürte es, eine tiefe Übereinstimmung, ein dreihundertfacher Willensakt, und das machte es nur noch tiefer und beruhigender. Der Kaplan pflegte eine kurze Bibelstelle zu verlesen, dann stimmte er mit uns ein paar Kirchenlieder an, doch ansonsten blieben wir der Stille und dem dunklen Holz überlassen, den leuchtenden Fenstern und dem rauen Stein und dem schummrigen Gewölbe über uns. Purcell machte sich selbst über die Architektur lustig – episkopale Englandeifersucht, nannte er sie –, und das ärgerte mich. Ich vermied den Gedanken, ob meine Aufgeschlossenheit nur eine Variante von Snobismus war.

Aber Purcells Spruch über den »hebräischen Roman« erwischte mich richtig auf dem falschen Fuß. Nicht die schlagfertige Respektlosigkeit, sondern die Art und Weise, wie er *hebräisch* gesagt hatte. Da atmete mich etwas Fauliges, Düsteres aus einem tiefen Brunnen voll vornehmer Verachtung an. Purcell hatte es nicht so gemeint, und er hätte die Vorstellung scheußlich gefunden, unbewusst mit der Stimme seiner Schicht zu sprechen. Das machte es aber nur schlimmer; es war eine so unbewusste und daher unkorrigierbare Bekräftigung seiner Klassenzugehörigkeit, dass ich darüber schier verzweifeln wollte. Ich hätte am liebsten gesagt: *Weißt du nicht, mit wem du sprichst?* Aber natürlich wusste er es nicht. Dafür hatte ich gesorgt.

Die Tage vergingen, und allmählich erschien mir das Drama seiner Weigerung als eine weitere Demonstration seiner angeborenen Selbstsicherheit. Mir war es äußerst wichtig, meinen Abschluss zu machen, Purcell bedeutete es gar nicht so viel. Ein Diplom von dieser Schule würde ihm keine Türen öffnen, die nicht ohnehin für ihn offen standen, nur weil er der Sohn seines Vaters war. Er würde, wenn er flog, nicht mal seinen Studienplatz in Yale verlieren. Solange man nicht wegen eines Verstoßes gegen den Ehrenkodex rausgeworfen wurde, konnte man seine Abschlussprüfungen immer noch am Ende des Jahres nachholen, und die Schule würde bestätigen, dass man ihre akademischen Anforderungen erfüllt hatte.

Was Purcell aber wirklich verlieren – oder preisgeben – würde, war die Chance, diese Zeitspanne, diese Jahre des gemeinsamen Lebens auch gemeinsam zu Ende zu bringen. Mit dem ganzen Abschlussjahrgang auf der Bühne zu sitzen, sich etwas albern in der schwarzen »Mörtelbrett-Mütze« zu fühlen und düstere Bemerkungen zu murmeln, während die Auf-Eurem-weiteren-Lebensweg-Rede gehalten wurde. Dann mit unseren stolzen Familien über den Hof zu gehen, von einer Gruppe zur anderen zu schlendern, Hände zu schütteln, die besten Manieren gegenüber all denen an den Tag zu legen, die ganz eindeutig nicht zu seiner Welt gehörten. Seinen Punsch aus dem Flachmann eines Freundes aufzupeppen, aber nur einmal, um den unerwarteten Gefühlsüberschwang nicht zu dämpfen. Noch zu verweilen, während sich die Schatten über das Gras ergossen und der Tag in der Dämmerung versank – und sich sogar mit seiner rauen Stimme den Liedern anzuschließen, die von den Jungen angestimmt würden, weil sie sich immer noch nicht voneinander verabschieden wollten. In ihre Gesichter zu schauen, von denen ihm einige lieb waren, andere nicht, aber alle so vertraut wie sein eigenes, und sich einen Augenblick der Blindheit zu gestatten, während unser letztes Lied verklingen würde.

Ich bin sicher, dass ich nicht der Einzige war, der sich diesen Tag ausmalte, seit er an die Schule gekommen war. Aber Purcell konnte ohne einen Blick zurück darauf verzichten; denn für ihn waren die Jahre, die jetzt zu Ende gingen, eine belanglose Geschichte, wenn überhaupt eine. Er sah sich instinktiv als Teil eines so großartigen Epos, dass dieser Abschnitt nur einen Übergang darstellte.

Das war mein Verdacht. Oder anders ausgedrückt, ich hatte den Verdacht, dass seine Bereitwilligkeit, sich von der Schule verweisen zu lassen, weniger für eine prinzipientreue als vielmehr für eine ungeheuer brüskierende Haltung stand.

Und da war noch etwas. Purcell hatte begonnen, die Andacht zu schwänzen, als die Aufregung über Hemingways Besuch immer fiebriger wurde. Alle Englischlehrer nahmen sein Werk durch. Der Kunstlehrer hatte ein erstaunliches Plakat produziert – das berühmte Gesicht, angedeutet durch wenige schwarze Striche über der Zeile *Durchhalten ist alles* –, das einen von jedem schwarzen Brett und Eingang herunter anstarrte. Das Wissen, dass der größte lebende Schriftsteller bald unter uns weilen würde, ließ uns alle ein bisschen durchdrehen vor lauter Bedeutsamkeit. Und es waren nicht nur die Literaturvernarrten, die sich da hineinsteigerten; offenbar hatte fast die ganze Klasse vor, eine Geschichte einzureichen. So wie Picasso und Ted Williams Hemingway kannten, wie *Kennedy* Hemingway kannte, so würde bald einer von uns Hemingway kennen lernen und damit in diesen illustren Kreis aufrücken.

Purcell verehrte Hemingway als Autor. Er wünschte sich diese Privataudienz bestimmt genau wie alle anderen, aber ich wusste, dass er die Vorstellung hasste, darum in einen Wettbewerb eintreten zu müssen. Ich übrigens auch. Nur einer von vielen konnte ausgewählt werden, das war uns allen klar, aber wer nicht ausgewählt wurde, war damit abgelehnt, so fühlte es sich schon vorher an, wir konnten gar nicht anders. Und von Ernest Hemingway abgelehnt zu werden – Ernest Hemingway, der deine Erzählung rauswarf: *Nein, der doch nicht, keine Chance.* Was für ein entsetzlicher Gedanke! Wenn es ein Segen war, ausgewählt zu werden (und wie sollte man es sonst betrachten?), dann war die Ablehnung ein Fluch. So funktionierte diese Logik für mich. Ich nahm an, dass es Purcell nicht anders ging, dessen Eitelkeit mindestens so argwöhnisch jede Zurückweisung witterte wie meine.

Die Texte mussten bis zum ersten Montag im Mai eingereicht werden, zwei Wochen vor Hemingways Besuch. Wenn Purcell weiterhin nicht zur Andacht erschien, würde sein Minuspunktekonto dafür sorgen, dass er am Samstag davor nach Hause musste. Seine Chance für die Audienz wäre verspielt, aber er hätte sich das unwürdige Gerangel in der Horde und die mögliche Niederlage erspart. Und würde genau durch diesen Rückzug als Held dastehen, der Junge, der nicht verlogen das Knie beugte. Sein Schulverweis würde zu einer Legende werden.

Ich unterstellte Purcell keineswegs, all das zu planen, glaubte auch nicht, dass er sich irgendeiner Verwerfung unter seiner Entschlossenheit bewusst war. Ganz sicher nahm er seine Motive für bare Münze. Und ich eben nicht.

Aber vielleicht lag ich auch falsch. Und wenn ich falsch damit lag, so viel Doppelbödigkeit in Purcell zu vermuten, so wohl deshalb, weil ich in mir so viel davon sah. Ich hätte mich freuen müssen. Ich hatte ein Vollstipendium für die Columbia University bekommen, *um mit Lionel*

Trilling zu arbeiten, wie ich gern dachte und mir oft vorsagte. Ein Aufsatz, den ich über Shakespeares Sonett XXIX geschrieben hatte – *Wenn mich Fortuna schmäht, kein Mensch mich mag* –, hatte gerade den Cassidy-Preis für Englisch gewonnen, ein riesiges Glück: fünf Wochen bei einem Sommerprogramm in Oxford, kostenfrei. Meine Klassenkameraden mochten mich, die meisten jedenfalls, und ein paar der Jüngeren schenkten mir eine welpenhafte Aufmerksamkeit, die ich von mir selber kannte, aus meinen frühen Tagen an der Schule, immer wenn mir einer aus den obersten Klassen aufgefallen war.

Warum sollte ich einem neuen Jungen auffallen? Vielleicht, weil ich dank meiner ängstlich prüfenden Beobachtungen aus mir ein Musterbeispiel unbekümmerter Vornehmheit gemacht hatte, ironisch freundlich, wenn nicht gerade geistesabwesend, das Haar gekonnt verwuschelt, die Schuhe am Absatz abgelaufen, die Kleidung perfekt verknittert und abgetragen. So liefen die Gestalten herum, zu denen es mich fast von Anfang an hingezogen hatte; irgendwie sah das nach Segeltörn aus, Weihnachten in St. Anton, ererbten Logenplätzen und einer mühelosen Gleichgültigkeit gegenüber alldem. Indem ich unmittelbar zur Gleichgültigkeit überging, wollte ich indirekt auf den Rest hinweisen. Außerdem hatte ich bewusst alle Spuren der Tugenden getilgt, die an öffentlichen Schulen hochgehalten wurden und die ich früher pflegte – adrette Kleidung, aufmerksame Manieren, Blitzsauberkeit, Frische, Nettigkeit, Aufrichtigkeit.

Inzwischen war ich so gründlich mit meiner Maskerade verschmolzen, dass mir nichts anderes mehr natürlich gelang. Aber ich vergaß nie ganz, dass ich etwas vorspielte. In den ersten paar Jahren war noch eine gewisse Spielfreude dabei gewesen, die Rolle aufzubauen, zu verfeinern und zuzusehen, wie sie akzeptiert wurde. Es hatte Spaß gemacht, eine Vorgeschichte durch rein dramatische Effekte aus Verhaltens- und Redeweise anzudeuten, ohne je eine erklärende Lüge auszusprechen, und auch die Doppelbödigkeit selbst hatte Spaß gemacht: In mir steckte mehr, als die Leute wussten!

All das war verflogen. Wenn ich mich jetzt dabei erwischte, war es mir peinlich. Die Rolle kam mir schal und konventionell vor, und nach vier Jahren Theaterspielen war ich selbst für die, die ich meine Freunde nannte, ein Fremder.

Ich wollte da raus. Zum Teil hatte ich mich deshalb für Columbia entschieden. Es gefiel mir, wie die Stadt an den Campus brandete und seine theoretische Abgeschlossenheit mit Gedränge und Lärm verhöhnte, dem Getöse von Menschen, die machten und taten und zupackten. Die Dinge, die in Princeton oder Yale zählten, konnten diesem Ansturm aus rohem, unironischem Leben unmöglich standhalten. An der Columbia ging man nicht in Essclubs, sondern in Jazzclubs. Man hatte eine Freundin – nein, eine Geliebte – mit psychiatrischen Problemen und Freunde mit ausländischem Akzent. Man las die Zeitung in der U-Bahn und beäugte die Touristen mit kühlem, anthropologischem Blick. Man sagte *Crosstown Express*. Man sagte *das Village*. Man aß komisches Essen. Kein anderer Junge aus meiner Klasse würde dort hingehen.

Es stimmte nicht ganz, dass ich keine erklärenden Lügen erzählt hatte. Die meisten meiner Geschichten hatten autobiografisch *klingen*, also ein falsches Bild von meiner Familie und meinem Leben zu Hause geben sollen – davon, wer ich war. Ich hatte mir das mit der Entschuldigung durchgehen lassen, dass das schließlich und endlich nur Geschichten seien. Doch es waren gar nicht wirklich Geschichten, nicht wie »Großer doppelherziger Strom« oder »Soldaten zu Haus«. Mir ging auf, dass Hemingways Bereitschaft, sich so darzustellen, wie er war, voller Ungewissheit oder Gemeinheit oder Angst oder sogar gefühlsleer, irgendwie auch alles andere mit Wahrhaftigkeit auflud. Meine Geschichten waren zu dem Zweck entworfen, mich als etwas erscheinen zu lassen, was ich nicht war. Sie waren Requisiten bei einer Theateraufführung. Ich konnte nicht eine von ihnen lesen, ohne die Seiten bald beschämt beiseite zu schieben.

So konnte ich nicht mehr schreiben, aber ich wusste nicht, wie sonst – wie das ging, etwas Wahrhaftiges zu schaffen. Ich erstarrte. Um der schlichten Erleichterung willen, Worte zu Papier zu bringen, tippte ich weiter Hemingways Geschichten ab, langsam, meditativ, etwa eine Seite am Tag. Ich hatte die Hoffnung, dass mich irgendetwas darin zu einer eigenen Geschichte bringen würde. Bis jetzt vergebens, aber ich machte weiter, Seite um Seite.

Krebs bekam als Resultat von Unwahrheit oder Übertreibung einen starken Widerwillen seinen Erlebnissen gegenüber. (…) Auf diese Art verlor er alles.

Ich wusste genau, wie es Krebs ging.

Alle anderen schrieben, was das Zeug hielt. Als einer der Besten unserer Klasse hatte Bill zur Belohnung ein privates Arbeitszimmer im Keller der Bibliothek bekommen. Dort arbeitete er, weshalb ich ihn nicht oft sah, aber wenn ich ihn mal traf, wirkte er nachdenklich und angespannt. Es fiel mir schwer, ihm auch nur ein Lächeln zu entlocken; wenn es mir gelang, spürte ich eine Dankbarkeit, die mir selbst unangenehm war. Er erzählte, er habe eine Geschichte in Arbeit, mehr verriet er nicht. Die gar nicht jungenhafte Traurigkeit, die mir in jenem Winter an Bill aufgefallen war, hatte sich verdüstert. Er schien sich in der Betrachtung von etwas Trübseligem, gar Tragischem verloren zu haben, und ich konnte nur annehmen, dass es sich irgendwann in seinem Text wiederfand.

Purcell war auch an einer Geschichte dran. Mit nicht nur charmanter Trockenheit teilte er mir mit, es sei das Beste, was er je geschrieben habe, und er sei überrascht, wie leicht es ihm von der Hand gehe. Ich sah kein Geheimnis dahinter: Wenn er weiter die Andacht schwänzte, musste er seine Geschichte niemals irgendeinem Urteil aussetzen, und die Aussicht auf dieses Urteil war, zumindest teilweise, der Grund für *meine* Verkrampfung.

George Kellogg beschloss, eine neue Version von einer Geschichte, die wir im letzten Winter in *Troubadour* gebracht hatten, einzureichen, den Bericht über einen Mann, der seine Frau beim Abendbrot schikaniert, während der Sohn sein Kalbskotelett isst und kein Wort sagt. Kein Junge hatte je zwei Audienzen gewonnen. Es gab keine Regel, die das verbot, aber ich fand es eine verdammte Sauerei von ihm, dass er versuchte, Hemingway zu ergattern, nachdem er schon Frost eingesackt hatte. Schon das Wissen, dass er sich auch bewarb, wurde zu einer Beleidigung, und es wurde schlimmer, als ich auf sein Zimmer ging, um die Manuskripte für die nächste Ausgabe der Zeitschrift abzuholen. George hatte sie nicht weitergegeben.

Er antwortete, als ich klopfte, aber dies eine Mal ließ er seine guten Manieren fahren und tippte auf seiner massiven alten schwarzen Underwood weiter, während ich in der Tür stand. Die Maschine sah so groß aus wie eine Orgel. Sie machte ein tiefes, emphatisches, rhythmisches Geräusch. Die Vorhänge waren zugezogen, die Fenster geschlossen, und die Luft roch sumpfig. Irgendwo draußen hörte ich das gedämpfte Plock eines Tennisballs. Endlich unterbrach George sein Tippen, blieb aber über die Tastatur gebeugt hocken.

Ich fragte ihn nach den Manuskripten.

Ach, *die*, sagte er. Liegen da drüben. Er wies mit dem Kopf zu einem Stapel Papier auf seiner Kommode. Nimm sie ruhig.

Hast du sie schon gelesen?

Was? Weiß nicht. Ein paar. Nicht viele. Er kehrte mir weiter den Rücken zu, als ich den Raum durchquerte und die Manuskripte nahm.

Man hört, du arbeitest an der letzten Geschichte, die wir im *Troubadour* hatten.

Das sind sie alle, sagte er. Okay?

Als ich die Tür schloss, tippte er schon wieder.

Überall im Wohnheim hörte ich Schreibmaschinen. Vielleicht war das nichts Neues, vielleicht hatte ich nur aufgehört, meine Wahrnehmungen zu filtern, so wie einem manchmal ganz plötzlich alle Stimmen ringsum den Kopf überfluten, jede mit ihrem eigenen Rhythmus und Tonfall. Eine Maschine gab hohe knisternde Knallgeräusche von sich wie eine Kette billiger Kracher. Eine andere, tiefer noch als Georges, grummelte und brauste wie die Maschinen eines Schiffes. Ich versuchte, nicht hinzuhören.

Da unser Herausgeber den besessenen Künstler spielte, musste ich den Part des verantwortungsvollen Bürgers übernehmen – also als der Publikationsleiter handeln, der ich laut Titel war – und dafür sorgen, dass *Troubadour* rechtzeitig zur Druckerei kam. Die Frist, um unsere letzte Ausgabe Mr Rice, dem Beratungslehrer der Fakultät, vorzulegen, lief in ein paar Tagen ab, nämlich am selben Montag, an dem wir auch unsere Hemingway-Geschichten abgeben mussten. Ich vertiefte mich in die Lektüre der eingereichten Texte und zwang sie meinen Mitredakteuren auf und versuchte, die Schreibmaschinen der anderen Jungen zu überhören, und tippte selber nichts.

Wir planten die abschließende Redaktionssitzung für Sonntagabend. Ich hatte für Freitag geworben, wurde aber überstimmt, weil Miss Cobb's Abschlussklasse sich an dem Abend mit unserer zum traditionellen Abschiedsfest traf. Diese Feste waren angeblich von neronischer Fleischlichkeit, wie die sagenumwobene letzte Nacht einer Ozeanüberquerung, und keiner von uns stellte die Geschichten in Frage, die wir gehört hatten. Da weder die Mädchen uns noch wir die Mädchen wiedersehen würden, gab es keinen Grund zur Scheu. Unsere üblichen Tanzereien waren freizügig genug, soweit es die wachsamen und natürlich neidischen Jungfern zuließen, die bei diesen Gelegenheiten rigoros aufpassten. Aber wir alle verbreiteten eine ganz bestimmte Wahrheit, und je häufiger sie zu hören war, desto wahrer wurde sie, dass nämlich bei dem Abschiedsfest kein eifersüchtiger altjüngferlicher Anstandswauwau stark genug war, um die Mädchen zu bremsen, die um jeden Preis mit uns in Besenschränken und Heizungstunneln allein sein wollten.

Das wollte keiner verpassen. Ich auch nicht, vor allem, nachdem ich einen Brief von Rain bekommen hatte. Das überraschte mich. Wir hatten unsere kurze Tuchfühlung beim Halloween-Tanzabend gehabt, aber seit sie versucht hatte, sich mit meinem Exemplar von *Der ewige Quell* im Zug davonzumachen, hatte ich sie nicht wiedergesehen, und einen Brief hatte sie mir auch noch nie geschrieben. Es war ein parfümiertes, geschwätziges kleines Etwas, dessen einzige Absicht unausgesprochen, aber eindeutig darin bestand, mich als Partner für das Abschiedsfest festzunageln. Sie musste sich wohl überlegt haben, dass sie auch schlechter fahren konnte als mit mir und ihr das womöglich blühte, wenn sie es dem Zufall überließ, da die Gefragtesten von beiden Schulen schon angefangen hatten, sich mit genau solchen Briefen zu verpaaren. Ich hatte nicht vergessen, was für ein Gefühl es war, mit Rain zu tanzen, wie sie den Druck meiner Schenkel erwidert und mir mit den Fingern im Nacken gespielt hatte. Die damals schmerzliche Tatsache, dass sie sich sofort einen anderen Jungen geschnappt hatte (Jack Broome, seligen

Angedenkens), nachdem sie von mir fortgezerrt worden war, und das vollkommen Unpersönliche ihrer Leidenschaft erstickten bei mir jeglichen Skrupel und verliehen meiner freudigen Erwartung auch einen bösen Beigeschmack von Rache.

Und doch hatte ich versucht, die Redaktionssitzung auf diesen Abend zu legen. Die Zeit wurde knapp, und ich wollte *Troubadour* unter Dach und Fach haben, damit das Wochenende über Zeit blieb, die Geschichte zu beenden, die ich noch nicht mal angefangen hatte. Es gab viele Rains auf der Welt, aber nur einen Ernest Hemingway.

Nicht nur deshalb hatte ich für den Freitag plädiert. Samstag war Purcells Tag der Abrechnung. Wenn er an dem Nachmittag nicht zur Andacht ging, würde er nach dem Abendessen, wenn wir unsere Auswahl treffen wollten, schon weg sein. Ich wollte, dass er dabei war, ich brauchte ihn, um diesen Stapel eingereichter Texte zu durchforsten, von dem nur zwei Gedichte und eine Erzählung mit einem klaren Ja feststanden. Purcell war brutal in seinem Urteil, aber er hatte auch einen scharfen Blick und gab letzten Endes zu, wenn er dieses oder jenes Manuskript weniger verachtete als den Rest.

Von den anderen beiden erwartete ich keine Hilfe; George stimmte immer für alles, und Bill war kryptisch und ausweichend. *In dieser Geschichte kommen aber viele Katzen vor*, sagte er etwa, oder: *Ich wusste gar nicht, dass es in Athen so heftig regnet*, dann zuckte er die Achseln und schwieg. Seine Reaktionen waren, obgleich das nie offen geschah, wesentlich destruktiver als Purcells. Von ihnen wurde einem schwindlig, sie zogen einem den Boden unter den Füßen weg. Genau so spielte er auch Squash – er schlug nie voll auf den Ball wie ich, sondern bugsierte ihn mit leichtem Schwung in irgendeinem raffinierten Winkel Richtung Ecke, wo er versackte.

Am Freitag gab der Große Jeff bekannt, dass er, falls sein Cousin wegen der geschwänzten Andachten von der Schule flöge, mit ihm gehen würde. Ich hörte beim Mittagessen davon und hätte nicht daran geglaubt, aber unser Tischlehrer weigerte sich, es zu entkräften. Das Ganze ergab keinen Sinn. Der Große Jeff liebte die Schule – das merkte jeder. Er war ein schräger Vogel, und an einem Ort, wo man seiner selbst weniger sicher und entsprechend härter gegenüber Exzentrikern gewesen wäre, hätte er nichts zu lachen gehabt. Hier genoss er den Schutz des heiligen Narren, und er spürte diese Duldung, auch wenn er den Grund nicht ahnte, und schwelgte darin. Es war jetzt schon sonnenklar, dass er einer jener Ehemaligen sein würde, die zu ihrer Alma Mater zurückkehren und sie mit Bonbons aus ihrem immer dicker werdenden Portefeuille füttern und ihr eines Tages so viel von dem erwarteten Erbe der eigenen Kinder hinterlassen, dass die enttäuschten Sprösslinge ernsthaft erwägen, sich weiter in die Verarmung zu treiben, indem sie ein dank dem Old-Boys-Büro absolut wasserdichtes Testament anfechten.

Warum also sollte der Große Jeff die Verstocktheit und den Stolz seines Cousins zwischen sich und seine geliebte Schule kommen lassen? Er konnte Purcell sicher nicht dadurch helfen, dass er drohte, die Schule auch zu verlassen – das war lächerlich. Die Schule war ebenso sehr Geisel ihrer Regeln wie wir, und das wusste er.

Warum dann? Liebe. *Anbetung*. Das war eine seltsame und nicht unangenehme Wendung: Der Große Jeff dackelt mit heraushängender Zunge hinter seinem Cousin her und bellt Geister an, während er ihm in den Märtyrertod folgt. Irgendwie ließ es das Ganze wie eine Farce erscheinen, und das musste auch Purcell klar sein, denn er war fuchsteufelswild. Zuerst nahm er sich den Großen Jeff nach dem Mittagessen in Blaine Hall zur Brust. Ich war nicht dabei, aber es sprach sich herum. Dann kam er am selben Nachmittag in das Zimmer vom Großen Jeff, das praktisch neben meinem lag, und setzte ihn weiter unter Druck. *Das hat nichts mit dir zu tun! Du hast kein Recht dazu! Kein Recht!*

Ich hörte, wie Purcell brüllte und der Große Jeff unverständliche Antworten murmelte, dann knallte die Tür zu, und ich wandte mich wieder meiner Geschichte zu. Bisher war es mir nicht gelungen, auch nur einen Absatz zu schreiben, ohne das Blatt Papier wieder aus der Maschine zu reißen.

Ich war immer noch auf meinem Posten, als es zum Abendessen läutete, und auch, als alle vom Abendessen zurückkamen. Überall hörte ich meine Klassenkameraden, die sich für das Abschiedsfest fertig machten, unter der Dusche röhrten, von einem Zimmer zum andern gingen, um sich in ihren Smokings bewundern zu lassen, unter dem Vorwand, eine Fliege müsse gerade gerückt, ein Kummerbund straff gezogen werden. Seltsam, wie unsere Stimmen tiefer und langsamer wurden, wenn wir uns so fein machten. Es war eine Art von Hysterie, die uns nicht übermütig, sondern besonnen machte. Die Jungen hatten alle geduscht, und in der Luft schwebte ein feierlicher Dunst mit einem Hauch Old Spice.

Mein Smoking, am selben Morgen mit den anderen geliefert, hing mit einem steifen, strahlend weißen, plissierten Hemd im Schrank. Ich legte sie auf meinem Bett zurecht, stellte die Lackschuhe davor und setzte mich wieder an den Schreibtisch. Ich brauchte nur einen guten Anfang, irgendetwas, das mir am nächsten Morgen einen guten Start ermöglichte.

Der Flur wurde still, als die anderen gingen. Ich beobachtete die lange dunkle Schlange, die den Hof überquerte. In der aschfahlen Dämmerung sah es aus, als schwebten ihre Hemdkragen wie Lichter über einem diesigen Meer. Ihre tiefen Stimmen drangen auch von der anderen Seite des Hofes noch zu mir, mit einer Brise, die nach gemähtem Gras roch und in den Kletterranken vor meinem Fenster raschelte. Später trug sie den Klang von Lester Lanins Orchester und das Lachen der Mädchen herüber.

All das lenkte mich zunächst ab und verblasste dann hinter einem Wachtraum. Hemingway hatte meine Geschichte ausgewählt und einen Narren an mir gefressen und mich angeheuert, auf der *Pilar* zu arbeiten. Eines Nachmittags fuhren wir mit seiner Frau Mary und einem befreundeten Paar hinaus. Diese Freundschaft war unerklärlich. Die Frau war gehässig, und der Mann behandelte die Mannschaft grob und prahlte mit seinen Angelkünsten, was Hemingway alles geduldig, aber nicht ohne einen resignierten Blick in meine Richtung ertrug, während ich die nächste Runde Drinks servierte. Schließlich sagte die Frau zu ihrem Mann, er solle jetzt bitte *endlich* einen Fisch angeln und verdammt nochmal die Klappe halten. Er könne doch hier einen Fisch fangen, oder, Ernest? Schließlich waren sie mitten auf dem Meer, oder etwa nicht? Hemingway stimmte zu, sie seien tatsächlich in einer fischreichen Gegend. Wer hier keinen Fisch fängt, sagte er, muss schon vom Pech verfolgt sein.

Der Mann fand das nicht zwingend. Er stellte sich wegen seiner Ausrüstung an, die er heute mitzubringen vergessen hatte. Als seine Frau sagte, er könne doch sicher Ernests Sachen benutzen, antwortete der Mann, das komme gar nicht in Frage, danke trotzdem.

Ach komm, Liebling, stell dich nicht so an, sagte die Frau.

Also wurde er auf den Kampfstuhl geschnallt und bekam eine Angel in die Hand gedrückt, und siehe da, in den ersten paar Minuten biss prompt etwas an. Die Angel bog sich, und die Schnur sang. Himmel, sagte der Mann, dann ächzte er, als die Angelrute irgendwie aus dem Halter sprang und ihn nach vorne riss. Ein großartiger Merlin sprang backbord aus dem Wasser, schüttelte sich und klatschte zurück ins Wasser. Mir ist schlecht, sagte der Mann, mir wird gleich schlecht.

Nimm die Angel!, wies Hemingway mich an, dann half er dem Mann von dem Kampfstuhl herunter und schnallte mich an. Ich ließ den Fisch ausdrillen, während der Mann über die Reling kotzte. Er verweigerte alle Angebote, auf seinen Platz zurückzukehren, also nahm ich mir den Burschen ein paar Stunden lang vor, während Hemingway hinter mir stand und mir ab und zu Ratschläge gab. Zum größten Teil überließ er die Sache aber mir. Als der Merlin endlich ausgedrillt war, nahm Mary die Angel, um ihn längs ans Boot zu holen, und Hemingway und ich warteten, bis wir ihn mit dem Gaffhaken packen und mit der Winde hochkurbeln konnten.

Er ist ein trauriger Fall, sagte Hemingway. Ein guter Mann, der schlecht geheiratet hat und nicht trinken sollte. Er war sehr tapfer im Krieg.

Bei Sonnenuntergang liefen wir wieder im Hafen ein. Eine Gruppe Gaffer versammelte sich. Da habt ihr aber ein Monstrum, sagte einer. Wer hat ihn erwischt?

Er, sagte ich und nickte zu dem Mann hinüber.

Hemingway stand neben mir. Das hast du gut gemacht heute, sagte er. Das hast du sehr gut gemacht.

Als Bill White um Mitternacht aus der Bibliothek kam, hatte ich immer noch kein Wort geschrieben. Bist du nicht tanzen gewesen?, fragte er.

Ich hab gearbeitet.

Bill setzte sich auf sein Bett und zog langsam die Schnürsenkel auf. Er ließ sich zurückfallen und starrte an die Decke. Du könntest immer noch hin, sagte er.

Bringt doch nichts. Die machen bald Schluss.

An deiner Geschichte dran?

An meiner Geschichte dran. Du?

Klar. Bill rollte sich auf die Seite und sah mir zu, wie ich das leere Blatt aus der Maschine zog und in meine Schreibtischschublade gleiten ließ, unter die vollen Seiten, auf die ich »Soldaten zu Haus« getippt hatte. Er sagte: Ich habe George gesehen, wie er vom Tanzen zurückkam.

George war da? Sag bloß. Ich hab ihn noch nie im Smoking erlebt. Wie sah er aus?

Hatte er einen Smoking an? Muss er wohl. Ist mir gar nicht aufgefallen.

Kein Wunder, sagte ich und fügte – gemein, hilflos – hinzu: Bei George sieht alles nach Tweed aus.

Bill antwortete nicht.

Sieht so aus, als hätte er seine Geschichte fertig, meinte ich.

Sieht so aus, sagte Bill. Wie läuft's bei dir?

Das sagte er erschöpft und zärtlich, was mich überraschte. Wir hatten das Ende unserer gemeinsamen Jahre beinahe erreicht, und ohne uns je zu streiten oder zu ärgern wie die meisten anderen Zimmergenossen, waren wir doch weiter davon entfernt, Freunde zu sein, als an unserem ersten Tag. Wir hatten uns hinter unseren Allüren und sardonischen Höflichkeiten unkenntlich gemacht, und wir waren stillschweigend übereingekommen, die eine wichtige Wahrheit, die ich über ihn herausgefunden hatte, niemals anzusprechen. Zwischen uns waren viele solcher Übereinkünfte entstanden. Niemals anzusprechen, wer wir wirklich waren – keine Sorgen, Schwächen oder Zweifel, keine Ängste, die unsere Zukunft betrafen oder welche Art Mann aus uns wurde. Niemals; nicht ein Wort. Wir hatten alles geistreich und abgeklärt gehalten, bis die Luft zwischen uns so durchironisiert war, dass ein ernsthaft gemeinter Satz unseren Verhaltenskodex, ja unser gegenseitiges Vertrauen verletzt hätte.

Aber als wir jünger waren, hatten wir einander als Freunde ausgesucht. Ich spürte diese Möglichkeit immer noch, und es machte mir zu schaffen, dass wir uns nie darum gekümmert hatten. Den Großteil der Schuld daran gab ich Bill, weil er nicht hinter seiner Maske hervorkam. Er hing seit Wochen in den Seilen, verließ aber seine Deckung nicht, um endlich mit mir zu reden. Dabei hatten wir mehr als genug zu besprechen, mehr, als er wusste. Je trauriger er wurde, desto mehr zog er sich zurück. Bis jetzt jedenfalls.

Wie läuft's bei dir?

Seine Frage war ernst gemeint, das Interesse dahinter war auf müde Weise vertraulich und ungeschützt, so als hätte er die Energie verloren, die er brauchte, um seine Weltläufigkeit aufrechtzuerhalten. Ich fühlte mich selber so erschöpft und war es so leid, verzweifelt auf meinen ersten Satz zu warten, dass ich ihm tatsächlich fast die Wahrheit erzählt hätte – dass ich nichts geschrieben hatte und es auch nicht konnte. Ich stand kurz davor, und doch hielt ich mich immer noch zurück, denn ich spürte wohl, dass ich, wenn ich mir einmal den Trost seines Interesses gestattete, nicht mehr würde aufhören können; dass mich die Erleichterung, meine Lähmung zu beichten, womöglich zu weiteren Beichten verführt hätte. Dunkel erkannte ich meine eigene Ungeduld, endlich die Maske fallen zu lassen, und das erschreckte mich.

Lester Lanins Orchester spielte »Auld Lang Syne«. Ein paar Stimmen sangen heiser mit, Jungen und Mädchen zusammen.

Gut läuft's, sagte ich. Wie der Teufel. Bei dir?

Oh … dito. Der reinste Flächenbrand. Der Wahnsinn. Top secret.

Als Purcell am Samstagnachmittag in der Kapelle erschien, nahm er seinen Platz auf der Treppe ein und wartete in der Schlange auf den Beginn der Prozessionshymne, den Blick stur geradeaus, eine heftige, hilflose Röte in seinem blassen, sommersprossigen Nacken als einzige Antwort auf die Blicke, die er von den Jüngeren, und auf die gezielte Nichtbeachtung, die er von den Älteren erntete. Doch als die Orgel die ersten Töne spielte, erhob er seine Stimme mit den anderen – *For all the saints who from their labors rest* – und marschierte den Gang entlang bis zu seinem Sitz in der zweiten Reihe, ohne die Worte langsam versickern zu lassen, wie es die meisten von uns machten. Er sang jeden Vers mit, harrte dann aufrecht und entschlossen während der Bibellesung und der Bemerkungen des Kaplans aus, und als wir der Stille überlassen wurden, beugte er den Kopf und rührte sich nicht.

Am Ende des Gottesdienstes erhob sich der Direktor und gratulierte dem Tanzabendkomitee des Abschlussjahrgangs für das erfolgreiche Abschiedsfest, und wir alle applaudierten und hörten gar nicht wieder auf, gemessen, aber beharrlich, über jede vorstellbare Dankbarkeit für das Tanzabendkomitee hinaus, und Purcell muss begriffen haben, dass das ihm galt – um zu feiern, dass er noch bei uns war, und als Tribut an seine Selbstlosigkeit, für seinen Cousin die eigenen Prinzipien fahren zu lassen. Obwohl er ebenfalls klatschte und zum Direktor hochsah, war sein Nacken mittlerweile dunkelrot geworden.

Ich hatte meine eigene Theorie zu seiner Meinungsänderung; dass sie weniger damit zu tun hatte, dem Großen Jeff die schmerzliche Trennung von der Schule zu ersparen, als damit, sich selbst das absurde, demütigende Spektakel zu ersparen, wie sich der Große Jeff auf seinen Scheiterhaufen warf. Doch ich applaudierte ihm wie alle anderen, da er seine Kapitulation mit Würde vollzogen hatte; ohne Augenzwinkern oder Grimassen, bedingungslos und gerade nicht so dick aufgetragen, dass sein Einlenken lächerlich gewirkt hätte. Er hatte was, Purcell. Schmackes. Rückgrat. *Klasse* könnte man es wohl nennen.

Bei der Redaktionssitzung trafen wir unsere Entscheidungen ohne ernstliche Meinungsunterschiede, bis wir zum letzten Manuskript kamen, einer Geschichte von einem Klassenkameraden namens Buckles, der schon das ganze Jahr über vergebens Texte eingereicht hatte. Diese Geschichte kam mir kein Stück besser vor als die anderen, die wir abgelehnt hatten, und das sagte ich auch.

Wovon handelt sie eigentlich?, sagte George. Ich kann nicht mal sagen, wovon sie handelt. Er sagte das mit solcher Heftigkeit, dass es Purcell und Bill und mir einen Moment lang die Sprache verschlug. Normalerweise nahm George seinen Platz am Herausgeberschreibtisch ein, aber heute saß er an der Tür, mürrisch und reizbar.

Aber es ist seine letzte Chance, sagte Bill. Die Abschlussnummer.

Stimmt, sagte Purcell. Für Buckles heißt es jetzt oder nie.

So schlecht ist die Geschichte nicht, sagte Bill.

So gut aber auch nicht, sagte ich.

Bulldogge Buckles, sagte Bill. Niemals locker lassen. Wisst ihr noch, die Geschichte über Geronimo?

Wir lachten, alle außer George. *Die gespaltene Zunge*, sagte er mürrisch.

Was?, sagte Purcell.

Sie hieß *Die gespaltene Zunge*. Zeig mir die hier noch mal.

Wir sahen George dabei zu, wie er die erste Seite überflog. Hört euch das doch mal an, sagte er. Er las ein paar Zeilen vor.

Das ist nicht so schlecht, sagte Purcell.

Das hat was, sagte Bill.

Ach kommt, sagte ich.

Himmel nochmal, bringt doch das dämliche Ding!, sagte George. Wen juckt's? Es ist schließlich nicht so, als würde der andere Quark hier die Welt in Brand setzen. Als wir ihn ansahen, regte er sich auf und legte nach: Oder? Oder was?

Natürlich war die Antwort nein. Unsere Schuljungenzeitschrift würde die Welt mitnichten in Brand setzen. Aber das ganze letzte Jahr hatten wir uns so verhalten, als könnte sie es vielleicht doch, und jede Ausgabe mit derselben Feierlichkeit, wie der Große Jeff ein Raumschiff entwarf, zusammengestellt und gestaltet. Also war das Spiel jetzt zu Ende – das wollte George uns sagen, der Sack, der Spielverderber. Er hatte irgendwie seine Unschuld verloren, und jetzt hatte er keine Ruhe, bis auch wir erkannten, dass unser Allerheiligstes nur eine Abstellkammer war und unsere hehren Absichten ein Furz im Wind.

Aber ausgerechnet George – was hatte diese Veränderung in ihm bewirkt? Was hatte er in diesem luftlosen Zimmer zusammengeschrieben, auf welche Ader ätzenden Wissens war er gestoßen?

Okay, sagte ich. Was soll's. Wir bringen es.

Das also war unser Ende; unsere letzte Ausgabe war »gestorben«, und zwar durch eine Kugel in den Kopf. Die anderen flohen aus dem Zimmer und überließen es mir, die Manuskripte aufzuräumen und zu stapeln und dem Redaktionshospitanten auszuhändigen, der dabeigesessen hatte, um das Handwerk zu lernen. Er wirkte ziemlich enttäuscht.

Mr Rice braucht die gleich als Erstes morgen früh, sagte ich zu ihm.

Ich weiß.

Es war spät, nach Mitternacht, aber ich war zu hektisch, um mich noch einmal an die Geschichte zu setzen, die später am Morgen abzugeben war, deshalb wollte ich mich mit ein paar Ablehnungsschreiben aufwärmen. Normalerweise kümmerte sich George darum, aber er nahm seine Aufgabe offenbar nicht mehr wahr.

Die Schreibmaschine im Büro war ein blecherner tragbarer Kasten, der jedes Mal, wenn man eine Taste anschlug, einen kleinen Hüpfer machte. Ich schrieb drei oder vier Briefe und machte eine Pause. Es war grabesstill da drinnen, die Wände schalldicht durch Regale, die mit

Literaturzeitschriften verschiedener Schulen voll gestopft waren, und der Überschuss davon war zu wackligen Türmen auf den beiden Aktenschränken und dem Herausgeberschreibtisch gestapelt. Hier lagen die *Troubadoure* der Schulen von Andover, Milton, Dobbs Ferry, Taft, St. Timothy's und St. Paul's und St. Mark's, Nottingham, Hill, Woodberry Forest, Madeira, Portsmouth Priory, Foxcroft, Kent, Emma Willard, Culver, Thacher, Roxbury Latin, Baldwin und Lawrenceville, Miss Cobb's und Miss Fine's und Miss Porter's, Peddie, Hotchkiss, Pomfret, Choate und so weiter und so weiter ...

Als Publikationsleiter kam ich manchmal hierher, um die Neuerscheinungen abzulegen, aber meistens saß ich an Georges Schreibtisch und fühlte mich inmitten all dieser literarischen Produktion wohl. Nur, was wurde da eigentlich geschrieben? Ich nahm mir eine Zeitschrift aus Andover und blätterte die Geschichten durch, dann sah ich mir eine aus Deerfield und eine aus Hill an. Nach ein paar Sätzen klang jede Geschichte bekannt, es war dasselbe Zeug, das auch wir brachten – manierierte Experimente, desillusionierte Porträts von Familie oder Schule, alles, um zu zeigen, was für eine überlegene Person der Autor war.

Waren die Mädchen denn besser? Ich griff zu einem Exemplar von *Cantiamo*, der Zeitschrift von Miss Cobb's, es war etwa fünf Jahre alt. Die erste Geschichte handelte von der Oberflächlichkeit einer Frau, die ihr Haus für eine Bridge-Party aufräumt. Ich sprang zur nächsten, die »Sommerball« hieß, und das schiefe Grinsen, das dieser Titel bei mir hervorrief, erstarb nach der ersten Zeile.

Ich hoffe, keiner hat gesehen, wie ich den Zigarettenstummel vom Bürgersteig aufhob, aber ich sitze auf dem Trockenen und bin ganz zittrig, und es ist ein schön langer, nur ein bisschen vom Lippenstift der alten Schachtel verschmiert, die ihn wegwarf, als ihr Bus kam.

Ich las weiter. Die Erzählerin ist an einer Bushaltestelle, auf dem Heimweg nach dem Schreibmaschinenunterricht im YWCA. Sie raucht den Stummel, während sie wartet, auch als klar wird, dass ein anderes Mädchen sie beobachtet hat und total angeekelt ist. *Ist mir eigentlich egal*, sagt die Erzählerin, *ich kenne sie ja gar nicht. Wenn ich sie kennen würde oder wenn sie ein Junge wäre, sähe die Sache anders aus.* Beim Rauchen denkt sie sich eine Lüge aus, mit der sie ihrer Mutter ein bisschen Zigarettengeld abluchsen kann; wieder mal Geld für Arbeitsmaterialien im Schreibmaschinenunterricht.

Sie fährt mit dem Bus quer durch die Stadt – Columbus – und geht durch ein Viertel aus Backstein-Mietshäusern nach Hause. Die Wohnung ihrer Mutter liegt im dritten Stock. Drinnen ist es siedend heiß. Die kleine Schwester der Erzählerin sieht fern, ihre Mutter liegt mit Kopfschmerzen im Schlafzimmer. Sie ruft die Erzählerin – Ruth heißt sie, wie sich herausstellt –, und Ruth packt etwas Eis in ein Geschirrtuch und trägt es in den abgedunkelten Raum. Sie sitzt auf der Bettkante, hält den Eisbeutel an die Stirn ihrer Mutter, und nachdem sie sich liebevoll nach diesem und jenem erkundigt hat, lässt sie die Lüge mit den Arbeitsmaterialien einfließen. Ihre Mutter seufzt und sagt: *Okay, klar, nimm dir, was du brauchst.* Sie sagt Ruth, zwei ihrer Freundinnen hätten angerufen, bittet sie aber, sich nichts vorzunehmen, da es ihr richtig schlecht gehe und sie Hilfe mit Naomi brauche.

Ruth geht in die Küche und schaut auf den Notizblock am Telefon. Die erste Nachricht ist von einem Mädchen, mit dem sie groß geworden ist. Sie ruft schon zum zweiten Mal an, seit Ruth für den Sommer nach Hause gekommen ist, und obwohl Ruth ein schlechtes Gewissen hat, dass sie sie nie zurückruft, weiß sie, auch diesmal wird sie es nicht tun. Die andere Nachricht ist von Caroline Fallon, einer Klassenkameradin von dem Internat, das Ruth dank eines Stipendiums besucht. Sie wählt die Nummer sofort.

Die zwei Mädchen reden ziemlich abgeklärt darüber, wie gelangweilt sie sind. Ruth nennt ihre Mutter *Maman* und beschreibt ihr Kränkeln so, dass Caroline darüber lachen muss. Dann fragt Caroline, ob sie Lust habe, am Abend mit ihr zum Tanzen in den Countryclub zu kommen. Als Ruth zögert, entschuldigt sie sich dafür, dass sie erst so spät Bescheid gibt, und fügt erklärend hinzu: *Die brauchen Mädchen.*

Okay, sagt Ruth, *ich brauche Jungen.*

Da gibt es nur ein kleines Problem, sagt Caroline. *Es ist total albern, aber trotzdem – darf ich dich unter dem Namen Lewis anmelden statt Levine?*

Lewis?

Na ja, Lewis, Logan, irgend so was. Tut mir Leid, Ruthie. Clubregeln.

Verstehe.

Es ist ekelhaft. Ich hätte dich gar nicht fragen sollen.

Nein, schon gut. Kein Problem. Nimm Windsor.

Windsor! Du Witzbold! Aber echt, Ruthie Windsor!

Ruth Anne Windsor.

Ruth und ihre Mutter streiten über ihre Ausgehpläne, und Ruth macht es so geschickt, dass die Mutter sogar aufsteht, um sie wieder aus der Schmollecke hervorzulocken, und die Taille eines ihrer alten Abendkleider enger macht, auf das Ruth schon länger ein Auge geworfen hat. Als Ruth die Wohnung verlässt, muss sie stehen bleiben und durchatmen, von der erkämpften Freiheit ist ihr ganz schwindlig, *als wäre ich direkt aus Omas Krankenzimmer geflüchtet.*

Dann der Tanzabend – die Cabrios auf dem Parkplatz, die japanischen Lampions am Weg zum Tanzsaal, die Musik, die Jungen. Ruth bemerkt, dass sie einigen Jungen aufgefallen ist, aber denjenigen, der *ihre* Aufmerksamkeit erregt, hat zufällig auch Caroline im Visier. Er heißt Colson. Er und sein Freund Gary setzen sich an den Tisch der beiden Mädchen. Sie sehen beide gut aus, aber Gary ist eher nichts sagend, Colson dagegen nachdenklich und klug – eigentlich zu klug für Caroline –, und als Ruth merkt, wie sich sein Interesse ihr zuwendet, spürt sie eine zunehmende Unruhe bei Caroline, ein argwöhnisches, vages Unbehagen. Irgendetwas stimmt nicht, Caroline weiß noch nicht, was, aber bald genug wird sie es merken, wenn die Dinge so weiterlaufen wie im Augenblick, und sie wird Ruth dafür hassen und sie fallen lassen wie eine heiße Kartoffel.

Normalerweise wäre Ruth das egal. Sie mag die Konkurrenz mit anderen Mädchen, und dieser Colson mit seiner brummigen Stimme und seinen verhangenen Augen gefällt ihr. In jeder anderen Situation hätte sie seine Aufmerksamkeiten ermutigt.

Aber dies ist keine andere Situation. Sie steht am Anfang eines langen Sommers. Eines der Cabrios auf dem Parkplatz gehört Caroline, und Ruth hat sich schon an den Gedanken gewöhnt, aus ihrer heißen Wohnung errettet zu werden für luftige Ausflüge ins Kino oder an Catherines Pool zu Hause. Dies ist erst der erste von vielen Tanzabenden im Club, und sie will auch zu den weiteren eingeladen werden. Caroline wird sie nicht nur fallen lassen, wenn sie sich verraten fühlt, sie wird auch dafür sorgen, dass Colson erfährt, unter welchem falschen Anschein Ruth heute Abend hier ist, und zwar in allen Einzelheiten. Was wird dann wohl aus seinem Interesse?

Schlechte Karten, denkt Ruth. Sie konzentriert ihre Aufmerksamkeit auf Gary. Er reagiert positiv, und Colson zieht sich beleidigt zurück, um bald darauf sein mattes Geplänkel mit Caroline wieder aufzunehmen, die prompt quicklebendig wird. Aber Ruth hat Colson weiter im Blick, und sie weiß, dass das auch umgekehrt der Fall ist. Vielleicht wird noch was daraus, bevor der Sommer zu Ende ist, etwas Heimliches, bei dem Ruth doch noch auf ihre Kosten kommt. Selbst jetzt ist die Chemie zwischen ihnen so stark, dass sie kaum glauben kann, Caroline fiele es nicht auf. Ruth steht auf und nimmt Garys Hand, führt ihn auf die Tanzfläche. Caroline schaut lächelnd zu Ruth hoch und hebt ihr Glas. *Gut – sie weiß es nicht. Alles in Ordnung.*

Alles in Ordnung. Das war die letzte Zeile der Geschichte, einer Geschichte, in der nichts in Ordnung ist. Ich ging zum Anfang zurück und las sie noch einmal, diesmal langsam, und hatte die ganze Zeit das Gefühl, als wäre meine innerste Schatzkammer aufgebrochen und geplündert worden und jedes kleinste verborgene Detail auf diesen Seiten ausgebreitet. Vom allerersten Satz an sah ich mir selbst ins Gesicht.

Das ging über die nahe liegenden Parallelen hinaus. Worin ich mich wirklich wiedererkannte, waren die kleinen undramatischen Details von Ruths Leben und Denkweise. Zum Beispiel der Schreibmaschinenunterricht. Was könnte es Gewöhnlicheres geben, als seine Sommertage in einem Schreibmaschinenkurs zu verbringen? Genau damit aber hatte ich einen Teil meines letzten Sommers verbracht, und ich hatte es keinem meiner Klassenkameraden gegenüber erwähnt, eben weil es so absolut gewöhnlich war und alles andere als lässig. Und dann noch mit dem Bus da hinzufahren! Keine Figur aus meinen Geschichten fuhr je mit dem Bus.

Das Ganze kam direkt aus dem ehrlichen Tagebuch, das ich nie geführt hatte: der Schreibmaschinenunterricht, der Bus, die Wohnung; alles von mir. Von mir waren auch das Berechnende, Strategische, das Fallenlassen alter Freunde für neue, die schamlose Manipulation eines bedürftigen, liebevollen Elternteils und der verzweifelte Fluchtimpuls vor dem Bedürfnis und der Liebe selbst. Dann die Süße dieser Flucht, die Leichtigkeit und Freude des Entkommens. Und, ja, die fast körperliche Attraktivität der Privilegiertheit, der Entschluss, in ihrer Nähe zu sein, um jeden Preis: Speichelleckerei, Lügen, Selbstverleugnung, das Verbergen von Ehrgeiz und Begehren, das langsame, feige Schwelen des Grolls gegen diejenigen, für deren Gunst man sich verbogen hat. Jeder Augenblick von alldem war die reine Wahrheit.

Wie fängt man es an, wahrhaftig zu schreiben? Ich ging zum ersten Satz zurück. *Ich hoffe, keiner hat gesehen, wie ich den Zigarettenstummel vom Bürgersteig aufhob* ... Ich wand mich innerlich. So wollte ich nie im Leben gesehen werden, dabei hatte ich aus tiefstem Jieper nach Zigaretten genau das auch schon getan, und zwar mehr als einmal.

Ach, was soll's, dachte ich. Schauen wir mal, wie es sich anfühlt, das zu schreiben. Ich spannte ein leeres Blatt in die Schreibmaschine und fing an, es runterzuhämmern: *Ich hoffe, keiner hat gesehen* ... Dann blockierten die Tasten. Ich entwirrte sie, und sie blockierten wieder. Dieser Satz wollte nicht geschrieben werden, aber ich schrieb ihn trotzdem. Und da stand ich plötzlich, Gewinner des Cassidy-Preises für Englisch, zukünftiger Protegé von Lionel Trilling, und bückte mich nach einer lippenstiftverschmierten Kippe auf dem Bürgersteig.

Ich war seit dem Tod meiner Mutter nicht mehr zur Beichte gegangen. Selbst als kleiner Junge hatte ich mich dem nur widerwillig unterzogen, und falls es mir irgendetwas brachte, hatte ich nichts davon bemerkt. Aber als ich diese Worte schrieb, spürte ich einen Hauch von gnädiger Erlösung. Wer sich jeglicher Prätention entledigt, stürzt einen strengen Gebieter, nämlich die Angst, sich zu verraten, und mit diesem einen Satz verriet ich mich unwiederbringlich. Jetzt gab es nichts anderes als weiterzumachen.

Wort für Wort deckte ich alles auf. Ich setzte meinen Vornamen ein, um mich selbst unverwechselbar in den Rahmen dieser Handlungen und Absichten zu stellen, behielt aber Levine bei, weil dieser Nachname zweifelsfrei ausdrückte, was mein eigener offen ließ. Die Stadt wurde zu Seattle, Caroline zu James, dann passte ich andere Details an. Nicht viele. Diese Gedanken waren meine Gedanken, dieses Leben meins.

Es dauerte lange. Die Schreibmaschine rutschte zentimeterweise nach hinten, und ich beugte mich entsprechend immer weiter über den Tisch, bis es so unbequem wurde, dass ich aus meiner Trance erwachte. Dann zog ich die Maschine zurück zum Ausgangspunkt, stand auf und tigerte eine Zeit lang im Zimmer auf und ab, um meinen Rücken zu entlasten, bevor ich mich wieder über die Arbeit beugte.

Ich brachte die Geschichte zu Ende, kurz bevor es zum Frühstück läutete. Ich las sie durch und verbesserte einige Tippfehler, aber sonst waren keine Korrekturen nötig. Geschafft. Jeder, der diese Geschichte las, würde wissen, wer ich war.

WENN DICH DAS GLÜCK VERLÄSST

Eines Morgens, als ich den Speisesaal verließ, nahm mich Mr Ramsey beim Ellbogen und fragte, ob er kurz mit mir sprechen könne. Er steuerte mich auf den Garten des Direktors zu, weg von dem Strom der Jungen, die auf ihre Zimmer oder an ihre Pflichten gingen. Er ließ mich nicht los, während wir in vertraulich britischer Weise (dachte ich mir so) weiterspazierten, also senkte ich den Kopf und setzte eine ernste Miene auf. Es verwirrte mich, so herausgegriffen zu werden. Zwar hatte ich im Vorjahr in Mr Ramseys Unterricht gut abgeschnitten, aber ich war auf Abstand geblieben, und er auch.

Du hast deine Zeit hier nicht verschwendet, sagte er.

Ich wusste, dass Mr Ramsey in der Cassidy-Preis-Jury gewesen war, deshalb dachte ich, er beziehe sich auf meinen Shakespeare-Aufsatz; aber als ich ihm dankte, zog er ein verärgertes Gesicht und winkte ab.

Wir sind nicht hier, um über Aufsätze zu reden, sagte er. Man kann sich die Welt auch ohne Aufsätze vorstellen. Natürlich wäre sie ein bisschen ärmer, wie eine Welt ohne ... Schach, aber man könnte ohne weiteres in ihr leben. Mr Ramsey ließ meinen Ellbogen los und blieb neben der niedrigen Steinmauer stehen, die den Garten einfasste. Ein dünnes schwarzes Eichhörnchen mit büscheligen Ohren krabbelte die Mauer hoch und schnatterte uns an.

Geschichten dagegen – in einer Welt ohne Geschichten könnte man nicht leben.

Nein. Nein, Sir.

Ohne Geschichten wüsste man kaum, in *welcher* Welt man überhaupt lebt. Aber ich drücke mich nicht sehr gut aus. Mr Ramsey starrte in den Garten. Es hat mit dem Ich-Bewusstsein zu tun, sagte er. Ich bin zwar nicht gläubig, aber ich finde es interessant, dass dieses Bewusstsein mit dem Sündenfall verbunden wird. Nacktheit und Scham. Sich selbst als etwas Gesondertes erkennen, das sterben muss. *Vertreibung*. Wir setzen dieses Ich-Bewusstsein gern mit Befangenheit gleich, sehen es als Last oder Problem an, und dadurch wird es auch dazu – das Problem ist, wie wir es nutzen können, um uns aus dem Exil *heraus*zuholen. Während wir doch eher dazu neigen, uns in der Ferne zu verlieren, findest du nicht?

Das Eichhörnchen kam auf weniger als einen halben Meter heran und richtete sich auf, offensichtlich in Erwartung von etwas Essbarem. Irgendjemand hatte es wohl heimlich mit Abfällen gefüttert, wahrscheinlich einer der Jüngeren, der Heimweh hatte, seinen Hund vermisste.

Dieses Eichhörnchen sieht aus, als wollte es uns gleich anfallen, sagte ich.

In der Ferne zu verlieren, wiederholte Mr Ramsey. Ein wahres Wunder, dass wir nicht alle bellen. Und natürlich würden wir das auch tun, wenn wir keine Möglichkeit hätten, dieses Ich-Bewusstsein gegen uns selbst zu richten oder besser gegen unsere schlimmsten Ausprägungen –

Morbidität, Narzissmus, Paranoia, Größenwahn, das alles. Irgendwie müssen wir doch etwas Positives daraus ziehen. Und das ist genau das, was deine Geschichte leistet, muss ich sagen. »Sommerball«. Eine wunderbare Geschichte! Die reine Magie. Nein – nein – nicht Magie. *Alchemie*. Das Stroh des Ich-Bewusstseins zum Gold der Selbsterkenntnis gesponnen. Genug. Ich merke schon, ich bringe dich in eine peinliche Situation. Aber ich musste dir einfach sagen – wenn nicht für dich, dann für mich –, was für ein großartiges Stück Literatur das ist.

Ich dankte Mr Ramsey für seine freundlichen Worte und fragte ihn, wie er denn dazu gekommen sei, meine Geschichte zu lesen. Ich hatte mein einziges Exemplar in den Kasten für die Einreichungen geworfen, von dem aus es, wie ich annahm, zusammen mit den anderen nach Idaho geschickt worden war.

Ich habe die Vorauswahl getroffen, sagte er. Als er meine Überraschung sah, fügte er hinzu: Du hast doch nicht ernsthaft geglaubt, wir würden Mr Ernest Hemingway jede einzelne Geschichte schicken, die euch Burschen eingefallen ist, oder? Alle vierunddreißig? O nein. Ich habe die drei besten ausgesucht und ihm geschickt, obwohl ich wusste, dass das absolut pro forma war, nachdem ich die erste Seite von »Sommerball« gelesen hatte. Und ich habe ja auch Recht behalten, nicht wahr?

Sir?

Ernest Hemingway hat deine Geschichte ausgewählt. Hatte eigentlich auch keine andere Wahl. Ich bin nicht gläubig, wie gesagt, aber ich glaube an die Existenz von etwas, das man nur Gabe nennen kann – eine Gabe ohne

Geber, wenn du so willst, aber trotzdem eine Gabe. Das, was man nicht erarbeiten oder verdienen kann. Eine Belohnung für gar nichts. Ein Skandal für die Tugendhaften und Fleißigen, aber so ist es eben. Ich gestehe ein gewisses Maß an Neid.

Ernest Hemingway hat meine Geschichte ausgewählt?

Wir bitten dich darum, noch nichts zu sagen, bis es morgen in der Schulzeitung verkündet wird. Wollten es dir nicht so mit einem Schlag um die Ohren hauen – aus heiterem Himmel. Wollten dir die Möglichkeit lassen durchzuatmen, und natürlich sollte auch eine persönliche Gratulation dazukommen. Deine Geschichte wird zusammen mit meinem Interview gedruckt.

Ich war froh über den einen Tag der Gnade, den man mir geschenkt hatte. Nach meiner letzten Stunde an jenem Nachmittag setzte ich mich ab, überquerte den Fluss und streifte durch frisch gepflügte Felder bis zum höchsten der umliegenden Hügel, Mount Winston, wie wir ihn nannten. Mount Winston war ein Raucher-Refugium gewesen, als ich noch zu dieser Bande der Unverbesserlichen gehörte; nach all den Kippen zu urteilen, die hier in den Mulden und Spalten des blanken Schiefergesteins verrotteten, hatte sich das nicht geändert.

Ich lief auf dem Gipfel hin und her, erschöpft, aber zu müde, um still zu sitzen. Im Unterricht hatte mich das Rauschen des Blutes in meinem Kopf fast taub werden lassen. Das meiste davon war explosionsartige Erleichterung und Euphorie, doch darunter pochte die Angst. Sein verborgenes Leben in einem leeren Zimmer dem Papier anzuvertrauen war das eine, das Ergebnis dann zu verbreiten etwas ganz anderes.

Ein warmer Wind blies über die Hügelkuppe, und mit ihm drangen gedämpft die Schreie der ballspielenden Jungen nach oben. Die Rasenflächen und Spielfelder der Schule waren von üppigem, unwirklichem Grün im Vergleich zu der schlammbraunen Ausdehnung des umliegenden Farmlandes. Zwischen den baumbestandenen Flussufern lieferten sich zwei Einer mit blitzenden Rudern ein Rennen flussaufwärts. Die Kapelle mit ihrem hohen, zinnenbesetzten Glockenturm und flatternden Wimpel sah aus wie eine Radierung aus einem Kinderbuch. Aus dieser Höhe konnte man in den Traum hineinschauen, der die Schule hervorgebracht hatte; das war nicht bloßer Englandneid, sondern die Sehnsucht nach einer ritterlichen Welt, abgeschieden von Skandalgetöse und billigem Disput, von der Betriebsamkeit und den Machenschaften der Moderne. Ich erkannte diesen Traum und spürte zugleich, wie müßig er war, aber na und? Ich liebte meine Schule nicht weniger, nur weil sie sich unseren Bedürfnissen auf so galante Weise entzog – eher mehr. Ich hatte noch einen Monat bis zu meinem Abschluss, und schon jetzt war ich von Nostalgie durchtränkt. Ich streckte mich auf einem Felsplateau aus. Die Sonne auf meinem Gesicht und die abstrahlende Wärme an meinem Rücken ließen mich einnicken. Dann kühlte sich der Wind ab, ich erwachte mit einem Bärenhunger und machte mich auf den Rückweg.

Die Schulzeitung erschien zweimal im Monat. Sie wurde im Vorraum des Speisesaals ausgelegt, so dass wir sie auf dem Weg zum Frühstück mitnehmen konnten, und an diesen Morgenden durften wir bei Tisch lesen – unsere Gesichter verdeckt von den aufgeschlagenen Seiten der einfach *Nachrichten* genannten Zeitung oder über sorgfältig umgefaltete Seiten neben üppig beladenen Tellern gebeugt, welche die meisten Jungen, vielleicht dem Beispiel ihrer Pendlerväter folgend, ohne einen Blick aufs Essen leeren konnten. Der Gedanke, dort zu sitzen, während alle anderen meine Geschichte lasen, ließ es mir kalt den Rücken hinunterlaufen, aber ich musste hin. Ich musste sehen, was Ernest Hemingway von meinem Werk hielt.

Die Küchengeräusche und das Klirren des Porzellans verliehen der Stille des Raumes Tiefe. Es gab verstohlene Blicke, die sich von den Zeitungen in meine Richtung erhoben. Ich konnte nichts essen, goss mir aber eine Tasse Kaffee ein und breitete die Titelseite über meinen leeren Teller. Der Anfang von »Sommerball« lief über drei Spalten, Fortsetzung im Innenteil; die vierte und letzte Spalte brachte das Telefoninterview mit Hemingway, darüber war die Karikatur von unserem Kunstlehrer abgebildet. Mr Ramsey hatte seine Fragen weggelassen, so dass es schien, als spräche Hemingway einen Monolog.

Sie können Ihrem Jungen sagen, dass er richtig gute Arbeit geleistet hat. Verdammt gute Arbeit, alles in allem. Er weiß, wovon er schreibt, mehr, als er verrät, und das ist gut. Das ist immer gut. Er schreibt sauber und gut von dem, was er kennt, und er schreibt es aus seinem Gewissen heraus, das legt die Latte stets höher. Dies ist eine Geschichte des Gewissens, und von so einer Geschichte kann, falls sie aufrichtig ist, ein anderes Gewissen immer etwas lernen, selbst ein altes Wrack wie ich. Hier haben wir es mit wahren Menschen zu tun, wahr im Text, meine ich, wobei ich auch annehme, dass sie ansonsten wahr sind. Und falls das stimmt, werden sie es ihm nie verzeihen. Das kann ich ihm versprechen. Wenn Ihr Junge mich gefragt hätte, wäre mein Rat gewesen, damit zu warten, bis sie alle tot sind.

Ob ich Witze mache? Natürlich. Klar. Die Geschichten, die man schreiben muss, werden immer dazu führen, dass einen irgendjemand richtig hasst. Wenn nicht, hat man nur Wortgeklingel produziert.

Ratschläge … Er soll keine Ratschläge annehmen, das habe ich nie getan. Und er soll sich nichts zu Kopf steigen lassen. Schriftsteller sind wie alle anderen Menschen, nur schlimmer. Hat er die Geschichte vierzigmal umgeschrieben? Er könnte das eine oder andere rausschmeißen, ich habe seinerzeit mehr als genug rausgeschmissen. Der Bursche weiß, wovon er schreibt, und das ist gut, aber jetzt sollte er losziehen und ein paar andere Dinge kennen lernen, über die er schreiben kann.

Aber damit meine ich keinen Krieg, wie Sie wahrscheinlich annehmen. Man zieht nicht als Tourist in den Krieg. Im Krieg kommt man um, und Tote schreiben keine Bücher. Genauso bei der Jagd. Und beim Suff. Nehmen Sie Joyce. Ein Säufer. An seinen Schreibtisch gefesselt. Hat seine Sachen gern laut vorgelesen, hübsche Tenorstimme. Blind wie eine Fledermaus. Wissen Sie, was mir seine Frau erzählt hat? Sagte, er sollte mal auf Löwenjagd gehen, das wäre gut für sein Schreiben, und ich sollte ihn mitnehmen. Können Sie sich das vorstellen? James Joyce auf der Löwen-

jagd, mit seinen Augen? Vielleicht hätte ich es tun sollen, wenn ich es recht bedenke.

Vorsicht mit dem Suff. Der Suff bringt mehr Schriftsteller um als der Krieg, dauert nur länger. Wenn du gegen den großen Killer antrittst, solltest du besser ganz sicher sein, dass du gewinnst. Ein paar von uns schaffen das, andere nicht. Scott hatte nie eine Chance, der arme, verweichlichte [---]. Mund wie ein Mädchen. Alles zusammengenommen, den Rum, den hübschen Mund und seine Frau, hatte er nie eine Chance. Aber betrunken hat er nie geschrieben, nicht wie Bill Faulkner. Bei Bill Faulkner merkt man genau, mitten im Satz, wann die Maische zuschlägt. Hat mich mal Feigling genannt. Feigling. Da musste ich dafür sorgen, dass ihm Buck Lanham den Kopf zurechtrückt.

Vorsicht mit dem Suff. Und er soll nichts darauf geben, was die [---] über ihn sagen. Über mich haben sie alles Mögliche gesagt. Zum Teufel damit. Irgendwann sterben sie, und dann sind sie tot.

Was noch? Er soll nicht über sein Schreiben reden. Wenn man über sein Schreiben redet, rührt man an etwas, woran man nicht rühren soll, dann fällt es auseinander, und man hat nichts. Beim ersten Tageslicht aufstehen und arbeiten wie der Teufel. Soll die Frau ruhig ausschlafen, das zahlt sich später aus. Und immer auf den Blutdruck achten. Lesen. James Joyce lesen, Bill Faulkner und Isak Dinesen, diese wunderbare Schriftstellerin. Scott Fitzgerald lesen. Seinen Freunden treu bleiben. Wie der Teufel arbeiten und genug Geld verdienen, um woanders hinzugehen, in ein anderes Land, wo die [---] Steuer einen nicht rankriegen kann.

Seine Freunde bewahren, sagte ich das schon? Seine Freunde bewahren, seinen Freunden treu bleiben. Seine Freunde nicht verlieren.

Was weiß ich. Das war's wohl. Das war die Predigt für heute.

Noch eine Woche, dann würde ich Ernest Hemingway treffen und mit ihm allein durch den Garten des Direktors spazieren. Er hatte meine Geschichte ausgewählt und sie besonders herausgehoben, damit alle sie lasen. Es gab für mich keinen Grund, etwas anderes als Freude zu empfinden. Das wusste ich natürlich, aber was hatte sein Blutdruck, James Joyces Frau, Fitzgeralds hübscher Mund oder Ausschlafen und Frühaufstehen mit meiner Geschichte zu tun? Ich wollte nicht Ernest Hemingways Ratschläge, ich wollte seine Aufmerksamkeit.

Sicher, er hatte gesagt, dass ich verdammt gute Arbeit geleistet hätte, aber das drangehängte »alles in allem« entwertete das irgendwie wieder. Die Stelle, wo er sagte, ich wisse, wovon ich schriebe, und das sei gut, das sei wahrhaftig – warum musste er das wieder dadurch verderben, dass ich losziehen und etwas anderes kennen lernen sollte? Hätte *diese* Geschichte es gebraucht, dass ich etwas anderes kannte? Und was genau hätte ich rausschmeißen sollen? Ein Beispiel wäre nett gewesen, falls er tatsächlich eins gefunden hätte.

Das Beste war der Satz, dass »Sommerball« eine Geschichte des Gewissens sei, von der das Gewissen der anderen etwas lernen könnte. Aber warum tat er dann nicht den nahe liegenden nächsten Schritt und erwähnte, welchen Mut eine solche Geschichte brauchte? Er wusste, er musste durch das Schreiben von Geschichten wie »Soldaten zu Haus« und »Das Ende von Etwas« wissen, wie es war, sich derart zu entblößen, damit eine Geschichte funktionierte, lebendig und wahrhaftig wurde. Warum sagte er es dann nicht?

Die Antwort kam mir, als ich den Aufbau des Interviews betrachtete. Hemingway hatte damit angefangen, von meiner Geschichte zu reden, und wäre sicher auch dabei geblieben, wenn ihn Mr Ramsey nicht mit seinen Fragen auf die anekdotische Schiene gebracht hätte, und da die Fragen nun geschickt weggefallen waren, hörte sich Hemingway prompt wie ein faselnder, langweiliger alter Wichtigtuer an, der mit dem Bart im Drink hing. Das war sowohl mir als auch ihm gegenüber ungerecht, und ich nahm es Ramsey übel, genauso wie ich die prüden Zensureingriffe im Interview übel nahm. Ich sah Mr Ramsey vor mir, den Paladin von *Lolita* und eingeschworenen Feind jeglicher Zensur, wie er sich über die Abschrift beugte, als wäre er irgendein lippenlesender sowjetischer Scherge, und Ernest Hemingways Sprache die Eier abschnitt. Hemingway war ein schlechter Dienst erwiesen worden, und mir auch. Aber bald würde er hier sein und ohne Unterbrechung über meine Geschichte reden können. Ich hatte Zeit.

Eine Hand packte meine Schulter. Es war Mr Rice. Er sah nachdenklich auf mich herunter und drückte, bis es fast wehtat, dann nickte er leicht und ließ los. Gut gemacht, Sir, sagte er. Ein löblicher Erguss. Und da dein Mr Hemingway genug Ahnung hatte, das zu erkennen, werde ich versuchen – *versuchen* –, ihm seine flegelhafte Verleumdung besserer Kollegen zu verzeihen. Aber ich muss dich warnen, wahrscheinlich wird es mir nicht gelingen.

Gute Arbeit, sagte ein Junge auf der anderen Seite des Tisches.

Ja, voll in Ordnung, sagte ein anderer. Ich hab das ganze Ding gelesen.

George Kellogg schloss sich mir auf dem Weg in den Unterricht an. Zuerst sagte er nichts. Wir gingen nebeneinanderher, die Hände in den Taschen, die Schuhe über den Backsteinweg schlurfend. Ich bin natürlich enttäuscht, sagte er. Aber ich freue mich für dich, dass du diese Geschichte geschrieben hast. Ehrlich gesagt, wenn ich deinen Namen nicht darunter gesehen hätte, wäre ich nicht darauf gekommen, dass sie von dir ist. Was nur zeigt, welchen großen Schritt du gemacht hast. Das ist eine gute Geschichte, eine wirklich gute Geschichte, und du kannst stolz darauf sein.

Ich dankte ihm und sagte, ich würde seine gern mal lesen.

Nein, würdest du nicht.

Ach komm.

Nein, sagte er, und das war's.

Jetzt, wenige Wochen vor dem Abschluss, rückte meine Klasse näher zusammen. Die Veränderung war auffallend – unsere bewusste Lässigkeit bekam Risse und fiel ab wie Eierschalen. Selbst Jungen, die beinahe im Exil gelebt hatten, entweder weil sie oder wir es so gewollt hatten, wurden durch das Gefühl der Stammeszugehörigkeit, das uns überkam, in unseren Kreis zurückgeführt. Es hatte etwas Dringliches und Gewöhnliches zugleich. Wir kannten das schon von anderen Klassen und hatten so ermüdend oft gehört, uns werde es genauso gehen, dass wir dem mit wissendem Argwohn begegneten; doch es geschah trotzdem. Ich wollte meinen Platz im Kreis nicht verlieren, deshalb fürchtete ich die Reaktion meiner Klassenkameraden, nachdem sie »Sommerball« gelesen hatten.

Meine Furcht war unbegründet. Lehrer und Schüler sagten mir mehr oder weniger, was schon George gesagt hatte – mit offensichtlich gutem Willen und noch etwas, einer Art Erleichterung, als hätten sie die ganze Zeit gemerkt, dass ich etwas zurückhielt, und könnten jetzt freier atmen, nachdem ich den Mund aufgemacht hatte.

An der Tür zu meinem Zimmer lehnte ein großer Umschlag. Ich hob ihn auf – ein Buch – und nahm ihn mit hinein. Auf dem Umschlag stand, hingekritzelt: *Das ist für Dich. P.*

Ich öffnete den Umschlag und holte das Buch heraus. Es war eine Erstausgabe von *In unserer Zeit*. Ich sank auf meine Bettkante und starrte den Umschlag an. Bill kam kurz darauf durch die Tür. Er nahm das Buch mit einem Blick wahr und sagte: Purcell?

Ich nickte.

Wer hat, dem wird gegeben. Hier, sagte er, holte seinen Waterman-Füller aus der Tasche und warf ihn auf mein Bett.

Bill, was machst du da? Das kann ich nicht annehmen.

Ach, ich glaube schon. Was mein ist, soll auch dein sein, oder? Bill ging zu seinem Schreibtisch, zog die Schublade auf, wühlte darin nach etwas, knallte sie dann wieder zu und sah zum Fenster hinaus. Er stützte sich mit beiden Händen auf den Tisch, als wollte er ihn durch den Boden drücken.

Es tut mir Leid, dass er nicht deine Geschichte genommen hat, sagte ich. Ich freue mich, dass er meine ausgewählt hat, aber es tut mir Leid, dass er nicht deine genommen hat.

An was anderes kannst du nicht denken? Scheiß-Ernest-Hemingway? Er konnte meine nicht *auswählen*. Ich hab nämlich gar keine eingereicht.

Warum nicht?

Geht dich nichts an. Er drehte sich um und sah mich an. Bist du jemals in einer Synagoge gewesen?

Nein. Na ja, einmal. Auf einer Exkursion.

Das meine ich nicht.

Dann nicht.

Du bist Katholik, oder?

Das trifft es nicht ganz.

Du bist doch früher mit den katholischen Jungs rumgezogen.

Eine Zeit lang. Aber jetzt nicht mehr, seit zwei Jahren nicht.

Also bist du ein *abtrünniger* Katholik. Was nichts daran ändert, dass du katholisch erzogen wurdest.

Ja.

Also kann man doch wohl sagen, du hast nicht selbst erlebt, wie das ist, das zu tun, was die Figur in deiner Geschichte tut.

Nämlich?

Das weißt du. *Das weißt du*.

Das ist nicht ganz richtig.

Erzähl mir keinen Scheiß. Na schön, du hast dich für die Situation dieser Figur interessiert. Du hast dir *vorgestellt*, wie das wohl ist. Na bravo. Aber das macht es noch nicht zu deiner Situation. Es ist nicht deine Situation, und es ist nicht deine Geschichte. Das war *meine* Geschichte, du beschissener Parasit. Das war meine Geschichte, und das weißt du ganz genau.

Ich war bereit gewesen, mich zu offenbaren, exakt bis zu dem Augenblick, als er mich einen Parasiten nannte. Jetzt zuckte ich nur die Achseln und sagte: Wenn es deine Geschichte wäre, hättest du sie auch geschrieben.

Ach – so einfach ist das?

Genau. So einfach.

Als ich nach dem Abendessen ins Zimmer zurückkam, hatte ich mich abgekühlt und war bereit, Bill meine Seite der Geschichte zu erzählen. Es würde uns nicht wieder zu Freunden machen, aber vielleicht könnte er verstehen, warum die Geschichte wirklich meine eigene war. Ich wartete ungefähr eine Stunde, und als er immer noch nicht kam, dachte ich mir, ich würde ihn in der Bibliothek finden.

Die Arbeitszimmer der Stipendiaten lagen im Keller; fünf davon wurden zu Beginn jeden Jahres den Besten aus dem Abschlussjahrgang als Privileg zugeteilt. Der Keller hatte einen eigenen Eingang, so dass sie kommen und gehen konnten, selbst wenn die restliche Bibliothek geschlossen war. Ich mochte es da unten nicht; die Luft war tot, die langen Zeitschriftenregale wirkten deprimierend in der schieren, staubigen Masse ihres Veraltens. An diesem warmen Maiabend schien alles leer zu sein, kein Geräusch war zu hören, kein Licht schien unter den Türen hervor. Ich klopfte trotzdem an Bills Tür und drückte versuchsweise die Klinke herunter.

Das hätte ich nicht tun sollen. Es ging mich nichts an, genauso wie das Notizbuch auf seinem Schreibtisch mich nichts anging. Aber ich nahm es aus dem Arbeitszimmer mit und schlich ans äußerste Ende eines langen Regals, wo ich in dem trüben gelben Licht darin blätterte – über einhundert handgeschriebene Seiten ohne Titel, ohne Kapitel, ohne irgendeine erkennbare Form. Ich las nicht jedes einzelne Wort, aber doch das meiste, genug jedenfalls, um von der Nacktheit und dem Elend darin überwältigt zu sein und zu begreifen, warum er niemandem davon eine Seite zeigen konnte, niemals.

Nach dem Unterricht an jenem Freitagnachmittag kam ein Junge in mein Zimmer und sagte, ich solle ins Büro des Dekans kommen. Ich dachte mir nichts dabei. Hemingway wurde in der nächsten Woche erwartet, und ich nahm an, Dekan Makepeace wollte mir ein paar Tipps geben, wie ich es mit seinem alten Freund angehen sollte.

Es war heiß und stickig. Wir Schüler des Abschlussjahrgangs genossen das Privileg, im Hof sonnenzubaden, und um diese Zeit lag der Rasen voll mit bleichen, haarigen Jungen, die sich einölten und einander über ihre Transistorradios hinweg Sätze zuriefen. Die Radios waren alle auf denselben Sender, dasselbe Lied eingestellt. Ich blieb stehen, um mit ein paar Klassenkameraden ein Schwätzchen zu halten, dann schlenderte ich weiter.

Mrs Busk, die Sekretärin des Dekans, war eine kleine Frau mit hervorstehendem Busen und einem von Leberflecken übersäten Gesicht. Sie stand an die Tür ihres Büros gelehnt und spähte den Korridor hinunter. Wo bist du gewesen?, sagte sie. Die warten alle schon.

Die?

Sie ging an Dekan Makepeaces Tür und klopfte. Er ist hier, sagte sie und trat zurück. Geh hinein.

Der Direktor stand vor Dekan Makepeaces Schreibtisch. Er wies auf einen Stuhl zu seiner Linken. Auf den drei Stühlen, die meinem gegenüberstanden, saßen Mr Ramsey, Mr Lambert und ein Junge namens Goss, der dem Ehrenrat der Schülerschaft vorstand. Mr Lambert war mein Französischlehrer, ein adretter, pfeifenrauchender Pariser, dessen Hemdkragen immer zu eng aussah. Dekan Makepeace war nicht da. Obwohl die Klimaanlage in einem der Fenster ratterte, war es heiß im Raum, und Mr Ramseys rundes rosiges Gesicht glänzte wie ein Schinken.

Ich wusste nicht, worum es hier ging, aber es hatte Gerüchte gegeben, bei einer Französischprüfung vor ein paar Tagen sei gemogelt worden. Ich war sauber und hatte auch nichts gesehen, was ich hätte melden müssen.

Der Direktor lehnte sich an den Schreibtisch und starrte den Boden zwischen meinen Füßen an. Er hatte mich kein einziges Mal direkt angesehen, seit ich hereingekommen war. Nun denn, sagte er, lass hören.

Sir?

Du hast uns doch sicher eine Geschichte zu erzählen. Wir sind bereit, sie anzuhören.

Es ist *très simple*, sagte Mr Lambert. Sag die Wahrheit.

Entschuldigung, sagte ich. Ich verstehe nicht.

Du machst es nur noch schlimmer, sagte Goss. Er war

ein dünner Junge mit einer hohen Stimme und einem Bein in einem Stützbügel, die Folge einer Kinderlähmung. Ich hatte für ihn gestimmt, aber ich mochte ihn nicht.

Also, sagte der Direktor. Dir fällt kein Grund ein, warum wir heute hier sind. Er löste beim Sprechen seinen Blick nicht vom Boden. Ich hatte das Gefühl, er wollte mich absichtlich nicht zur Kenntnis nehmen. Normalerweise konnte sein strahlender Blick meinen halten, aber nun, da dieser Blick fehlte, merkte ich, wie ich den Grützbeutel auf seiner Stirn anstarrte.

Ehrlich, Sir, ich weiß nicht.

Ha!, sagte Goss.

Bitte, sagte Mr Lambert zu ihm. *On se calme.*

Der Direktor griff nach etwas am anderen Ende des Schreibtischs und reichte mir ein Stück Papier. Es war eine Fotokopie der ersten Seite von »Sommerball«, so wie der Text in *Cantiamo* erschienen war. Unter dem Titel stand: *Von Susan Friedman*. Der Name warf mich um. Ich hatte ihn vollständig vergessen. Er war mir schon in dem Moment entfallen, als ich in jener Nacht im *Troubadour*-Büro die Geschichte zu lesen begann und mein eigenes Leben darin bloßgelegt sah, und während der ganzen Zeit seitdem hatte ich in »Sommerball« nie etwas anderes als meine eigene Geschichte gesehen.

Und das tat ich immer noch nicht; eigentlich nicht. Selbst mit dem Beweis in Händen, selbst im Wissen, dass jemand namens Susan Friedman die Geschichte geschrieben hatte, empfand ich sie als meine Geschichte. Ich konnte die Wissenswahrheit nicht mit der Gefühlswahrheit übereinbringen. Genauer gesagt, ich konnte überhaupt nicht denken. Meine Augen gingen hin und her zwischen *Ich hoffe, keiner hat gesehen, wie ich den Zigarettenstummel vom Bürgersteig aufhob* – dem Satz, der sich so schwer hatte schreiben lassen – und dem Namen darüber: Susan Friedman.

Verstehst du jetzt, warum du hier bist?, fragte der Direktor.

Ich nickte.

Wie ist das passiert?, fragte Mr Ramsey. In seiner Stimme lag kein Vorwurf, nur die Frage selbst, und ich wandte mich dankbar zu ihm um, wirklich willens, eine Antwort zu geben, aber es kam keine. Ich sah ihn an, dann das Blatt Papier in meiner Hand, und wieder zog der Name meinen Blick an, als könnte er sich doch noch in meinen eigenen verwandeln.

Nichts zu sagen?, fragte Mr Lambert. Als ich nicht antwortete, zuckte er die Achseln und schüttelte den Kopf.

Du hast unsere Klasse entehrt, sagte Goss.

Du sollst erfahren, wie wir darauf aufmerksam geworden sind, sagte der Direktor. Immer noch den Teppich fixierend, erklärte er, wie die Beratungslehrerin der Schülerzeitung von Miss Cobb's auf »Sommerball« gestoßen war, als sie ihr Exemplar unserer *Nachrichten* las, und die Geschichte augenblicklich als diejenige erkannte, die vor ein paar Jahren an ihrer Schule für solch einen Aufruhr gesorgt hatte – ein dramatischer Konflikt zwischen zwei Mädchen, in den sich andere einmischten, und an allen Ecken und Enden eine Menge unangenehmer Ereignisse.

Ich erzähle dir das, damit du eine schwache Ahnung

davon bekommst, wie sehr du unserer Schule geschadet hast, sagte der Direktor. Das ist keine interne Angelegenheit. Du hast uns der Verachtung und Lächerlichkeit ausgesetzt, zumindest gegenüber Miss Cobb's, und weit darüber hinaus, wenn sich die Sache herumspricht, womit ziemlich sicher zu rechnen ist. Letztes Jahr haben die Zeitungen sich über den Biltmore-Vorfall das Maul zerrissen, und das war noch gar nichts, verglichen hiermit. Ein Besäufnis, sonst nichts. Aber das hier – da werden wir was erleben. *Ernest Hemingway!* Der Name ist solchen Leuten doch vollkommen wurscht.

Er brach ab, schloss die Augen und zwickte sich mit zwei Fingern die Nasenwurzel.

Plagiat ist ja schlimm genug, sagte Goss. Aber von einem Mädchen? Ich fasse es nicht, dass du von einem Mädchen abgeschrieben hast.

Das ist eine verdammt gute Geschichte, sagte Mr Ramsey. Egal, wer sie geschrieben hat.

Schulen wie unsere sind leicht zu kritisieren, sagte der Direktor leise, wie zu sich selbst. Und in dieser Kritik steckt manche Wahrheit. Zu viel Wahrheit. Aber wir versuchen hier etwas zu schaffen. Wir versuchen, etwas anderes, ja Bewundernswertes aus uns zu machen, und bei dieser Anstrengung brauchen wir alle Loyalität, die wir bekommen können. Mehr als Loyalität. *Liebe.* Es ist die Liebe der Ehemaligen zu dieser Schule, die alles möglich macht. Und wie, glaubst du, werden diese Ehemaligen sich fühlen, wenn sie ihre *Times* oder ihren *Globe* aufschlagen und unseren Namen in Verbindung mit solch einem gemeinen, schamlosen, strohdummen Schwindel lesen?

Ernest Hemingway, hereingelegt und in eine peinliche Situation gebracht durch einen von uns!

Es tut mir Leid, sagte ich.

Du hast keine Vorstellung davon, was für einen Schaden du angerichtet hast. Keine Vorstellung. Schon hier – heute. Und später gegenüber Jungen wie dir, wie auch ich mal einer war, Jungen, deren Rechnungen von anderen bezahlt werden.

Haben wir dich denn so schlecht behandelt, fragte Mr Lambert, dass du so wenig von uns hältst?

Nein, Sir. Nie. Ich liebe diese Schule doch.

Dann tun mir deine Frau und deine Kinder Leid, sagte Goss. Falls du je welche haben solltest.

Genug jetzt, sagte Mr Ramsey.

Und was soll ich Ernest Hemingway sagen?, stieß der Direktor hervor. Guter Gott! Er sah mich zum ersten Mal an. Er musterte mich von oben bis unten. Und du hast wirklich nichts zu sagen?

Nein, Sir. Nur dass es mir Leid tut.

Das mag für dich reichen. Uns nutzt es nichts. Nun. So ist es halt. Mr Lambert und Mr Ramsey werden zusammenpacken, was du für die Heimreise brauchst. Den Rest schicken wir nach. Der Zug geht um fünf. Dein Vater ist bereits benachrichtigt.

Der 1961er-Jahrgang ist der beste, den die Schule je hatte, sagte Goss, und jetzt hast du seinen guten Namen befleckt.

Oh, bitte!, sagte Mr Ramsey.

Goss sackte auf seinem Stuhl zusammen.

Dir ist klar, sagte der Direktor, dass ich Columbia mitteilen muss, dass du hier ohne Abschluss ausscheidest und ich auch keine Empfehlung für deinen Charakter abgeben kann. Daraufhin werden sie ihr Angebot zurückziehen.

Oh.

Das ist dir doch klar? Da gibt es kein Vertun.

Ja. Das ist mir klar.

Törichter Junge, sagte Mr Lambert. Ich schaute ihn an und sah Tränen in seinen Augen.

Wenn du nach vier Jahren bei uns so etwas tun konntest, sagte der Direktor, dann hast du nicht begriffen, was wir sind. Du hast eigentlich nie einen Zugang zur Schule gefunden. Nun denn. Was diese Schule betrifft, bist du niemals hier gewesen.

Das ist aber sehr hart, Sir, sagte Mr Ramsey.

Finden Sie, Mr Ramsey?

Allerdings.

Vielleicht haben Sie Recht. Du musst dich bessern, sagte er zu mir, ging quer durch das Zimmer und zur Tür hinaus.

Du darfst gehen – und zwar *jetzt*, sagte Mr Ramsey zu Goss, der sich hochgestemmt hatte und mir zuwandte.

Ich wollte ihm nur Glück wünschen. Goss streckte mir seine Hand entgegen, und ich ekelte mich vor mir selbst, dass ich sie nahm. Also, sagte er, viel Glück.

Mr Lambert folgte ihm zur Tür und schloss sie wieder.

Wir packen einen Koffer und schicken den Rest nach, sagte Mr Ramsey. Gibt es irgendetwas Besonderes, das du für die Reise brauchst?

Nein, Sir.

Nichts?, sagte Mr Lambert.

Ich wollte sie bitten, meine Erstausgabe von *In unserer Zeit* einzupacken, aber in diesem Augenblick Hemingway zu erwähnen war wahrscheinlich keine gute Idee. Mir fällt nichts ein, sagte ich.

Gib Mrs Busk die Zahlenkombination von deinem Sportspind. Wir räumen ihn später auf. Hattest du ein Arbeitszimmer?

Nein.

Bitte warte hier, sagte Mr Ramsey.

Ich saß, wo sie mich zurückgelassen hatten. Das Fenster war geschlossen, aber ich konnte Schreie und Lachen und schwache Klänge aus dem Hof hören. Diese Geräusche waren mir aufgefallen, seit ich das Büro betreten hatte, und dass sie weitergingen, ganz gleich, was hier drinnen gesagt und getan wurde. Das waren die Geräusche, mit denen ich Tag für Tag gelebt hatte, so gewöhnlich und unbewusst wie mein eigener Pulsschlag, doch im Verlauf dieses Gesprächs waren sie mir klar bewusst und lenkten mich von dem ab, was gerade passierte. In unseren schlimmsten Albträumen bietet ein Hund, der irgendwo bellt, oder ein anspringender Kühlschrankmotor die Gewissheit, dass wir bald wieder aufwachen und das wahre Leben weiterleben werden. Irgendwie hatte ich es unbewusst fertig gebracht, ein solches Versprechen in dem Johlen und Brüllen der Jungen draußen zu hören.

Jetzt klang es anders für mich. Gerade die Unbekümmertheit ihrer Stimmen bezeichnete die Kluft, die sich zwischen uns aufgetan hatte. Diese leichte, überschäumende Fröhlichkeit war mir bereits undenkbar fern, das war nicht mehr das wahre Leben, zu dem ich jeden Morgen erwachen würde, sondern ein verblassender Traum.

Mein Hemd war durchgeschwitzt. Ich konnte mich riechen. Ich stand auf und tigerte auf und ab, starrte blind die Buchrücken in den Regalen an, erblickte dann zwei Exemplare der Schulzeitung auf dem Schreibtisch. Ich fing an, »Sommerball« zu lesen, und als die Tür aufging, schoss ich herum wie ein Dieb. Mrs Busk stand auf der Schwelle. Ist alles in Ordnung, mein Lieber?

Ich war nicht sicher, was sie meinte. Ich nickte.

Möchtest du ein Glas Apfelsaft? Der ist schön kalt.

Nein, vielen Dank.

Sie kommen sicher bald wieder.

Ja, Ma'am.

Na gut. Sag Bescheid, wenn du ein Glas Saft möchtest.

Als sie die Tür zumachte, faltete ich die Zeitung zusammen und steckte sie in meine Jackentasche. Dann setzte ich mich wieder und wartete.

Mr Ramsey kam allein zurück. Er hatte meinen größten Koffer und meine Reisetasche dabei. Mrs Busk bat mich, irgendein Formular zu unterschreiben – ich las es nicht durch –, dann brachte sie uns an die Tür ihres Büros. Sie rang tatsächlich die Hände.

Mr Ramsey blieb auf dem Korridor stehen. Hast du Mrs Busk jetzt deine Zahlenkombination gegeben?

Nein, noch nicht.

Und?, sagte Mr Ramsey.

Ich überlege noch, sagte ich, aber ich überlegte gar nicht; ich konnte nur so tun als ob.

Schon gut, sagte Mrs Busk. Wirklich, mein Lieber. Es macht nichts. Du kannst sie mir später schicken.

Genau, sagte Mr Ramsey. Schick sie später.

Sein Wagen war hinter dem Gebäude geparkt. Zwei jüngere Schüler mit Tennisschlägern sahen uns herauskommen und wandten schnell den Blick ab. Das Gepäck, natürlich. Und Mr Ramseys niedergeschlagenes Gesicht, ganz zu schweigen von meinem eigenen.

Wir werden ziemlich *in anticipo* dort sein, sagte Mr Ramsey. Ich dachte, es wäre dir vermutlich lieber, die Wartezeit am Bahnhof zu verbringen. Weißt du, statt hier herumzusitzen.

Er fuhr über die Privatzufahrt hinaus und nahm dann eine Seitenstraße durchs Dorf. Keiner der anderen Jungen sah mich abreisen.

Ein gleißender weißer Dunst hing über den Feldern. Mr Ramsey fuhr, als kämen wir gleich in einen Schneesturm, langsam, mit beiden Händen und angespannt geradeaus über das Steuerrad starrend. Die Fenster waren heruntergelassen, und auf der Rückbank raschelten irgendwelche Zeitungen im Fahrtwind. Ein Pick-up fuhr dicht hinter uns, blieb uns durch eine Reihe von Kurven auf den Fersen, überholte uns dann riskant auf einem kurzen geraden Stück und wich knapp einem entgegenkommenden Auto aus.

Sag mal, meinte Mr Ramsey, ist das tatsächlich eine Erstausgabe von *In unserer Zeit*?

Ich bejahte und fragte ihn dann, unfähig, mich zurückzuhalten, ob er sie eingepackt habe.

Sie ist in deiner Reisetasche. Ein ganz schönes Schmuckstück ist das – wie bist du da drangekommen?

Geschenk.

Wirklich? Na, dann verteidige es mit deinem Leben. Das wird deine Kinder mal reich machen. *Falls du welche haben solltest.* Na. Du hältst wirklich große Stücke auf den alten Stier, was?

Er ist ein großartiger Schriftsteller.

Da gibt's noch andere.

In diesem Jahrhundert? Er ist der Größte. Kann ich Sie was fragen?

Du darfst.

Warum haben Sie zensiert, was er zu Ihnen gesagt hat? Das war nicht in Ordnung. Man zensiert doch Ernest Hemingway nicht.

Ach so – die Lücken. Das Ehemaligen-Büro. Die kriegen die Endfassung von allem, was von dieser Schule nach draußen geht. Hast du nicht gewusst, wie? Die *Nachrichten* haben eine lange Abonnentenliste. Können uns ja nicht leisten, dass irgendein Industriekapitän sich an seinem Keks verschluckt, nicht wahr? Aber ich gebe zu, einiges habe ich auch selbst zensiert.

Ein Wagen raste mit dröhnender Hupe vorbei. Mr Ramsey hupte zurück, als erwiderte er einen Gruß.

Im Übrigen, sagte er, hätte das, was ich rausgestrichen habe, es auch nicht an dem Kontrollkomitee vorbeigeschafft, aber ich habe es nicht deshalb gestrichen. Sagen wir es so, ich halte Hemingway nicht für den größten

Schriftsteller dieses Jahrhunderts, aber er ist wirklich ein großartiger Autor, und einiges von dem, was er zu mir sagte, war einfach unwürdig. In Bestform hätte er es nie gesagt – da bin ich mir ganz sicher. Es kam mir unfair, ja gemein vor, solche Bemerkungen öffentlich zu machen. Wir hätten wahrscheinlich das ganze Interview nicht bringen sollen.

Sie hatten kein Recht, auch nur ein Wort von dem, was er sagte, zu verändern. Das war falsch.

Was ich gestrichen habe, wäre sowieso gestrichen worden. Aber ich respektiere deine Auffassung.

Ging es um meine Geschichte?

Um Susan Friedmans Geschichte, wolltest du wohl sagen. Nein. Meine Güte, nein. Alles andere als das. Ich weiß gar nicht mehr genau, worum es ging, abgesehen von seinem eigenen Unglück. Er ist kein glücklicher Mensch. Er ist wie der verletzte Löwe in *Francis Macomber*, der seine Klauen wetzt und am liebsten einige Köpfe abreißen würde.

Falsch war es trotzdem, sagte ich.

Das ist wohl kaum der Moment, mir in puncto Ehre Lehren zu erteilen. Jetzt lass endlich locker, Himmel nochmal!

Jawohl, Sir, sagte ich und schaute auf die Felder hinaus.

Entschuldige, sagte er. Er fuhr eine Weile schweigend weiter, dann meinte er: Komisches Wort, Ehre – man kann es nicht laut aussprechen, sofort wirkt es abgeschmackt. Damit hatte Hemingway allerdings Recht.

Glauben Sie nicht an den Ehrenkodex?

Das habe ich nicht gesagt. Aber in der Tat, das tue ich

nicht. Dass ein Junge die Koffer packen muss, wenn er die Regeln bricht, auf jeden Fall. Ein Tritt in den Hintern, gut, aber das Wort Ehre sollte bitte ausgeklammert bleiben. Es ist widerwärtig, wie wir damit um uns werfen.

Ich war schockiert. Ich konnte mir nicht vorstellen, wie die Schule ohne den Ehrenkodex funktionieren sollte, und sagte das auch.

Gute Regeln aufstellen und dafür sorgen, dass die Jungen sie einhalten. Da braucht man doch nicht an ihren Seelen herumzuzerren. Ehrenkodex? Prätentiöser Unsinn.

Mittlerweile waren wir in der Stadt. Das gab Mr Ramsey die Gelegenheit, noch langsamer zu fahren. Ich betrachtete mich in den Schaufenstern, während wir vorwärts krochen, ich tauchte auf und verschwand und tauchte wieder auf. Die wenigen Menschen auf der Straße blinzelten mürrisch, aber dass sie von meiner Situation nichts wussten, ließ mich Dankbarkeit ihnen gegenüber empfinden. Dieses eine Mal war ich froh darüber, wie groß die Welt war. Und das gab mir auch den Mut, die Frage zu stellen, um die ich innerlich herumgeschlichen war, seit wir die Schule verlassen hatten.

Was hat mein Vater gesagt?

Wie bitte?

Was hat mein Vater gesagt, als er hörte ... Sie wissen schon.

Ach so. Er hat es nicht geglaubt. Hat dem Direktor gesagt, wir wüssten nicht das Geringste über dich, wenn wir glaubten, du würdest irgendetwas Betrügerisches tun, du seist der ehrlichste Mensch, den er kenne.

Das hat er gesagt?

So habe ich gehört. Er hat dem Direktor eine Standpauke gehalten. Hätte ihn fast einen Lügner genannt.

Wir trafen lange vor meinem Zug am Bahnhof ein. Mr Ramsey ging zum Fahrkartenschalter, während ich mit dem Gepäck auf dem Bahnsteig wartete. Eine alte Frau mit schwarzem Kleid und weißem Hütchen näherte sich zentimeterweise der Bahnsteigkante, um über die Gleise nach dem Zug zu spähen. Im Schatten hinter meiner Bank standen zwei Gepäckträger neben ihren Wägelchen und unterhielten sich leise, wie in Ehrfurcht vor der Hitze. Ansonsten war ich allein auf dem Bahnsteig, bis Mr Ramsey mit meiner Fahrkarte aus dem Wartesaal kam.

Er winkte ab, als ich ihm dankte. Dein Vater wird die Rechnung schon noch bekommen. Ich warte mit dir, wenn es dir nichts ausmacht.

Das müssen Sie aber nicht.

Er ließ sich auf der Bank nieder, schloss die Augen und lehnte sich zurück, so dass die Sonne ihm voll aufs Gesicht schien. Ohne die Augen zu öffnen, fummelte er in den Jackentaschen seines zerknitterten Leinensakkos herum, holte eine Schachtel Gitanes hervor, schüttelte eine Zigarette heraus und hielt mir die Schachtel hin, als wäre ich kein Junge von der Schule. Ich brachte es nicht über mich, eine zu nehmen.

Warum war Dekan Makepeace eigentlich nicht da?, fragte ich.

Mr Ramsey steckte die Zigaretten wieder ein. Er antwortete nicht.

Er ist der Dekan. Warum hat er mich nicht rausgeworfen?

Dekan Makepeace hat heute Morgen die Schule verlassen. Mr Lambert vertritt ihn, als Dekan *pro tempore*.

Was, er ist einfach weg?

Es gab wohl persönliche Angelegenheiten, um die er sich kümmern musste.

Dann wird er Hemingway verpassen.

Ja, so sieht es aus.

Wir verfielen in langes Schweigen. Es machte mir nichts aus, nicht zu reden. Ich fühlte mich in Mr Ramseys Gegenwart ganz wohl, denn er hatte weder mit Hurra noch mit Herablassung reagiert, und auch weil ich wusste, dass Mrs Ramsey dieses Jahr einen Flirt mit Bill White gehabt hatte. Das wusste ich aus Bills Notizbuch, einem derart rohen Sehnsuchtsjaulen, dass er sich nicht mal damit aufgehalten hatte, ihren Namen zu verändern oder zu verbergen. Er sprach sie direkt an, so wie man allein in einem Zimmer auf und ab tigert und streitet und beschwört und zurückweist. Diese Seiten waren mal kalt, mal schwärmerisch, mal wütend, mal gepeinigt und quälend repetitiv – und eindeutig nicht geschrieben, um gelesen zu werden. Bill hätte niemals gewollt, dass ihn jemand so sah.

Er erwähnte ihre Küsse und beschrieb sie in genüsslichen Einzelheiten, aber sonst nichts, und ich nahm an, dass es sonst nichts zu beschreiben gab, sonst hätte er es auf diesen ungeschützten Seiten getan. Es wurde nicht vollständig klar, was genau geschehen war, aber ich konnte mir vorstellen, wie es angefangen hatte – wie die beiden redeten und herumalberten, wenn Mrs Ramsey in den Keller der Bibliothek kam, um ein paar Zeitschriften einzusortieren, ein impulsiver Kuss zwischen den Bücherregalen, dann weitere, vielleicht sogar in Bills Arbeitszimmer. Es war eine wahr gewordene Schuljungenfantasie – die übrigens auch ich gehegt hatte. Bis Mrs Ramsey zu Verstand kam und sie beendete.

Ich hatte den Verdacht, dass Mr Ramsey davon wusste. Nur so ein Gefühl von mir. Aber ob er es nun wusste oder nicht, ich wusste es jedenfalls; und das erlaubte mir irgendwie, in seiner Gegenwart entspannt zu sein.

Allmählich füllte sich der Bahnsteig. Die alte Frau mit dem weißen Hütchen kam herüber, zeigte uns ihre Fahrkarte und fragte, ob der Zug wohl schon gekommen und ohne sie abgefahren sei. Ich sagte ihr, das sei auch mein Zug und er sei noch nicht gekommen. Kurz darauf sah ich, wie sie einem anderen Mann ihre Fahrkarte zeigte.

Mr Ramsey beugte sich vor und rieb sich die Augen. Was wirst du tun?, sagte er.

Ich weiß es nicht.

Natürlich. Woher auch. Aber du könntest ... Dann brach er ab und vervollständigte den Gedanken nicht mehr.

Als der Zug einfuhr, schleppte er mein Gepäck an Bord und hievte es in den Gepäckständer am Ende des Waggons. Ich folgte ihm hinaus in den Vorraum, und wir gaben uns die Hand.

Hier sagt man jetzt irgendetwas, hob er an. Das ist nicht das Ende der Welt, nimm's sportlich, du wirst das schon hinkriegen ... Aber was weiß ich, ob du es wirklich hinkriegst. Woher soll ich das wissen? Er tastete in seiner

Tasche nach den Gitanes, steckte sich eine in den Mund und bot mir wieder eine an. Als ich zögerte, steckte er mir die Schachtel in die Hemdtasche, trat hinunter auf den Bahnsteig und ging fort, zwei lange Schweißflecken auf dem Rücken. Ich war froh, dass er ging; es waren noch ein paar Minuten bis zur Abfahrt, und ich hatte befürchtet, er würde draußen Wache stehen, mich durchs Fenster beobachten und immer wenn unsere Blicke sich trafen, traurig nicken.

Eine stetige Schlange welk aussehender Passagiere drängte sich an mir vorbei in den Waggon. Zeit, sich in Bewegung zu setzen. Ich drängte mich zu einem Fensterplatz in Fahrtrichtung durch, besetzte ihn mit meiner Reisetasche, nahm *In unserer Zeit* heraus und machte mich auf den Weg zum Raucherwaggon.

AUFSCHREIBEN

Ich fuhr nicht nach Hause. Stattdessen stieg ich in New York aus, ließ mir den Restwert der Fahrkarte in bar auszahlen und nahm mir ein Zimmer im YMCA. Die *Times* wollte niemanden mit meinen Qualifikationen als Reporter einstellen, und die anderen Zeitungen auch nicht. Nicht mal als Redaktionsvolontär. Schließlich kriegte ich einen Job als Hilfskellner in einem billigen Touristenrestaurant nicht weit vom Times Square, dazu ein halbes Zimmer in der nahe gelegenen Wohnung des Oberkellners, wo zwei weitere Kellner im Wohnzimmer kampierten. Alle drei kamen aus Ecuador. Da sie wenig Englisch sprachen und ich kein Spanisch, benahmen sie sich meistens, als wäre ich nicht da. Ich machte es umgekehrt genauso.

Das war mein Job, als Ernest Hemingway sich umbrachte. Letzten Endes war es gar nicht dazu gekommen, dass er meine Schule besuchte; zu krank, um reisen zu können. Später jobbte ich noch als Zimmerkellner im Pierre, als Restaurantkellner, als Bilderrahmenschreiner und kurz auch beim Sicherheitspersonal für Brinks; dann, noch kürzer, als Klempnergehilfe und noch mal als Kellner. Ich schrieb ein paar neunmalkluge Artikel für ein möchtegernschickes Touristenmagazin, das sich nicht lange hielt, zog fünf oder sechs Mal um, trank eine Menge, hatte ein paar gute Freunde und eine Freundin, die so untreu war, wie ich es zu sein versuchte, las viele Bücher, schrieb mich für Abendkurse an der New School ein und brach sie alle ab. Nachdem das ungefähr drei Jahre so gelaufen war, meldete ich mich zur Armee und landete in Vietnam.

Wenn das nach einer bestimmten Sorte Autorenvita aussieht, so ist das kein Zufall. Während ich mein Leben lebte, sah ich es schon auf einem Buchrücken. Dabei schrieb ich in all diesen Jahren sehr wenig, vielleicht, weil ich Angst hatte, nicht gut genug zu sein, um eine derart improvisierte Existenz zu rechtfertigen, vielleicht auch, weil die Improvisation zum Selbstzweck wurde und kaum Platz für disziplinierte Kreativität ließ.

Eine wahrheitsgemäßere Kurzfassung für den Buchumschlag würde berichten, dass der Autor nach langem Abstrampeln schließlich aufs College ging und sich abrackerte wie all die Drohnen, die er früher verachtet hatte, auf vernünftige Schlafenszeiten achtete, lernte, allein in einem Zimmer zu sein, lernte, etwas wegzuwerfen, lernte, geduldig so lange auf demselben Knochen herumzukauen, bis er endlich durch war. Sie würde berichten, dass der Autor eher wie ein Bankangestellter lebte, nicht wie ein Penner, und dass seine größten Freuden familiärer Art waren – seine Frau bei der Gartenarbeit singen zu hören, ihr nach einer Party den Reißverschluss am Kleid aufzuziehen; sein äußerst schweigsames Kind über etwas lachen zu hören, das er gesagt hatte. Und die kurzen Jahre der Freundschaft mit seinem Vater bis zu dessen

Tod, in denen kein Sterbenswörtchen darüber fiel, dass der Sohn sich womöglich irgendetwas hatte zuschulden kommen lassen.

Das wäre furchtbar langweilig. Außerdem wäre es sinnlos, lediglich zufällig statt beispielhaft. Doch für einen Schriftsteller gibt es so etwas wie ein beispielhaftes Leben nicht. Es ist eine Tatsache, dass gewisse Schriftsteller gute Arbeit leisten, wenn sie ein paar Flaschen intus haben. Penner schreiben im Allgemeinen nicht schlechter als Banker, nur kürzer. Manche Autoren gedeihen wie Unkraut, wenn sie sich unter den braven Bürgern verstecken, andere, wenn sie in dieser oder jener Art von Wüste durchhalten.

Das Leben, das zum Schreiben führt, lässt sich nicht beschreiben. Es ist ein Leben, das selbst dem Schriftsteller unbewusst bleibt, unterhalb der Geschäftigkeit und der Geräusche des Geistes, in tiefen, unbeleuchteten Stollen, wo sich Phantomboten zu uns durchkämpfen und einander auf dem Weg umbringen; und wenn sich ein paar Überlebende zu unserer Aufmerksamkeit durchschlagen, werden sie so nüchtern empfangen wie der Kellner, der einen weiteren Kaffee bringt.

Wie oder warum man Schriftsteller geworden ist, lässt sich nicht berichten, und es gibt auch keinen Zeitpunkt, über den man sagen kann: In diesem Augenblick wurde ich zum Schriftsteller. Später wird das alles mehr oder weniger aufrichtig zusammengeschustert, und nachdem die Geschichten einmal kursieren, stecken sie sich die Medaille der Erinnerung an und blockieren alle anderen Wege der Nachforschung. Das hat durchaus etwas. Es ist wirksam und mag sogar eine homöopathische Dosis Wahrheit enthalten.

Hier ist eine solche Geschichte von mir.

Im Herbst 1965 bekam ich Order, mich zu einem Trainingskurs in Fort Holobird, Maryland, zu melden. Beim Leerräumen meines Quartiers vor der Abreise aus Fort Bragg stieß ich auf das Exemplar der *Nachrichten*, das ich am Tag meines Schulverweises aus dem Büro des Dekans mitgenommen hatte. Ich legte mich auf mein Bett und las die Geschichte zum ersten Mal seit Jahren wieder. Sie hielt gut Stand, fand ich, aber in meinem Kopf herrschte keinerlei Verwirrung mehr, wessen Geschichte das war oder wessen Talent Hemingway gelobt hatte. Ich ging davon aus, dass Susan Friedman von meiner Tat gehört hatte. Um die Dinge ein wenig in Ordnung zu bringen, und sei es nur vor mir selbst, schrieb ich eine kurze Entschuldigung und schickte sie ihr, zusammen mit der Zeitung, über das Ehemaligenbüro von Miss Cobb's.

Und siehe da, sie schrieb zurück. *Plagiat, nicht Imitation, ist die reinste Form des Kompliments*, schrieb sie und dankte mir dafür, ihr Werk Ernest Hemingway gezeigt zu haben. *Hat's der alten, behaarten Heldenbrust also gefallen!* Von dieser Auszeichnung hatte ihr keiner bei Miss Cobb's etwas erzählt; was allerdings, wie sie kryptisch hinzufügte, kein Wunder sei. Für sie war das Ganze ein ausgemachter Jux, und sie bedankte sich noch einmal, dass ich sie eingeweiht hatte.

Dann, als PS: *Ich sehe, dass Du Deinen eigenen Vornamen eingesetzt, aber Levine beibehalten hast. Interessanter Aspekt.*

Das schien mich zu einer Antwort aufzufordern. Ihre Absenderadresse war Washington, D.C., weniger als eine Stunde entfernt – was also sprach gegen eine Antwort unter vier Augen? Tagelang brütete ich über meinem nächsten Brief, um den richtigen Ton zu treffen, geistreich, aber nicht frivol, damit Susan Friedman meine Einladung zum Abendessen annehmen würde – *als teilweise Abtragung*, wie ich formulierte, *meiner Schuld*. Schon eine Stunde nachdem ich den Brief eingeworfen hatte, wand ich mich innerlich, weil er so unreif war. Sie würde mir nicht mal antworten. Doch sie tat es und sagte, abends sei es schwierig, aber ein Mittagessen irgendwann ließe sich machen. Das klang, als wollte sie mich loswerden, aber sie hatte ihre Telefonnummer dazugeschrieben.

Wir verabredeten uns bei einem Italiener auf der Wisconsin Avenue. Ich kam zu früh und Susan zu spät, so dass ich ausreichend Zeit für den Übergang von der Euphorie zur Verzweiflung hatte, wie schon die ganze Woche. Worauf hoffte ich eigentlich, dass ich in einen solchen Zustand geriet? Ich tat so, als hoffte ich auf gar nichts, nur ein gutes Essen und ein interessantes Gespräch, aber ich konnte mir nichts vormachen. Diese Begegnung fühlte sich bedeutsam an, sie hatte das Potenzial, dem Labyrinth, in das ich hineingestolpert war, als ich zufällig auf ihre Geschichte stieß, einen Sinn zu verleihen. Angenommen – eine lächerliche Annahme, das wusste ich, aber nur mal angenommen –, wir würden uns ineinander verlieben und ein Paar werden. Dann wäre es doch nicht nur ein unglücklicher Zufall gewesen, der mich zu »Sommerball« hinführte, und all die Verwirrungen danach würden sich als raffinierte Arabesken in einer hochkomplexen, wunderschön entwickelten Geschichte entpuppen.

Ich wusste, dass ich besser mit beiden Beinen auf dem Boden bleiben sollte, ich wusste, dass mich meine Zwangsdistanz zu Frauen empfänglich für galoppierende Wunschträume machte. Aber wir hatten schon so viel gemeinsam – dieselbe Geschichte, in gewisser Weise. Ihre Stimme hatte mir gefallen, als ich sie anrief, um die Verabredung festzuklopfen: kühl und tief, mit einem ausweichend-neckenden Unterton. Beim Telefonat hatte sie an eigenartigen Stellen gelacht, und das machte mich angenehm nervös und brachte mich auch zum Lachen, als wäre uns beiden etwas klar, das wir nicht aussprechen konnten.

Sie kam sehr spät. Ich nippte an einem Bier und überflog die Speisekarte, erstaunlich billig für so einen gut besuchten sonnigen Ort mit schneeweißen Tischdecken und schwerem Silberbesteck und echten italienischen Kellnern in schwarzen Jacketts. Ich nahm an, sie hatte es vorgeschlagen, damit ich Geld sparen konnte, und das war mir sehr angenehm, ließ mich aber auch Herablassung fürchten. Ab und zu warf mir der Kellner einen Blick zu, und ich glühte unter seinem Blick. Er war ein junger Gockel, und ich wusste, was er dachte – dass ich versetzt worden war und es genauso gut endlich zugeben konnte, und dass ich jetzt entweder bestellen oder mich verdrücken sollte. Aber ich hielt durch, und dann kam sie auf mich zu, ihre Handschuhe ausziehend. Sie hatte ein kleines Grübchen im Kinn und glattes dunkles Haar, das zu einem altmodischen Bob geschnitten war, und trug einen schwarzen Mantel mit rotem Schal, wie angekündigt. Sie hatte rote Wangen und schien ein bisschen von der Knackfrische dieses strahlenden Novembertages mit hereinzubringen. Sie gab dem Kellner Mantel und Schal, wir begrüßten uns mit Handschlag und setzten uns hin.

Ich rechnete damit, dass sie sich für ihre Verspätung entschuldigte, aber sie griff nur in ihre Handtasche und holte eine Schachtel Luckies heraus. Das müsste man aufschreiben, sagte sie und lachte. Mittagessen mit meinem eigenen Plagiator.

Ich gab ihr Feuer. Sie hielt mein Handgelenk fest, und mir stockte der Atem, aber sie wollte nur das Feuerzeug anschauen. Sie drehte es um, kniff die Augen zusammen, um die Insignien meiner Einheit auf der Unterseite zu entziffern, dann angelte sie eine Brille aus der Tasche und las sie noch einmal. Sie hatte eine weiche, fleischige Anmut, wie Mädchen in Stummfilmen, und das schwerfällige schwarze Brillengestell machte sie kein bisschen weniger anmutig, nur lebhafter, wie sie ganz sicher wusste. Hmmm, sagte sie, gab mir das Feuerzeug zurück und richtete den prüfenden Blick auf mich. Ich sah, dass ihr eines Auge ein bisschen nach außen schielte.

Du siehst überhaupt nicht aus, wie ich es mir vorgestellt habe, sagte sie.

Du auch nicht, revanchierte ich mich, aber es stimmte. Ich hatte sie mir schlanker, schärfer, etwas wölfisch vorgestellt.

Ich werde dich nicht danach fragen, was du erwartet hattest, sagte sie.

Dann tu ich's auch nicht.

Musst du die Haare so tragen?

Ja, aber früher sah ich auch nicht viel anders aus.

Das ist okay, sagte sie. Ich mag langes Haar bei Männern nicht.

Sie fragte mich nach der Einheit, bei der ich gedient hatte, und warum ich überhaupt zur Armee gegangen sei. Ich stammelte mich durch die Antwort, voller Angst, einen falschen Ton anzuschlagen. Meine Vorsicht langweilte sie. Sie warf einen Blick auf die Speisekarte, während mein Redebeitrag versickerte.

Dann sagte ich: Ich dachte, ich sollte das tun.

Für Gott und Vaterland, sagte sie, immer noch mit der Speisekarte beschäftigt.

Nein. Das war eine Erwartung an mich selbst. Ich hätte immer das Gefühl gehabt, eine wichtige Etappe ausgelassen zu haben, wenn ich es nicht gemacht hätte.

Ich nehme den Thunfischsalat. Sie legte die Speisekarte hin und sah mich an. Und warum hattest du diese Erwartung an dich, was glaubst du?

Als ich ihr sagte, das wisse ich nicht so genau, lachte sie und meinte: Du weißt es nicht genau. Aber ich.

Doch als ich sie fragte, was sie denn wisse, lächelte sie, wie eine große Schwester, die etwas über den Kopf ihres kleinen Bruders hält, gerade so, dass er es nicht erreichen kann, und wollte es mir nicht sagen.

Und so ging es die ganze Zeit weiter. Ich war ein hoffnungsloser Fall. Susan war mir fünf Jahre voraus, was an sich nichts hätte besagen müssen, aber eine Menge besagte, wenn man bedachte, was sie aus diesen Jahren gemacht hatte. Von Miss Cobb's ging sie mit einem Stipendium nach Wellesley, brach dort aber nach einem Semester ab, als bei ihrer Mutter Krebs diagnostiziert wurde. Susan kümmerte sich um ihre Schwester und die Mutter, bis diese zwei Jahre später starb, dann arbeitete sie in verschiedenen Jobs und machte währenddessen ihren Abschluss. Sie ging nicht nach Wellesley zurück, sondern an die Ohio State University, um in der Nähe ihrer Schwester zu sein, und war inzwischen in ihrem zweiten Jahr an der Medizinischen Fakultät von Georgetown. Ich begriff, dass sie ein außergewöhnlicher Mensch war und dass ich ihr nichts zu bieten hatte außer einer Stunde guter Gesellschaft, was mir leichter fiel, nachdem die Anspannung der Hoffnung von mir abgefallen war.

Beim Essen erzählten wir uns von der Schulzeit. Susan hatte ziemlich harte Ansichten über Miss Cobb's und auch über meine Schule, an die sie sich von gemeinsamen Konzerten und Tanzabenden gut erinnern konnte. Das Muster variierte kaum, egal mit welchem Jungen sie zu tun bekam: Kaum hatte er sich vorgestellt, ließ er schon Andeutungen über seine eigene Wichtigkeit fallen, um dann Susans Situation durch einen immer gleichen Ablauf von Fragen nach Freunden, Partys und Ferienzielen einzukreisen; er drängte sich ihr auf, als hätte sie gar keine Wahl, und wenn sie nicht darauf einging, machte er anderen Jungen Zeichen, ihn bloß von ihr zu befreien, was gelegentlich auch dazu führte, dass sie allein auf der Tanzfläche stehen gelassen wurde; ob sie denken oder gar reden konnte, war nicht von Interesse; seine Absichten waren durchschaubar, sein Selbstbewusstsein abstoßend.

Susan hielt meine krumme Tour mit ihrer Geschichte für einen gelungenen Witz auf Kosten dieser efeubewachsenen Hengstfarm, auf Kosten von Papa, wie sie Hemingway mit ätzender Schärfe nannte, und auf Kosten der Literatur, die sie als ein riesiges phallisches Unterfangen betrachtete, wie Stierkampf oder Boxen. Ein paar Namen und Pronomen austauschen, und Papa höchstselbst, der Schwanzlängenvermesser ohnegleichen – warum dieses Gesicht? Hast du nicht *Paris – Ein Fest fürs Leben* gelesen? –, Papa höchstselbst wusste nicht, ob er die Geschichte eines Jungen oder eines Mädchens las. So viel zu dem überlegenen Schiedsrichter in Sachen Männlichkeit, ganz zu schweigen von seinem eingebauten Schmu-Detektor! Und so viel zu den angeblich grundlegenden Geschlechtsunterschieden, mit denen unsere Schulen ihre absurde Existenz rechtfertigten.

Das war ein Supercoup, sagte sie. Aber wie um alles in der Welt bist du darauf gekommen?

Da stand ich mit dem Rücken an der Wand. Ich begriff, dass die Neugier, die sie zu diesem Mittagessen gebracht hatte, mit ihrer Überzeugung zusammenhing, all diese Subversionen wären beabsichtigt gewesen. Was würde sie denken, wenn ich ihr erzählte, dass ich sowohl Hemingway als auch meine Schule geliebt hatte und dass es mir nie eingefallen wäre, sie zum Narren zu halten? Wie konnte ich ihr erklären, dass nicht nur Ernest Hemingway der Unterschied zwischen uns nicht bewusst gewesen war, sondern auch mir selbst?

Das war alles viel zu kompliziert und kaum glaubwürdig – weniger jedenfalls als Susans Version, an der sie, das spürte ich, mit einer wilden Entschlossenheit hing, und ich wollte sie darin auch nicht herausfordern. Mit einem bescheidenen Achselzucken ließ ich die Dinge so stehen.

Du hast deinen eigenen Vornamen benutzt, sagte sie. Das ist clever, da fressen sie einem immer aus der Hand. Aber Levine hast du behalten. Klar, du brauchtest einen jüdischen Namen, damit die Geschichte funktioniert, aber trotzdem. Du bist doch kein Jude, oder?

Gute Frage, sagte ich. Kommt drauf an, was du darunter verstehst. An dieser Stelle machte ich mich endlich bereit für ein bisschen von der Wahrheit, aber Susan schnitt mir lachend das Wort ab.

Junge, wenn du meinst, es käme drauf an, was ich unter jüdisch verstehe, dann bist du kein Jude. Sie drehte sich um und winkte dem Kellner. Entschuldige, sagte sie, ich habe ein Rendezvous mit Agnes. Sie lachte wieder, als sie mein Gesicht sah. Meine nächste Leiche.

Oh.

Wie auch immer, ich fühle mich geschmeichelt, dass du mein klägliches Experiment so gut genutzt hast.

Es ist kein klägliches Experiment. Es ist eine gute Geschichte.

Ach was. Es ist eine gut geschriebene kleine Übung in Sachen Unglück und Gehässigkeit, sonst nichts.

Es ist nicht nur gut geschrieben. Es ist mutig und aufrichtig.

Woher weißt du, dass es aufrichtig ist?

Ich sah sie an.

Woher weißt du, dass es nicht erstunken und erlogen ist, von A bis Z?

Stimmt, das weiß ich nicht.

Der Kellner kam mit der Rechnung und gab sie Susan. Er sah mich nicht mal an. Bitte, sagte ich, das geht auf mich.

Sie legte ein paar Scheine auf den Tisch. Muss doch die Soldaten unterstützen. Offenbar spürte sie, wie mich das demütigte, denn sie griff über den Tisch und drückte kurz meine Hand. Du kannst dich beim nächsten Mal revanchieren, sagte sie, aber ich wusste, es würde kein nächstes Mal geben. Sag mal, hat dir die Geschichte wirklich gefallen?

Sie ist toll. Ich würde alles lesen, was du geschrieben hast.

Es gibt nichts zu lesen.

Du schreibst nicht?

Seit Jahren nicht.

Das ist traurig.

Überhaupt nicht.

Also, mich macht es traurig.

Du wirst schon drüber wegkommen. Sie stand auf, und ich mit ihr. Der Kellner half ihr in den Mantel, und als sie *Mille grazie* sagte, hätte er beinahe geschnurrt. Wir gingen nach draußen und blieben vor dem Restaurant stehen. Susan umarmte mich. Pass auf dich auf, sagte sie.

Ist es erstunken und erlogen?

Ich muss jetzt los, sagte sie.

Du solltest weiterschreiben.

Mmmm, glaub ich nicht. Zu frivol. Weißt du? Es isoliert einen bloß und macht einen selbstsüchtig und bringt eigentlich überhaupt nichts Gutes.

Das schockierte mich richtig. Man merkt, was einem heilig ist, wenn man vor einem Sakrileg zurückweicht, und dass Susan ihr Talent so beiläufig fallen ließ, hatte genau diese Kraft. Sie sah, dass ich etwas sagen wollte. Bloß die Einzelmeinung eines Mädchens, sagte sie, wedelte mit den Fingern und lief die Straße hoch.

Ich ging in ein paar Bars auf der M Street und grübelte über meine Reaktion auf Susan. Bis zu meiner Rückkehr in die Kaserne in jener Nacht wusste ich's: Sie hatte nicht ein Problem mit dem Schreiben, sondern mit Männern. Der vatermörderische Unterton, wenn sie *Papa* sagte – interessante Verbitterung. Und obwohl sie die Literatur als phallisches Unterfangen lächerlich machte, saß sie dieser Verwechslung ganz offensichtlich selber auf. Das Problem lag darin, wie sie die Dinge betrachtete. Dass ein Schriftsteller die Zurückgezogenheit brauchte, isolierte ihn nicht automatisch oder machte ihn selbstsüchtig. Ein Schriftsteller war wie ein Mönch in seiner Zelle, der für die Welt betete – das tat er allein, aber für andere Menschen.

Und dann zu sagen, es brächte nichts Gutes! Wie konnte sie so etwas sagen? Natürlich brachte Schreiben etwas Gutes. Und ich stand da, angetrunken und haltlos in dieser Menge schnarchender Männer und sagte Dank für all das Gute, das es mir gebracht hatte.

BULLETIN

Ich dachte, die Schule wolle wirklich nichts mehr mit mir zu tun haben, hätte mich ein für alle Mal ausgespuckt, aber irgendwann ortete mich das Ehemaligenbüro und fing an, mich mit Ehemaligenbulletins zu bombardieren. Über die Jahre luden sie mich zu Treffen und Konzerten des Gesangvereins und Hockeymeisterschaften und archäologischen Kreuzfahrten in der Ägäis ein; forderten mich auf, ergreifende Erinnerungen an einen Lehrer zu formulieren, der in Pension ging, oder für die Jahrgangsnotizen von meinen neuesten Erfolgen zu berichten.

Ich schaffte es nie zu diesen Truppenappellen und gab auch meine Fortschritte nicht bekannt, aber ich las jedes Bulletin von der ersten bis zur letzten Seite. So erfuhr ich von Jack Broomes Tod, bei der Landung seiner A6 auf einem Flugzeugträger, und von George Kelloggs Rhodes-Stipendium und seinem Marsch durch die philosophischen Fakultäten von Penn, Yale und Stanford. Purcell sandte nichts ein, aber der Große Jeff natürlich, regelmäßig. Er war schon früh in die Computerbranche gegangen und hatte inzwischen seine eigene, berühmte Firma. Einer seiner Einsendungen fügte er das Foto zweier Männer bei, die vor einer fernen Bergkette standen. Die Bildunterschrift lautete: *Vetterntreffen! Großstiefel und Kleinstiefel*

Purcell, '61, auf Kleinstiefels Ranch in Idaho. Auf dem Rücken der Pferde ... Der Große Jeff hatte den Arm um Purcells Schulter gelegt und lächelte mit unverhohlener Liebe. Purcell schaute stoisch drein. Er war gertenschlank, und sein Gesicht war lang und knochig geworden. Ein interessantes Gesicht. Ich erwog, mich mit ihm in Verbindung zu setzen, indem ich ihm das Exemplar von *In unserer Zeit* schickte, das er mir geschenkt hatte, ließ es dann aber sein. Über Bill White las ich nie ein Wort.

Dekan Makepeace starb 1967 an einem Herzinfarkt, als er gerade zum Unterricht ging. Er wurde neunundsechzig. Ich war überrascht, als ich in der Gedenkausgabe las, dass er kurz zuvor eine der Schulsekretärinnen geheiratet hatte. Von dem Foto auf der Titelseite her kam sie mir nicht bekannt vor, diese plumpe Frau mit großer runder Brille, die neben ihm im Footballstadion saß, beide mit demselben Plaid über den Knien, beide schreiend und Wimpel schwenkend. Ich verbrachte mehrere Minuten über diesem Bild – Dekan Makepeace, der sich von einer Frau und einem Spiel mitreißen ließ! In dem Artikel wurde sein Einsatz im Ersten Weltkrieg in Italien erwähnt, daneben ein sepiafarbenes Foto von einem schmalen jungen Soldaten ohne Lächeln, der in Ledergamaschen neben einem Krankenwagen stand. Er war 1930 an die Schule gekommen und hatte dort kontinuierlich unterrichtet, abgesehen von einer Freistellung 1961/62, das war das Jahr nach meinem Rausschmiss. *Generationen von Jungen*, schloss der Artikel, *werden niemals vergessen, wie freundlich er war, wenn man ihn brauchte, selbst wenn sie noch heute bei der Erinnerung an den berühmten Blauen Blick erzittern, der im*

Unterricht auf sie fiel und von der unvermeidlichen Frage begleitet wurde: Und du – was denkst DU?

Der Direktor ging 1968 in Pension und wurde durch einen Lehrer von Exeter ersetzt, der schon nach zwei Jahren wieder ging, danach wurde Mr Ramsey Direktor. Er war es auch, der die so genannte Partnerschaft mit der untergehenden Miss Cobb's Academy schloss, die damit praktisch aufhörte zu existieren. Jetzt teilten sich unsere schlammverkrusteten Quarterbacks die Fotostrecke des Bulletins mit Mädchen, die auf die Home Base schlitterten, mit Stoßrapieren aufs Herz losgingen und am Tag der Abschlussfeier über die Bühne stolzierten, um die Preise einzuheimsen. Mr Ramsey war auch derjenige, der die Austauschprogramme mit Schulen in St. Petersburg und Tokio einführte. Und der mich eines Tages einlud, die Schule als Gastautor zu besuchen.

Als die Einladung kam, verspürte ich eine fast peinliche Erleichterung. Mir war nicht klar gewesen, dass ich darauf gewartet hatte, aber genau so war es wohl. Dann kamen mir Zweifel; ich konnte mich nicht dazu durchringen, die Einladung anzunehmen. Meine Familie drängte mich. Natürlich müsse ich da hin! Wie könne ich die Chance ungenutzt verstreichen lassen, in allen Ehren an einen Ort zurückzukehren, den ich entehrt verlassen hatte? Wie könne ich mich als Schriftsteller weigern, die Geschichte zu einem so befriedigenden, eleganten Ende zu bringen?

Vielleicht war es gerade das elegante Ende, das mich zurückhielt. Bei dem Verlangen nach endgültigen Schlüssen, schon von dem Glauben daran, dass sie möglich sind, wird mir im Leben wie im Schreiben unwohl, und das spielte sicher bei der Angst davor, an die Schule zurückzukehren, eine Rolle.

Diese klugen Gedanken kamen mir natürlich erst hinterher. Als ich ablehnte, verschanzte ich mich hinter dem Vorwand, ich wolle eines Tages etwas über die Schule schreiben und müsse mein fragiles Bild von diesem Ort schützen. Die Erinnerung ist ja sowieso ein Traum, und was ich hatte, war eine traumhafte Erinnerung, die besser keiner Prüfung unterzogen wurde.

All das ergab auf eine perverse Art Sinn und half mir, mich von einem tieferen Unbehagen abzulenken, dessen Ergründung demütigend gewesen wäre: Wäre ich überhaupt eingeladen worden, wenn ich kein Ehemaliger der Schule gewesen wäre? Als ich an die Autoren dachte, die ich als Schuljunge dort erlebt hatte, empfand ich Ernüchterung und Scheu. Hatte ich denn wirklich einen Platz unter ihnen verdient? Angenommen, wir würden uns alle zu einem großen Gelage versammeln, würde man mich dort nicht für einen der Kellner halten?

Zu viel Raum für Zweifel. Der Verdacht der Voreingenommenheit – unwillkürlicher, patriotischer Voreingenommenheit – würde jeden Augenblick meines Besuchs überschatten. Es würde ein Raunen geben, wenn ich im Speisesaal auftauchte, vermutlich Ovationen. Mr Ramsey würde mich mit ein paar Bemerkungen feiern, bevor ich begann, und das Lehrerkollegium würde sich überschlagen, um den verlorenen Sohn zu Hause zu begrüßen; über alldem würde ein Geist von erstaunter, ausgelassener Beglückwünschung schweben, über den ich mich unendlich freuen würde, wenn ich nur glauben könnte, dass ich ihn auch verdiente. Sonst würde ich mich nur als Hochstapler fühlen. Würde nur meine Defizite sehen und den Abstand zu denen, die ich bewunderte.

Das alles war natürlich pure Eitelkeit. Ich wusste, dass es eitel, ja feige war, die Einladung abzulehnen; aber ich lehnte ab, unter Berufung auf einen vollen Terminkalender. Meine Familie war empört.

Im nächsten Frühjahr traf ich Mr Ramsey zufällig in der Halle des Hotel Alexis in Seattle. Ich war am selben Morgen zur Beerdigung eines Freundes eingetroffen und kam gerade von einem späten Abendessen zurück, als ich ihn mit dem Nachtportier sprechen sah und trotz seiner weißen Haare sofort erkannte. Einen Augenblick lang überlegte ich, ob ich einfach zum Fahrstuhl gehen sollte, aber jede Feigheit hat Grenzen, und so wartete ich lieber, bis er an der Rezeption fertig war. Als er sich umdrehte, sagte ich: Hallo, Mr Ramsey.

Er hielt inne und senkte den Kopf, um mich über seine Brille hinweg zu beäugen. Sie!, sagte er.

Wir gingen in die kleine Bar, die von der Halle abging, und setzten uns an den Tisch ganz hinten. Mr Ramsey hatte gerade ein Abendessen hinter sich, bei dem er hiesige Ehemalige als Sponsoren gewinnen wollte, das letzte einer langen Reihe solcher Essen an der gesamten Westküste, und er war spürbar aufgekratzt vor Erschöpfung und Erleichterung. Sein weißer Smoking war genauso außer Form und trübselig wie das Leinenjackett, in dem ich ihn das letzte Mal gesehen hatte. Die jungenhafte Röte auf seinen Wangen hatte sich über das gesamte Gesicht ausgebreitet und färbte seine Stupsnase dunkelrot. Während wir tranken und redeten, studierte er mich die ganze Zeit weiter über seine Brille hinweg, die so verschmiert war, dass sie kaum das Licht reflektierte.

Mr Ramsey erwähnte mit keinem Wort, dass ich die Einladung der Schule abgelehnt hatte, aber jedes andere Thema fühlte sich nach Ausflucht an. Schließlich beendete ich das Ganze und sagte: Hören Sie, es tut mir Leid, dass ich Sie sitzen gelassen habe.

Er trank seinen Scotch aus und schmeckte ihm einen Moment nach. Sie haben mich sitzen gelassen?

Ich hätte Ihre Einladung annehmen sollen.

Ach so. Na ja, das haben wir uns natürlich alle gewünscht. Sie hatten viel zu tun. Was will man machen.

Ich hätte trotzdem kommen sollen.

Er sagte nichts.

Vielleicht wissen Sie es nicht mehr, sagte ich, aber als Sie mich zum Bahnhof fuhren, haben Sie mir eine Schachtel Gitanes geschenkt.

Gitanes! Was würde ich jetzt für eine geben ... Meine Frau hat dafür gesorgt, dass ich aufhöre – schlechtes Vorbild. Eine Nation aus lauter Zeterern. Aber ja, ich erinnere mich an jeden beschissenen Augenblick von diesem Tag. Sie wissen ja nicht mal die Hälfte davon.

Aha?

Irrsinnsgeschichte, übrigens.

Die Fähigkeit, die nächste Runde zu bestellen, ohne dass es jemand anderer als die Kellnerin bemerkt, ist manchmal kein Zeichen für Gefahr, sondern ein Talent, und

Mr Ramsey besaß es. Aber ich war enttäuscht, als er nach dem Hin und Her um die Getränke nicht dort weitermachte, wo er stehen geblieben war. Stattdessen fragte er nach meinen Kindern, den Zwillingstöchtern und dem Sohn. Als er hörte, dass sie alle auf dem College waren, wollte er wissen, warum ich sie nicht zu ihm geschickt hatte.

Die Mädchen hätte ich gebrauchen können, sagte er.

Es ist uns nie in den Sinn gekommen.

Ich hoffe, es hat nicht am Geld gelegen. Ich habe Unmengen Geld und kann damit fördern, wen ich will.

Tja, das wäre schon eine Überlegung gewesen, wenn wir überhaupt ein Internat in Betracht gezogen hätten. Aber wir wollten sie lieber bei uns haben.

Wirklich? Höchst lobenswert, natürlich. Also kein Groll?

Was – der Schule gegenüber?

Na ja, Sie sind schon hochkant rausgeflogen. Verflucht bis in die zehnte Generation. Heute machen wir das anders.

Nein, kein Groll. Im Gegenteil.

Gut! Aber warum sind Sie dann nicht gekommen?

Ich spürte, dass Mr Ramsey irgendwelche fein gewirkten Argumente über die Empfindlichkeit der Erinnerung nicht besonders befriedigend finden würde. Also fasste ich mir ein Herz und beschrieb meine wiederkehrende Angstvorstellung, ich würde mit all den großen Autoren zu einem Fest geladen und müsste dann, nach so vielen Jahren der Arbeit – die mich tatsächlich isoliert und anderen wehgetan hatte –, entdecken, dass mein Platz nicht an ihrem Tisch war.

Sie unterschätzen uns, sagte Mr Ramsey. Ich habe die Sitzordnung absolut in der Hand. Wir werden Sie zwischen Ayn Rand und den leeren Stuhl von Ernest Hemingway setzen.

War das ein Scherz oder eine umständliche Kritik? Ich merkte, wie ich die Stirn runzelte.

Sie werden also kommen?

Ja, sagte ich, ich bin mir fast sicher, dass es geht. Ich ließ einen Moment verstreichen, dann sagte ich: Sie haben eine Geschichte erwähnt.

Er schenkte mir ein flüchtiges Lächeln. Es gibt da ein Vertraulichkeitsproblem. Kann ich mich auf Ihre Diskretion verlassen?

Nein.

Mr Ramsey schien hin und her zu überlegen, aber ich wusste, er würde es mir erzählen, genauso wie ich wusste, dass er mir zuerst eine Rechtfertigung dafür geben würde, es mir zu erzählen, und so kam es auch. Die fragliche Person, sagte er, hätte ihn nie um Verschwiegenheit gebeten; das war ihm auferlegt worden. Der Betreffende hätte gewollt, dass die Wahrheit ans Licht kommt. Letzten Endes will man das doch immer.

Die Geschichte drehte sich um Dekan Makepeace. Arch, wie Mr Ramsey ihn nannte, hatte sich schon früh mit ihm und der ersten Mrs Ramsey befreundet, als die meisten anderen Lehrer und ihre Frauen sich noch zurückhielten. Damals empfing die Schule keineswegs alle Neuankömmlinge mit offenen Armen. Und sie konnte zu einem jungen Lehrer, der sein etwas grelles Licht nicht unter den Scheffel stellte, besonders kühl sein. Arch aber redete gern über Bücher und Ansichten und war noch fähig, vertrautes Gelände für Neuland aufzugeben, während seine Kollegen im Allgemeinen an ihren Ansichten festhielten. Arch verzieh Mr Ramsey sein naseweises Auftreten, weil Mr Ramsey ihn nicht langweilte.

Sie wurden Freunde – das unglückliche junge Paar und Arch Makepeace, der, wenn er sie auf einen Drink oder zum sonntäglichen Abendessen besuchte, irgendwie die Distanz zwischen ihnen überbrückte, wie es, sagte Mr Ramsey, vielleicht auch ein Kind getan hätte. Arch hatte etwas Kindliches an sich, und Roberta behandelte ihn auch so, umhegte ihn, mahnte ihn sanft, kochte ihm seine Lieblingsgerichte und suchte sein Gesicht nach den geringsten Anzeichen der Freude ab. Ihre Ehe hätte ohne ihn nicht so lang gehalten, wie sie hielt. Und als sie zu Ende war, als Roberta ging, war es Arch Makepeace, der Mr Ramsey auffing, der über Nacht vom Kind zum Vater wurde.

Zwei Monate lang begleitete er Mr Ramsey durch sein Leben. Er schaute auf dem Weg zum Frühstück bei ihm herein, damit er aus dem Bett kam und vorzeigbar wurde, und an den meisten Abenden half er ihm nachts noch ins Bett, nachdem er sich stundenlang Vorwürfe und Klagen angehört hatte. Als Mr Ramsey mit einem britenhassenden Iren in Boston in einen Faustkampf geriet, holte Arch ihn gegen Kaution aus dem Gefängnis und setzte seine Freundschaft mit dem Direktor aufs Spiel, indem er die Sache vertuschte. Er hörte zu und hörte zu und hörte zu und hielt Mr Ramsey nicht einmal nutzlose Wahrheiten vor oder versuchte ihn aufzumuntern.

Also könne ich mir ja wohl vorstellen, wie Mr Ramsey die Nachricht aufnahm, dass Arch Makepeace nach dreißig Jahren an der Schule an einem einzigen Morgen beschlossen hatte, ihr den Rücken zu kehren. Und nicht mal eine Stunde später musste Mr Ramsey antreten, um die Beweislage gegen mich zu sichten und an meinem Schulverweis teilzunehmen. Wie er diese Schauprozesse hasste – mit Spießrutenlaufen, Entehrung und allem Drum und Dran.

Er habe im Übrigen schon gewusst, dass ich von der Schule fliegen würde, denn Arch hatte es ihm gesagt, als er sich von ihm verabschiedete. Zwar brauchte ich mir nicht zu schmeicheln, dass Dekan Makepeace seine Arbeit und sein Zuhause als Protest gegen meinen wohlverdienten Rauswurf aufgegeben hätte, aber die beiden Dinge seien trotzdem in kurioser Weise miteinander verbunden. Was uns zu seiner Geschichte brachte.

Mr Ramsey hatte sich beim Sprechen vorgebeugt. Jetzt unterbrach er sich, als wollte er den Boden, der vor ihm lag, kurz prüfen. Er lehnte sich zurück, und ich sah, dass er kein junger Mann mehr war, dass er sehr müde war und dass es ihn anstrengen würde weiterzuerzählen.

Dann fuhr er fort, blieb still auf seinem Stuhl sitzen und erzählte die Geschichte aus dieser Distanz. Alles, was er sagte, interessierte mich, vieles davon überraschte mich, darunter auch meine eigene, unbewusst entscheidende Rolle in diesem Drama. Er fasste sich kurz, aber in einer Spitze-des-Eisbergs-Manier, die er früher immer verspottet hatte, so dass ich letzten Endes mehr erfuhr, als eigentlich gesagt wurde. Die Lücken, die er ließ, füllten sich, noch während er sprach.

Er kam nicht ganz zum Ende. Als er gerade Dekan Makepeaces Hochzeit beschrieb, brach er ab, lehnte sich vor und rief: *Price! Price!* Er meinte einen kahlköpfigen Mann mit schwarzem Bart im Smoking, der gerade in die Bar gekommen war und sich mürrisch umschaute. Mr Ramsey machte uns bekannt und sagte, Mr Price, ein Oberstudienrat für Geschichte, habe bei dem heutigen Abendessen wieder mal einen brillanten Dia-Vortrag gehalten.

Ja, ja, sagte Mr Price.

Über welches Thema?, fragte ich.

Die Schulgeschichte – was sonst?

Mr Ramsey gab seinen großen Coup bekannt, dass er mich dazu überredet hatte, doch zu kommen.

Na endlich, sagte Mr Price. Kann's kaum erwarten. Dann wandte er sich Mr Ramsey zu. Wie ist es heute gelaufen? Hast du es geschafft, das Würstchen Armentrout in die Enge zu treiben?

Aber sicher.

Ich habe gesehen, wie er den Ausgang ansteuerte, er und diese knallrote Horrorperücke an seinem Arm.

Mrs Armentrout ist eine große Stütze für unseren Ned.

Wie viel hast du herausgeholt?

Vierzig.

Vierzig? Nach dem warmen Regen neulich? Der Alte hat ihm doch alles hinterlassen! Vierzig! Das hat doch ihr Kleid schon gekostet.

Wenn sich der Markt gut entwickelt, will er noch mal drüber nachdenken.

Wir hätten ihn damals rausschmeißen sollen. Weißt du noch, wie er auf seinen warzigen kleinen Knien herumrutschte und um eine letzte Chance bettelte? Zerreiß den Scheck. Vierzig ist eine Beleidigung.

Ich werd's überleben.

Und was ist mit Melissa Didget?

So ging es die ganze Zeit. Ich fühlte mich durch ihre mangelnde Aufmerksamkeit nicht zurückgesetzt, kein bisschen. Es gab mir die Freiheit, die Geschichte noch einmal zu überdenken, die ich gerade gehört hatte; außerdem hörte ich ihnen gerne zu, ich verspürte dabei dasselbe verbotene Vergnügen wie als Junge, wenn die Lehrer vergaßen, dass ich in der Nähe war, und ihre Zunge sich lockerte. Es war eine Art Musik, und es brachte mich zurück zu jenen Sonntagstees im Salon des Direktors, vor dessen hohen Fenstern rote Blätter oder Schnee oder herumwirbelnde Ahornsamen herabfielen. Der große Perserteppich ist voller Kekskrümel. Es riecht nach der Zigarre des Griechischlehrers. In der hinteren Ecke spielt jemand »Beautiful Dreamer« auf dem klimperigen Klavier, und Fragmente der Melodie schweben knapp über unseren Stimmen. Wir Jungen stehen in kreisförmigen Gruppen und tauschen geistreiche Bemerkungen aus, und dabei strengen wir uns an zu verstehen, was die Lehrer gerade sagen und was sie so leicht, so ungeschützt lachen lässt. Der Junge, der ihnen am nächsten steht, grient in sein Punschglas hinein. Er kann sie hören; er ist in ihr Lager geschlüpft und kann die geheime Musik dieser selbstsicheren, fertigen Männer hören, die unsere Lehrer sind.

LEHRER

Das Problem fing bei einem der Sonntagstees des Direktors an, als ein Junge Arch fragte, ob er im Ersten Weltkrieg Ernest Hemingway kennen gelernt habe. Es war voll und laut im Salon, und Arch war abgelenkt, deshalb konnte er sich später nicht mehr daran erinnern, wie er genau geantwortet hatte, aber er musste sich wohl damit abfinden, dass er nicht eindeutig verneint hatte.

Ihm war klar, wie es zu der Frage gekommen war. Hemingway hatte in Italien einen Krankenwagen gefahren, genau wie er, und beide hatten Beinverletzungen erlitten. Aber sie waren sich nie begegnet. Hemingway war beim Roten Kreuz, Arch bei den Sanitätern der Army. Und sie wurden unter ganz anderen Umständen verwundet – Hemingway, als er unter feindlichem Beschuss einen Verletzten wegtrug, Arch bei einem dummen Unfall. Der Benzinzulauf seines Krankenwagens wurde aus einem Hochtank gespeist. Deshalb passierte es leicht, dass man den Motor bei Steigungen abwürgte, es sei denn, man fuhr rückwärts bergauf, und das tat Arch gerade im Oktober 1918, er fuhr rückwärts einen Bergpass nahe Cima Grappa hoch, als ein Stabsfahrzeug ihn in einer engen Kurve überraschte. Er riss das Steuer zu heftig herum und kam von der Straße ab. Sein Partner wurde aus dem

Wagen geschleudert und kam mit ein paar Schrammen davon, aber Arch blieb drinnen hängen und rollte bergab in die Bäume wie eine Erbse in der Dose und hatte am Ende einen gebrochenen Arm, ein gebrochenes Schlüsselbein, zwei gebrochene Handgelenke, einen schlimm verzerrten Nacken und ein zerschmettertes Knie. Das waren die ernsten Verletzungen. Die anderen sahen schlimmer aus, aber nach einigen Wochen konnte er wieder in den Spiegel sehen, ohne zu verzweifeln. Die Sanitäter leisteten gute Arbeit an ihm. Alles heilte ab, bis auf das Knie, das nie wieder in Ordnung kam und ihm mit der Zeit immer mehr Schwierigkeiten machte, bis er schließlich aufgab und sich einen Stock besorgte, dessen offenkundige Billigkeit die Abschlussklasse von 1939 dazu brachte, ihm einen edlen Schwarzdornstock mit silbernem Griff zu schenken.

Er wusste, dass sein Hinken die Jungen faszinierte, aber er redete nicht davon, weil er sich ungern an seine Panik und Unfähigkeit erinnern wollte. Arch Makepeace war keiner, der Geschichten aus seinem Leben erzählte. Obwohl er sein Schweigen gar nicht mit Bedeutung hatte aufladen wollen, zogen die Leute schon seit seinen ersten Tagen an der Schule ihre Schlüsse daraus. Das verlieh ihm eine Autorität, über die er sonst nicht verfügt hätte.

Sie erwies sich als nützlich. Mutwillige Jungen, die es sich bei einem anderen Lehrer nicht verkniffen hätten, ihn auf die Probe zu stellen, ließen es bei Arch sein. Selbst die Kollegen – von denen keiner im Krieg nach Europa gekommen war, obgleich einige durchaus Uniform getragen hatten – behandelten ihn von Anfang an mit einem

Respekt, den andere ihnen erst nach Jahren abgerungen hätten. Arch mochte den Gedanken nicht, dass diese Wertschätzung auf einem Missverständnis beruhte, aber das war nicht seine Schuld. Er hatte nie Lügen über seine Kriegserlebnisse erzählt. Wenn die Spekulationen der anderen das Beste aus ihnen hervorbrachten, dann sollten sie ruhig weiterspekulieren.

Die Sache mit Hemingway war etwas anderes. Eines Abends fragte ihn ein Junge an seinem Tisch, ob Hemingway in Spanien zu den Kommies übergelaufen sei. Arch starrte ihn nur an und versuchte, den Grund für diese Frage zu begreifen. Man schrieb das Jahr 1947. Der spanische Bürgerkrieg war vor acht Jahren zu Ende gegangen, und seitdem war ein weiterer Weltkrieg ausgefochten worden. Arch dachte: Was soll diese Frage, jetzt? Der Junge errötete und schlug die Augen nieder, als hätte ihn jemand wegen Impertinenz getadelt. Im Lauf des Abendessens verflog die unbehagliche Stimmung wieder, aber Arch fand die Situation beunruhigend. Warum fragte der Junge *ihn* nach Hemingways Überzeugungen? Und warum sollte er sich dabei, wie es eindeutig der Fall gewesen war, so aufdringlich vorkommen, als wäre die Frage irgendwie zu persönlich gewesen? Dann fiel Arch die Frage des anderen Jungen bei dem Sonntagstee vor ein paar Wochen wieder ein, und er überlegte, ob er sich klar ausgedrückt hatte, und begriff: wohl nicht.

In den folgenden Jahren erlebte er einige vergleichbare Situationen, allerdings nicht oft, und nie war es so, dass er einfach hätte sagen können: Wovon zum Kuckuck redest du eigentlich? Ich habe Ernest Hemingway nie zu

Gesicht bekommen! Wahrscheinlich war herumgegangen, dass man ihn auf das Thema des Menschen Hemingway nicht ansprechen durfte, obwohl der Schriftsteller Hemingway eine wichtige Rolle in seinem Fortgeschrittenenkurs über zeitgenössische Literatur spielte. Die Jungen verhielten sich taktisch. Sie waren dazu erzogen worden, ihr Interesse an berühmten Namen zu verbergen, aber durch eine ausweichende, geschickt verschleierte Bemerkung auf irgendein Insiderwissen anspielen, das konnten sie schon. Arch bekam genug davon mit – nur eine Andeutung hie und da, nie eine Vorlage für ein entschlossenes Dementi –, um zu begreifen, dass die Jungen ihn und Hemingway für befreundet hielten.

Arch hatte damals beim Sonntagstee des Direktors Raum für Zweifel gelassen, und er wusste, weshalb oder glaubte es zumindest zu wissen: irgendeine verborgene Sehnsucht, zur großen weiten Welt zu gehören. Wichtig zu sein, und sei es nur qua Zuschreibung.

Seiner Meinung nach hatte er nicht gelogen, eher war seine Aufmerksamkeit für die Wahrheit vorübergehend eingenickt. Und er achtete durchaus auf die Wahrheit. Die Wahrheit wollte gesucht werden, aber hin und wieder ließ sie sich auch von selbst blicken, und das geschah Arch am häufigsten, wenn er unterrichtete. Er hatte seit seiner Kindheit viel gelesen, und diese Angewohnheit hatte sich während seiner Jahre auf Reisen für die Forbes-Farragut-Frachtschiffreederei vertieft; doch erst seit er unterrichtete, hatte er auch Gelegenheit, über seine Lektüre zu sprechen. Er konnte eine Geschichte wie »Des Pfarrers schwarzer Schleier« lesen und das Erschauern der Seele, das sie in ihm hervorrief, zugleich als erschreckend und als genüsslich empfinden, ohne dass er diese Reaktion in Worte fassen oder erklären musste, wie Hawthorne sie hervorgerufen hatte. Das Unterrichten machte ihn verantwortlich für seine Gedanken, und dies wiederum sorgte dafür, dass er mehr nachdachte, schärfer und tiefer. Es lag im Wesen der Literatur, sich wie die gefallene Welt zu verhalten, die sie betrachtete, dieser verschwommene Untergrund, wo Verschlagenheit regiert und Gewissheit töricht ist, und Arch kam sich vor, als würde er Jagdhunde abrichten, wenn er die Jungen tief in eine Geschichte oder ein Gedicht hineinführte, sie mit seinen Fragen weiter vorantrieb und dazu zwang, Kadenz, Gestik und Intonation nach Falschheit und Doppelbödigkeit abzuklopfen, so lange, bis die Wahrheit endlich einen Moment lang ihr Gesicht zeigte, bevor sie in einer neuen Bedeutungsmöglichkeit verschwand. Manchmal kam er schweißgebadet ans Ende einer Unterrichtsstunde und wusste kaum noch, wo er war oder seit wann er dort war, und sein ganzes verdammtes würdevolles Gehabe war weg.

Arch hatte gar nicht unterrichten wollen. Er hatte sich früher sogar voll strengen Mitleids gefragt, wie seine eigenen Lehrer, vor allem die, zu denen er aufsah, es nur hatten zulassen können, fest an einer Schule zu sein. Aber nur drei Jahre nachdem er geheiratet hatte, kehrte seine Frau von einer Reise nach Kalifornien nicht zurück, dann ging Forbes-Farragut im allgemeinen Chaos unter, und er fand um alles in der Welt keine neue Arbeit, bis sein alter Zimmergenosse von Cornell ihn aufforderte, sich für den

Job zu bewerben, den er selbst aufgeben wollte – den zukünftigen Erben Amerikas beizubringen, was das *tempus fugit* auf ihren Standuhren bedeutete. Arch bekam den Job nicht, obwohl er einen Abschluss in den klassischen humanistischen Fächern hatte, aber kurz bevor der Unterricht wieder losging, boten sie ihm eine Stelle als Englischlehrer an. Er kam an die Schule mit der Absicht, am Ende des Schuljahres wieder zu gehen, blieb dann aber noch eins und noch eins. Das schien irgendwie ganz organisch zu geschehen, ohne dass er lange hätte darüber nachdenken müssen, aber natürlich hatte Arch seine Gründe, und er wusste, Bequemlichkeit und Gewohnheit gehörten dazu und spielten wahrscheinlich sogar eine ungebührlich große Rolle. Er war aber auch davon überzeugt, dass sein Unterricht gut war – gut für die Jungen und gut für ihn, weil er ihn wacher und weniger ichbezogen und wahrhaftiger machte.

Deshalb zuckte er jedes Mal ein wenig zusammen, wenn ihn irgendetwas an jenen Mythos von Makepeace und Hemingway erinnerte. Aber oft geschah das nicht, und er hatte weiß Gott andere Probleme. Arch hatte einen vollen Stundenplan, und da er ohne Familie an der Schule lebte, meldete er sich häufiger für freiwillige Komitee-Arbeit, als von ihm erwartet wurde. Helen, seine Frau, lebte an der Westküste, aber sie hatten sich nie scheiden lassen, und wenn sie Probleme hatte, was oft passierte, wandte sie sich, ohne zu zögern, an ihn. Manchmal wollte sie nur sein Mitgefühl, wenn sie krank war oder Pech gehabt hatte oder von einem ihrer guten Freunde, wie sie sie nannte, schlecht behandelt worden war. Sie lieh sich kleinere

Summen von Arch und zahlte sie meistens zurück. Helen war kein böser oder intriganter Mensch, aber die Dinge entglitten ihr gerne mal. Als der Reitstall, den sie in Palm Springs leitete, sie wegen eines Buchhaltungsproblems anzuzeigen drohte, half Arch dabei, die finanzielle Lücke zu schließen und den Besitzer gnädig zu stimmen. Später tat er dasselbe bei einem Stall in Tucson. Sie zog oft um. Er verlor sie für immer längere Phasen aus den Augen, und diese Funkstille machte ihm jedes Mal mehr Sorgen als ihre wiederkehrenden Notlagen und Klagen. Das hübsche, freche, stürmische Mädchen aus Kentucky, das Arch geheiratet hatte, wurde zu einer Frau ohne festen Wohnsitz. 1953 kam sie eines frühen Morgens in Phoenix ums Leben, als sie bei Rot eine Kreuzung überquerte. Ihr damaliger Freund sagte Arch zwei Monate lang nichts davon, und dann auch nur, weil er das Geld, das er für ihre Feuerbestattung ausgegeben hatte, zum Abbezahlen drängender Schulden brauchte. Arch hoffte, es wäre nur ein Trick, um ihn auszunehmen, aber das Bestattungsunternehmen bestätigte die Geschichte des Mannes und legte eine Kopie von Helens Totenschein bei.

Im selben Jahr wurde er Dekan. Der neue Direktor hatte einige Veränderungen vor und zählte auf die Unterstützung von Arch, seinem früheren Englisch-Kollegen, im Kampf gegen störrische Lehrer und Ehemalige. Geldwechsler riefen direkt von ihren Tischen im Tempel bei Arch an, um gegen das Ende des obligatorischen Religionsunterrichts zu protestieren. Als der Direktor einen größeren Anteil der Finanzausstattung in Stipendienfonds umleiten wollte, traten zwei Kuratoren zurück und äußerten in einem Brief die Befürchtung, wenn das so weiterginge, würde sich die Schule, die sie kannten und liebten – und die schließlich immer noch eine *Privatschule* sei –, bis zur Unkenntlichkeit verändern. Der Direktor setzte sich durch, aber nur knapp, und Arch wusste, dass seine Unterstützung ausschlaggebend gewesen war. Schon öfter hatten sich in entscheidenden Momenten willensstarke, schwierige Männer ihm untergeordnet.

Und warum hatte er diese Macht? Dass er Dekan war, brachte ihm keine Punkte ein; Dekane kamen und gingen. Arch hielt sich für einen guten Lehrer, aber das waren auch andere, die ansonsten keinen Einfluss besaßen. Er hatte den Verdacht, dass es irgendwie mit dem Hemingway-Gerücht zusammenhing. Die Schule hatte ihre großen Namen, keine Frage, ihre Wirtschaftsriesen, ihre Kabinettsmitglieder, Botschafter und Generäle, sogar einen lang verstorbenen Präsidenten. Aber keiner dieser Namen hatte wirklichen Zauber. Arch spürte, dass sich die Schule durch ihn mit einer ruhmesstrahlenden Größe verbunden fühlte, als wäre er nicht nur ihr ureigener Archibald Makepeace, Lehrer und Dekan, sondern auch Frederick Henry und Nick Adams und Thomas Jordan und Jake Barnes und Ernest Hemingway höchstpersönlich, die ihm allesamt mystisch innewohnten und ihre Bedeutsamkeit der seinen hinzufügten. Er hoffte, dass er sich da irrte, dachte aber, dass er wahrscheinlich Recht hatte.

Arch strich *In einem andern Land* aus seinem Fortgeschrittenenkurs, weil er fürchtete, all das Zeug um den verwundeten Krankenwagenfahrer würde das Missverständnis nur verstärken, aber er behielt immer irgendetwas von Hemingway auf seiner Lektüreliste. Zwar liebte er Hemingway gar nicht so sehr wie etwa Hawthorne und Melville und Edith Wharton und F. Scott Fitzgerald, aber er bewunderte ihn und verstand, warum andere ihn liebten. Als Schriftsteller, natürlich. An Hemingway als Mensch hatte Arch schon vor langem das Interesse verloren, und er wünschte, allen anderen ginge es genauso, wie es normalerweise ja auch passiert.

Aber es sollte nicht sein. Andere Reputationen blühten auf und verblassten wieder, aber nicht diese. Jedes Jahr leuchtete sie stärker, und der Mann wurde zu einer Gestalt, die immer schwerer vom Werk zu trennen war. Er ragte hoch darüber auf; Arch spürte geradezu, wie er die Liebe und den Respekt auf sich zog, die er für seine Figuren verlangte. Wer konnte umhin, an Hemingway zu denken, wenn er von Oberst Cantwell las, der auf das italienische Schlachtfeld pisste, wo er verwundet worden war, oder von Santiago, der seinen großen Fisch verfolgte? Dieses absichtliche Verwischen der Grenzen war immer im Spiel gewesen, aber jetzt kam es ihm atemlos und gierig vor. Vielleicht aber auch nicht. Arch misstraute seiner wachsenden Aversion gegen Mensch und Werk. Das konnte genauso gut eine unredliche Form des Verdrusses über seine eigene falsche Position sein wie schlichter Groll, dass er selbst so klein aussah neben dem Riesen, mit dem er sich in Verbindung hatte bringen lassen.

Aber er war beschäftigt und hatte wichtigere Anliegen. Helen. Die diversen Stadien im langen Niedergang seiner Mutter und der Zusammenbruch seiner Schwester, als ihr Mann nach dreißig Jahren Ehe die wahre Liebe entdeckte.

Ein beim Stehlen erwischter Junge. Aufsätze zu korrigieren. Eine lange, elende Verstrickung, nicht mal ein richtiges Verhältnis mit der Mutter eines Externen aus dem Dorf. Arch war nicht besonders geneigt, über die alte Dummheit wegen Hemingway nachzugrübeln, und er dachte tatsächlich auch kaum daran, bis ihn wieder einmal irgendein Junge auf ganz bestimmte Weise anstarrte oder bei einer kleinen Kritik an irgendeinem Detail einer Hemingway-Geschichte ins Stottern geriet, als hätte er Angst, ihn zu beleidigen. Dann fiel es ihm wieder ein. Solche Momente kamen und gingen, aber sie überstiegen nie das, was er ertragen konnte – bis zum Frühjahr 1961, als der Direktor den letzten Gastautor des Jahres verkündete.

Falls Arch eine Strafe für diesen grotesken Freundschaftsmythos verdiente, und dieser Meinung war er wohl, dann setzte sie zu diesem Zeitpunkt so richtig ein. Er hatte nicht einmal gewusst, dass Hemingway eingeladen worden war; er dachte, sie wären mit John Steinbeck im Gespräch. Sie hatten die Nachricht vor ihm geheim gehalten, als Überraschung, als besondere Freude. Bald erfuhr er, dass ein anonymer Ehemaliger ein kleines Vermögen locker gemacht hatte, um die Sache unter Dach und Fach zu bringen, aber natürlich nahmen die Jungen alle an, Arch hätte es selber gedeichselt, so unter Freunden. Er merkte, wie sie ihn angrinsten, schon als der Direktor die Ankündigung machte. Und es wurde immer schlimmer. Dieses grässliche, allgegenwärtige Plakat, nur Schnauzer und Zähne. Wie ihn die Jungen anstarrten – wissend. Und wenn sie nicht Nick Adams spielten, hämmerten sie auf ihre Schreibmaschinen ein; wie es aussah, saß die halbe Abschlussklasse an einer Geschichte.

Arch hingen diese Wettbewerbe zum Hals heraus. Der Direktor hatte sie vor Jahren initiiert, um mehr Jungen zu eigenen Schreibversuchen zu ermutigen, und damals hatte Arch die Idee verdienstvoll gefunden, aber sie verlor bald an Reiz für ihn. Das Gerangel um eine Privataudienz stellte die Jungen gegeneinander und ließ das Schreiben als Kriegführung mit anderen Mitteln erscheinen, bei der am Ende ein Sieger das blutige Hemd über einer Meute gescheiterter Aspiranten schwenkte.

Die anderen Wettbewerbe waren schlimm genug gewesen, aber dieser nahm einen aufgeregten, fast fiebrigen Charakter an. So viele Jungen wollten Arch dazu bringen, ihre Geschichten zu lesen, dass er einen Zettel an seine Tür hängte, auf dem stand, dass jede Hilfe von ihm zur Disqualifizierung des eingereichten Manuskripts führen würde. Deshalb war er erleichtert, als Hemingway eine Geschichte auswählte – Arch hatte sich schon gefragt, ob der große Mann sich das wirklich zumuten würde – und die Sache damit zu einem Ende brachte.

Die Geschichte selbst überraschte ihn. Er hatte ein paar andere Texte von dem Jungen gelesen, der sie geschrieben hatte, einem von der gedankenschweren *Troubadour*-Clique, und erwartbar kompetent und bemüht gefunden. Standard-Schuljungen-Ware. Ramsey hatte ihm gesagt, die hier sei anders, und das war sie. Mehr Fitzgerald als Hemingway. Arch las sie an dem Tag, als die Zeitung erschien, beim Frühstück und abends noch einmal. Er bewunderte das Kunstvolle daran, war aber vor allem betroffen, ja verstört von ihrem unerschrockenen Inventar der Suche nach sich selbst und der Doppelzüngigkeit. Es war schwer, die Wahrheit so zu erzählen.

Arch tadelte gerade einen Schüler des Abschlussjahrgangs, der den Unterricht geschwänzt hatte, als der Direktor zu seinem Büro kam und ihn um eine Unterredung bat. Er sah müde aus. Arch schickte den Jungen fort und entließ die anderen Missetäter, die im Korridor warteten. Er schloss die Tür zu seinem Zimmer und nahm den Umschlag, den der Direktor ihm entgegenhielt. Der Direktor setzte sich in einen der Stühle auf der anderen Seite des Schreibtischs, und Arch spürte seinen starren Blick, als er zu seinem Stuhl ging und den Umschlag öffnete. Er enthielt eine Seite aus einem alten Heft der literarischen Zeitschrift von Miss Cobb's Academy.

Arch las die Seite und schob sie wieder in den Umschlag. Ich kann ihn nicht rauswerfen, sagte er.

Natürlich können Sie ihn rauswerfen. Wir *müssen* ihn rauswerfen.

Sie können. Ich kann es nicht.

Arch, kommen Sie. Sie haben Tompkins ruckzuck rausgeworfen, weil er diese Hemden geklaut hatte – ziemliche Lappalie, verglichen damit, einem anderen die Geschichte zu klauen.

Ich verstehe Sie, sagte Arch.

Ganz zu schweigen davon, dass er Ernest Hemingway reingelegt hat. Himmel nochmal, wir werfen sie raus, wenn sie den *Gottesdienst* schwänzen. Ich hatte Hoffnungen auf diesen Jungen gesetzt, aber wir dürfen gar nicht erst damit anfangen, jemanden zu bevorzugen. Sie haben alles, was Sie brauchen, vor sich liegen. Der Direktor legte die Hände auf die Knie und beugte sich vor, als wollte er aufstehen.

Ich gebe auf, sagte Arch.

Was reden Sie da! Tun Sie Ihre Arbeit.

Die Schule, sagte Arch. Ich kündige. Er hatte nicht geplant, es zu sagen, aber nun hatte er es gesagt.

Was soll das? Hat der Junge etwas gegen Sie in der Hand?

Nein.

Also?

Arch fing an zu erklären. Er war nicht gewohnt, über sich zu reden, und tat es unbeholfen, aber er versuchte, es dem Direktor klar zu machen. Dieser Junge hatte unberechtigten Anspruch auf eine Geschichte erhoben, während er selbst unberechtigten Anspruch auf viel mehr erhoben hatte – auf eine Bedeutsamkeit, auf ein Leben, das nicht seines war. Er hatte schon seit vielen Jahren den Ehrenkodex verletzt und deshalb kein Recht, andere wegen geringerer Vergehen dagegen zu bestrafen, schon gar nicht diesen Delinquenten, denn für die Hysterie, die ihn dazu gebracht hatte, war Arch seiner Meinung nach mitverantwortlich.

Ich werfe mich selber raus, sagte er. Das ist meine letzte Amtshandlung als Dekan.

Der Direktor hatte sich all das aufmerksam angehört. Er sagte: Sie kennen also Hemingway gar nicht.

Hab den Mann kein einziges Mal zu Gesicht bekommen.

Also, ich persönlich habe Sie nie sagen hören, dass es so wäre. Oder?

Nein. Aber mir war ziemlich klar, was alle gedacht haben.

Sie haben Hemingway kein einziges Mal in irgendeinem persönlichen Zusammenhang erwähnt?

Arch sah die Umrisse einer Argumentation, die es ihm erlauben würde, sich vom Haken zu winden, und er war gerührt und betrübt, dass der Direktor sich ihm zuliebe in solch raffinierte Strategien verstricken wollte.

Danke, John, sagte er. Gott segne Sie. Aber ich muss wirklich gehen.

Arch zog zu seiner älteren Schwester Margaret nach Syracuse. Sie waren sich nah, und zwar seit ihrer Kindheit, als der Vater, ein Arzt, an Tuberkulose gestorben und die Mutter einer gewissen Madame von Ranke und ihrem Sohn Hermann in die Hände gefallen war. Die von Rankes waren Spiritisten. Sie geleiteten die vor Trauer erstarrte Miriam bis vor die Pforten des Höheren Reiches, wo ihr dahingegangener Gatte Schwüre immer währender Liebe und ein paar ziemlich konkrete Geschäftstipps von sich gab. Arch konnte bis heute den Lakritzgeruch von Hermanns Pomade riechen; egal wo, er brauchte nur die Augen zu schließen und roch es. Sie raubten Miriam bis aufs Hemd aus, und schließlich musste sie das Ward-Wellington-Ward-Haus an der Euclid Avenue verkaufen und bei ihren alten Eltern einziehen, die Kinder im Schlepptau. Beim Kampf um ihre Mutter wurden Arch und Margaret Freunde, aber Margaret jammerte und nörgelte viel, und mehr als eine Woche am Stück hielt es Arch mit ihr nicht aus.

Also machte er Ausflüge. Er verbrachte einen Teil des Herbstes am Saranac-See, nicht weit von dem Sanatorium, wo sein Vater gestorben war. Er fuhr rauf nach Toronto und Montreal und runter nach New York, und im Winter besuchte er für einige Zeit einen Klassenkameraden von Cornell in Phoenix. Am Tag nach seiner Ankunft besuchte Arch das Kolumbarium, wo Helens Asche lag. *Kolumbarium* war das Wort, das das Bestattungsinstitut in seinem Brief verwendet hatte, aber es war eigentlich nur ein kleiner Hof mit Ytongmauern auf einem windigen Friedhof, dort, wo die Stadt in Salzwüste und Gestrüpp überging.

Arch fand die Granittafel mit Helens Namen, legte ein paar Blumen nieder und blieb eine Weile stehen. Sie hatten sich kennen gelernt, als er bei dem Stall, den sie in Brooklyn leitete, ab und zu ein Pferd mietete. Sie fing an, mit ihm auszureiten, und lud ihn zu ein paar Ausflügen mit dem Jagdclub von Lower Hudson ein. Arch hatte erst mit dem Reiten angefangen, nachdem sein Bein lädiert worden war, aber er machte auf dem Pferd eine gute Figur und setzte ebenso stramm über einen Zaun wie sie, und vielleicht hatte sie das irregeführt, denn wenn er nicht auf einem Pferd saß, war er ein anderer Mann. Am Boden konnte er sie weder führen noch ihr folgen.

Er schlenderte über den Friedhof und las Inschriften. Auf dem Rückweg zum Parkplatz sah er, wie ein Kojote über das Gelände trottete, und danach ging es ihm besser damit, Helen dort zurückzulassen.

Er lebte bei Margaret, machte seine Ausflüge und sah

im Briefkasten nach, ob eine der vielen Schulen, die er angeschrieben hatte, irgendwelches Interesse zeigte. Eigentlich erwartete er kein Resultat. Als Dekan hatte er selbst solche Anfragen zu betreuen gehabt und jedes Mal den Kopf geschüttelt, weil sie so chancenlos waren. Warum sollte ein Mann, der seit dreißig Jahren an einer guten Schule war und eine Respektsposition innehatte, alles über den Haufen werden und neu anfangen? Er war zu alt. Es war sinnlos. Man merkte einfach, dass dahinter irgendeine Geschichte steckte, und zwar eine, die sich am besten nicht an der eigenen Schule wiederholte.

Arch kannte alle Argumente, die gegen ihn sprachen, aber er hatte die Briefe trotzdem verschickt. Es tat ihm Leid, dass er seine Stelle aufgegeben hatte. Es hatte ihm schon am selben Morgen Leid getan, aber er wusste nicht, wie er das Geschehene rückgängig machen sollte. Bis zu dem Augenblick seiner Kündigung hatte er das Unterrichten wohl als Ablenkung von irgendeiner höheren Berufung gesehen, der er immer noch nachgehen konnte. Natürlich hatte er diesen Gedanken nicht ausformuliert im Kopf, aber gespürt hatte er das ganz sicher, überlegte er später, denn warum sonst hatte er übersehen können, wie nutzlos er nachher sein würde? Dreißig Jahre lang hatte er im Gespräch mit Jungen gelebt, verantwortlich für ihre Auffassung von der Welt, für ihre Skepsis und, was am schwersten wog, für ihr Vertrauen. Selbst wenn er allein war, hatte er in ihrer imaginären Gegenwart gelesen und nachgedacht, die ihm Verantwortung gab, ihn lebendig machte und aufpolierte. Jetzt las er einsam und dachte einsam und fühlte sich kaum noch lebendig.

Doch gegen Ende des Winters wurde Arch zu einem Vorstellungsgespräch an der St.-John's-Militärakademie in Manlius eingeladen, die nur ein paar Meilen von Syracuse entfernt lag. Er wusste, dass das auf Betreiben von Cal Meigs geschehen war, einem ehemaligen Schüler, der jetzt Lehrer in St. John's war, denn Cal hatte ihn, ein paar Tage bevor der offizielle Brief kam, angerufen und gefragt, ob Arch immer noch auf der Suche sei. Cal sagte, er sei nur wegen Arch Englischlehrer geworden und könne sich nichts Besseres vorstellen, als im selben Kollegium mit ihm zu unterrichten.

Bestimmt hatten Sie gute Gründe, den heiligen Hain zu verlassen, sagte Cal.

Das dachte ich auch, sagte Arch.

Als er nach Manlius fuhr, war alles in ein selten brillantes Licht getaucht, und Cal erwartete ihn am Tor, vor Kälte mit den Füßen stampfend. Arch hatte keine deutliche Erinnerung an ihn als Jungen, und diesen hohlwangigen, traurig aussehenden Mann mit dem hängenden roten Schnurrbart erkannte er erst recht nicht wieder, tat aber so. Cal führte ihn zwischen steinernen Gebäuden entlang, am Wegrand lagen hohe Schneehaufen. Eiszapfen glitzerten an den Dachvorsprüngen. Cal verlangsamte seine Schritte für Arch und zeigte ihm dies und jenes, doch Arch beobachtete die Jungen, die an ihm vorbei zum Unterricht gingen. Sie trugen schmucke Militärmäntel und Mützen mit schimmernden Lackschirmen, und ihr Atem kam in weißen Wölkchen hervor, wenn sie redeten und lachten.

Das Gespräch dauerte nicht lange. Ein paar Fragen nach

Archs Verfügbarkeit und danach, welche Fächer er unterrichten könne, und dann erkundigte sich der Kollegiumsvorsitzende, warum er seine alte Schule verlassen habe.

Das ist eine Privatsache, sagte Arch. Er sah, wie Cal den Blick auf die Tischplatte senkte, und bedauerte, ihn in diese Lage gebracht zu haben.

Ein bisschen mehr brauchen wir aber schon, sagte der Vorsitzende. Er sah sich in der Runde um, und seine vier Kollegen schauten überallhin, nur nicht auf Arch. Ehrlich gesagt, Mr Makepeace, einige von uns haben Zweifel bezüglich Ihrer Bewerbung. Ich auf jeden Fall.

Gewiss, sagte Arch, aber es war eine private Entscheidung, und sie wird privat bleiben.

Der Vorsitzende sah sich noch einmal um. Das reicht mir, sagte er. Noch irgendwelche Fragen? Es gab keine Fragen mehr. Dann schob er seinen Stuhl zurück, und alle standen auf. Er schüttelte Arch die Hand. Ich habe gehört, Sie waren mit Ernest Hemingway befreundet. Mein Beileid, Sir. Und danke, dass Sie heute zu uns gekommen sind, sagte er. Danke für Ihr Interesse an St. John's.

Margaret war sicher gewesen, dass Arch die Stelle bekommen würde, und behielt ihren bitteren Verdacht, er habe das Vorstellungsgespräch absichtlich vermasselt, nicht für sich. Ich dachte, du willst unterrichten, sagte sie.

Ja, er wollte unterrichten, aber das war nicht das Einzige, was Arch wollte, das war ihm klar geworden, als er bemerkte, wie die Jungen an jenem Morgen ohne den geringsten Schimmer von Interesse an ihm vorbeigesehen hatten. Was konnte er auch anderes erwarten? Nichts natürlich, aber seine Enttäuschung sagte ihm, dass er eben doch mehr erwartet hatte, wenn er wieder unter Schuljungen war, als müssten sie ihn erkennen, nur weil sie Schuljungen waren. Aber falls sie überhaupt etwas sahen, dann einen ganz gewöhnlichen alten Knacker, der über den Weg tappte und aufpasste, nicht auf dem Glatteis auszurutschen.

Früher hatte Arch angenommen, dass sein Selbstwertgefühl als unverwechselbarer Mensch von seinen Eigenschaften herrührte, die ihn in jeder Lebenslage in seinem Selbstvertrauen stärken würden. Er hatte sich nie vorgestellt, dass ihm diese Sicherheit erst durch die anderen verliehen wurde, weil sie ihn kannten und schätzten. Aber so war es. Unerkannt wurde er zu einem Gespenst, auch in seinen eigenen Augen.

Diese Erkenntnis machte er nicht zu einer allgemeinen Regel. Vielleicht konnte ein Mann, der großherrlich von sich selbst überzeugt war, einen Ort verlassen, wo man ihn kannte, ohne zu einem Gespenst zu werden. Arch konnte nur sagen, dass er nicht so war. Er fühlte sich eingebunden. Wie hatte er nur glauben können, es stünde ihm frei, seine Schule zu verlassen?

Beim Frühstück waren die Jungen immer dumpf und verschlafen gewesen, und ihm fehlte das Vergnügen, sie mit seiner eigenen Morgenfrische und Fröhlichkeit zu triezen, hellwache Fragen zu stellen und mäkeligen Burschen, die kaum ein Stück trockenen Toast herunterkriegten, Trockenpflaumen aufzudrängen. Die Wohnheime hatten nachts eine ganz bestimmte Geräuschkulisse –

fünfzig verschiedene Schallplatten, die gleichzeitig spielten, geknallte Türen, laute Stimmen auf langen Fluren, das leise Zischen von vielen gleichzeitig laufenden Duschen. Arch blieb immer stehen, um zu lauschen, wenn er den Hof überquerte, wie andere vielleicht dem Ruf einer Eule in der Ferne nachhorchten. Er vermisste das Gerenne auf den Korridoren zwischen den Stunden und wie die Jungen auseinander stoben, um ihm Platz zu machen. Er vermisste ihren Lärm und ihren wolligen Geruch und ihre tiefe Stille in der Kapelle. Er vermisste ihre guten Manieren. Er vermisste es, sie aufzumuntern, wenn sie Heimweh hatten oder den Mut verloren, und sie mit seiner Nachsicht zu überraschen, wenn sie auf Grund liefen – konnten sie ihn denn nach all den Jahren immer noch nicht einordnen? Er vermisste es, wie die Jungen herumtollten, wenn der erste Schnee fiel, und bei jeder Gelegenheit in ein Lied ausbrachen und sich in der Erregung vergaßen, etwas Spannendes in einem Gedicht entdeckt zu haben, vor allem, wenn Arch es nicht gesehen hatte. Er vermisste all das, vermisste es, die Menschen ringsum zu kennen und ihnen bekannt zu sein. Er vermisste eine bestimmte Art des scheuen Blicks, in dem er Respekt und Herzlichkeit und ein bisschen Verwunderung las. Arch wollte das wiederhaben, genau so wie alles andere. Er wollte alles wiederhaben.

In seinem nächsten Brief an seinen Freund Ramsey schrieb er, er habe mit seinem Weggang einen furchtbaren Fehler gemacht, und wenn er die Chance bekäme, würde er gern zurückkommen. Ramsey würde schon begreifen, dass das eigentlich eine Nachricht für den Direktor war, an den Arch nicht direkt schreiben konnte, aus Angst davor, offiziell abgelehnt zu werden und alle Hoffnung auf eine Rückkehr zu verlieren. Und nach der noblen Pose bei ihrem letzten Zusammentreffen, als er die Versuche des Direktors, das Problem anders zu bewerten, beiseite gewischt hatte, als wollte sein alter Freund ihm die Seele abkaufen wie das Trugbild moralischer Paranoia in einer Hawthorne-Geschichte, nach alldem konnte er jetzt auch nicht den Bettler spielen.

Und apropos – jahrelang hatte er Hawthorne unterrichtet und nichts daraus gelernt? Eine Geschichte nach der anderen drehte sich darum, wohin puristischer Wahn führen konnte, der tief im Stolz verwurzelt war und Blüten der Verdammung und Gewalt gegen andere und sich selbst trieb. Jahrelang hatte Arch vor seinen Jungen diese Vision des Bösen nachgezeichnet, das entstand, wenn die Menschen dem Mangelhaften und Uneindeutigen gegenüber intolerant waren, aber er selbst hatte nichts daraus gelernt. Er hatte das Gute in seinem Leben aufgegeben, weil sich ein Fehler hindurchzog wie ein Riss. Er war kein bisschen besser als Aylmer, der seine schöne Frau umbrachte, um sie von dem Makel eines Muttermals zu befreien.

Ramsey schrieb zurück, der Direktor werde Arch wohl nur direkt antworten, und was er genau davon halte, lasse sich unmöglich sagen. Er habe sich vollkommen bedeckt gehalten. Schreib ihm bitte, meinte Ramsey. Was hast du zu verlieren?

Bevor er es sich anders überlegen konnte, nahm Arch ein Blatt Briefpapier aus der Schublade und entwarf sein

Plädoyer. Er entschuldigte sich bei dem Direktor dafür, desertiert zu sein, und bat darum, wieder aufgenommen zu werden, zu welchen Bedingungen auch immer. Er wisse, dass jemand eingestellt worden sei, um ihn zu ersetzen, so dass er nicht erwarte, seine früheren Lehrverpflichtungen zurückzubekommen oder seine alte Bleibe wieder zu beziehen. Er wäre schon damit zufrieden, Förderunterricht zu geben, Nachhilfe oder etwas Ähnliches. Und was die Unterkunft betreffe, könne er ja ein Zimmer im Dorf mieten. Wenn sich nichts für ihn finden lasse, habe er vollstes Verständnis, und er verbleibe mit besten Empfehlungen an alle.

Der Direktor antwortete mit einem Einschreibebrief. Er habe gehofft, dass Arch zurückkehren würde, schrieb er, und ihn deshalb als vorübergehend beurlaubt geführt. Seinen Nachfolger habe er lediglich für ein Jahr eingestellt. Arch könne also dieselben Klassen unterrichten wie zuvor, und auch seine Wohnung stehe wieder zur Verfügung.

Er habe nur zwei Auflagen, die Arch bitte überdenken solle. Erstens könne er nicht wieder als Dekan antreten. Und zweitens solle er in Sachen Hemingway keine schlafenden Hunde wecken und keine Richtigstellungen unternehmen. Zu einem so späten Zeitpunkt würde das die Jungen nur unnötig verwirren. Wenn Arch damit einverstanden sei, sehe er, der Direktor, seiner Rückkehr genauso begeistert entgegen wie seine Kollegen und alle Schüler. Er hatte zwei Exemplare des Briefes geschickt, und zum Zeichen seines Einverständnisses sollte Arch das Original unterschreiben und in dem beigefügten Rückumschlag zurückschicken, das andere Exemplar war für seine Unterlagen bestimmt.

Arch hatte nicht erwartet, als Dekan zurückzukehren oder die Jungen als Beichtväter zu missbrauchen, aber dass es Bedingungen gab und dass sie so kühl gestellt wurden, machte ihm klar, wie tief er in der Wertschätzung seines Freundes gefallen war. Der Direktor konnte keine Herzlichkeit vorspielen, wenn er sie nicht empfand, und Arch hatte gesehen, wie sich andere unter seinem steinernen Blick wanden, monate- und jahrelang. Jetzt war er an der Reihe. Das war die einzige Bedingung, bei der er zögerte, aber er nahm sie an.

Margaret schwieg ihn eine Weile an, als sie die Neuigkeiten hörte, aber dann gab sie nach und verwöhnte ihn wie einen Sohn, der sein Zuhause zum ersten Mal verlassen sollte. Sie verbrachten ein Wochenende beim Pferderennen in Saratoga und gewannen fast dreihundert Dollar, die sie in eine Serie langer, fader Dîners im einzigen französischen Restaurant vor Ort investierten. Eines Abends ließ Margaret fallen, dass Hermann von Ranke eine Affäre mit ihrer Mutter gehabt habe. Arch starrte auf seinen Teller.

Das wusstest du nicht?, sagte Margaret. Na, was hast du denn gedacht? Sie war eine einsame, törichte Frau. Dumm. Das war sie, Arch, genau das! Dumm, dumm, dumm! Margaret brach in Tränen aus, und er musste ihre Hand nehmen und sie beruhigen, während man an den Nebentischen versuchte, so zu tun, als wäre nichts passiert.

Anfang August bekam Arch einen Brief von der Sekretärin des Direktors, dass seine Wohnung bereitstehe. Er hatte genug von Margaret und Syracuse, aber bei der Vorstellung seiner Rückkehr an die Schule scheute er. Er schob sie immer wieder hinaus, bis zum letztmöglichen Zeitpunkt, der traditionellen Kollegiumskonferenz vor dem Unterrichtsbeginn im Haus des Direktors. Obwohl er sich genügend Zeit für die Fahrt genommen hatte, bog er hinter Worcester falsch ab, auf einer Straße, die er seit Jahren kannte, dann verfuhr er sich noch einmal auf dem Rückweg und traf mit fast einer Stunde Verspätung ein. Keine Zeit, sich umzuziehen, geschweige denn, zu duschen und sich zu rasieren. Er angelte eine Krawatte aus einer der Kisten auf dem Rücksitz, doch seine Finger waren steif, und er verpfuschte den Knoten immer wieder. Schließlich hielt er inne und fixierte den Tunnel aus Laubbäumen, der vor ihm lag. Er fuhr nicht weg. Er brachte den Rückspiegel in die richtige Position, seinen Schlips zu einem perfekten Knoten und sich selbst dazu, den Wagen zu verlassen. Als er sich nach der stundenlangen Fahrt aufrichtete, wurde ihm erst einmal schwindlig, und er musste sich am Autodach abstützen. Es war Spätnachmittag, und in der Luft hing der schwere Duft nach gemähtem Rasen. Er holte seinen Stock aus dem Kofferraum und setzte sich in Bewegung.

Arch hörte sie, lange ehe er das Haus erreichte. Sie waren im Garten des Direktors. Natürlich – da versammelten sie sich ja immer auf einen Drink, bevor sie mit der Arbeit anfingen. Es klang, als hätten sie schon einen im Tee, ihre Stimmen waren laut und fröhlich. Blaue

Rauchschwaden hingen über dem Garten. Als er unter dem Rosenspalier hindurchtrat, schrie jemand: *Arch! Ecce homo!*, und alle drehten sich nach ihm um.

Arch hielt inne und blickte bis zum Ende des Gartens, wo der Direktor an dem Tisch mit den Getränken bei einem anderen Lehrer stand. Dann rief der Direktor: Zu spät zur eigenen Beerdigung!, und alle lachten; er stellte sein Glas ab und kam mit ausgestreckten Händen auf Arch zu. Obwohl der Direktor der Jüngere war und auch der kleinere Mann und obwohl Arch hinkte und ihm weiße Härchen aus den Ohren wuchsen und er überall im Gesicht weiße Stoppeln hatte, kam er sich vor wie ein Junge – aber ein versierter Junge, dem die uralte Szene einfiel, er konnte nicht anders, die uralte Szene und die wunderschönen Worte, wie sie schöner nicht geschrieben oder gesagt werden konnten: *Als er aber noch fern war, sah ihn sein Vater und wurde innerlich bewegt und lief hin.*

Die Originalausgabe erschien 2003 unter dem Titel
Old School
bei Alfred A. Knopf, New York

Umschlaggestaltung:
Nina Rothfos und Patrick Gabler, Hamburg
Typografie: Renate Stefan, Berlin
Gesetzt aus der Swift durch psb, Berlin
Druck und Bindung: GGP Media GmbH, Pößneck
Printed in Germany 2005
ISBN 3-8270-0527-2